TWISTED HEARTS – DE

NICKI PARKER

Twisted
Hearts

Destiny

Bibliografische Information der Deutschen Nationalbibliothek: Die Deutsche Nationalbibliothek verzeichnet diese Publikation in der Deutschen Nationalbibliografie; detaillierte bibliografische Daten sind im Internet über dnb.dnb.de abrufbar.

© 2020 Nicki Parker
Alle Rechte vorbehalten

Cover: Nicki Parker
Lektorat: Larissa Wolf, Greylings Lektorat

Herstellung und Verlag: BoD–Books on Demand, Norderstedt

ISBN: 9783752628432

Kapitel 1

Alex
30. Mai 1988

Mist! Mist! Mist! Ich schlüpfte hastig in meine alten Turnschuhe, die ich bereits zwei Mal vor Mom und einem kläglichen Ende in der Mülltonne gerettet hatte. Dann schnappte ich mir den Toast von meinem Teller, schulterte meine Tasche und rannte eilig in den Flur.

»So willst du doch nicht zur Schule gehen?«, rief mir meine Mutter ungehalten hinterher.

Ich warf einen Seitenblick in den großen Spiegel. Kurze Jeans, Top, Turnschuhe. Draußen war es knallheiß, also ein perfektes Outfit.

»Ich muss los Mom, spät dran!«, rief ich schnell und machte, dass ich wegkam, bevor sie noch auf die Idee kam mich umstylen zu wollen. Mit schnellen Schritten überquerte ich die Straße und hielt auf das Haus der Hastings zu, aus dem Mike und Tobi auf mich zusteuerten.

»Hey Lexi.« Mike drückte mich kurz, derweil stibitzte Tobi mir meinen Toast aus der Hand. Mit einem Grinsen küsste er meine Schläfe und biss herzhaft in das Weißbrot.

»Zur Hölle, Tobi, das ist mein Frühstück«, protestierte ich und stieß ihm den Ellbogen in die Rippen. Er schnaubte.

»Du musst mich sehr lieb haben, wenn du mir dein Frühstück überlässt.«

Ich warf in einer gespielt verzweifelten Geste die Hände in die Luft und stöhnte ergeben. Gemeinsam bestritten wir unseren Schulweg. Mike und ich waren im zehnten Jahrgang der High School von Oceanside und uns stand in zwei Jahren der Abschluss bevor. Tobi, hingegen, war schon in der Abschlussklasse. Ich hätte einiges darum gegeben, endlich mit der verdammten Schule fertig zu sein, denn Mike und ich hatten nicht gerade den besten Stand. Zum Glück waren ab morgen Sommerferien. Das bedeutete fast zwei Monate Freiheit.

Tobi deutete in Richtung Sportplatz und verzog das Gesicht. »Coach Thompson verdonnert mich zu zwanzig Extrarunden, wenn ich zu spät komme.«

»Gehst du später mit uns zusammen nach Hause?« Mike runzelte die Stirn.

»Ne, Mrs North will echt noch ihre Mathestunde durchziehen. Die wollen uns an unserem letzten Tag wohl nochmal richtig schön quälen«, grunzte Tobi genervt und schlug den Weg zum Sportplatz ein.

Ich hakte mich bei Mike unter und lehnte den Kopf an seine Schulter. Seine Nähe erdete mich immer irgendwie. Er war mein allerbester Freund seit sechzehn Jahren, als wir noch Babys waren. Ich würde alles tun, damit er glücklich war. »Hast du in den ersten beiden Stunden nochmal Informatik?«

Er legte den Arm um meine Taille und lächelte leicht.

»Ja, aber wir sehen uns heute wohl einen Film an. Wie sieht's bei dir aus?«

Ich zuckte mit den Achseln. »Halb so wild. Musik geht immer rum wie nix. Sehen wir uns in der Pause in der Cafeteria?«

Er drückte mir einen Kuss auf die Schläfe und nickte. »Wie immer!«

Vor unseren Schließfächern angekommen, trennten sich unsere Wege zu den jeweiligen Klassenzimmern. Mike zwinkerte mir kurz zu, dann schlenderte er, den Kopf zwischen die Schultern geklemmt, den Gang hinunter. Mir brach es fast das Herz, dass er sich immer so klein machte. Ich warf meinen Spind zu und trottete zum Musikraum.

»Hey Psycho! Wo hast du dein hässliches Anhängsel gelassen?«, ätzte hinter mir eine altbekannte Stimme und ein paar Mädchen kicherten.

Ich atmete tief durch. *Lass dich nicht provozieren! Ignorier sie einfach!* Doch das konnte ich nicht. Die Wut kribbelte in meinen Fingern und sie drängte an die Oberfläche. Ich drehte mich ruckartig herum, legte den Kopf schief und grinste Mona bizarr an. Sie wollten den Psycho? Dann bekamen sie ihn. »Wollen deine Freundinnen auch mal meine Faust schmecken?«, fragte ich honigsüß und ihr Lachen verstummte. Sie starrten mich ungläubig an. »Dachte ich mir!« Ich setzte meinen Weg fort. Mir entging jedoch nicht das leise Getuschel hinter meinem Rücken. Es tat jedes Mal weh, auch wenn ich mittlerweile daran gewöhnt sein sollte. Doch am meisten schmerzte, das Libby Jones unter den Mädchen war. Ich tat mich schon immer schwer damit, Freundinnen zu finden und verstand mich besser mit

Jungs. Den meisten waren meine Interessen zu wenig mädchenhaft und sie fanden mich deshalb komisch. Bis auf Libby, die bis zur siebten Klasse meine Freundin gewesen war. Meine einzige Freundin. Bis zu diesem verdammten Tag. Ich verdrängte den Gedanken daran schnell wieder, bevor die Wut noch stärker in mir hochkochte. Stattdessen atmete ich tief durch und schlüpfte in das Klassenzimmer.

Der Musikunterricht bei Mrs. Jenkov rauschte nur so vorbei und ich machte mich anschließend auf den Weg in die Cafeteria, um mich mit Mike an unserem Tisch zu treffen. Wir saßen immer in der hintersten Ecke in einer dunklen Nische und überließen den beliebten Schülern die Mitteltische, an denen man wie auf dem Präsentierteller saß. Hier fanden sich das Footballteam und andere Sportler, die Cheerleader samt Gefolge, das Team der Schülerzeitung und sonstige angesagte Schulclubs und die ›höheren Töchter‹ zu denen auch Mona gehörte. Sprich, verwöhnte Tussis reicher Eltern. Meine Mutter hätte mich zu gern, an deren Tisch gesehen, aber ich würde mir eher meine Organe entnehmen lassen, als zu diesem oberflächlichen Haufen Miststücke zu gehören. Ihr einziger Sport war es andere fertig zu machen und sich selbst als die vermeintliche Elite der Schule zu beweihräuchern. *Tolle Elite.*

Ich holte mir einen Muffin, einen Kakao und ein Käsesandwich und bahnte mir mit meinem Tablett einen Weg durch den überfüllten Raum. Ich hatte Mike bereits ausgemacht und steuerte geradewegs auf ihn zu. Mein Fuß blieb an etwas hängen und ich geriet unvermittelt ins Stolpern. Das Tablett entglitt meinen Händen, als ich hektisch mit den Armen in der Luft ruderte, um den Sturz aufzuhalten, und fiel scheppernd auf die Fliesen. Ich knallte mit dem Knie auf und fing mich gerade noch mit den Händen ab, um nicht auch noch mit dem Gesicht aufzuschlagen. Meine Mitschüler johlten, während ich mit rasendem Herzen, der Länge nach auf dem Boden lag. *Was zur Hölle?* Jemand hatte mir ein Bein gestellt, wurde mir schlagartig klar. Ich biss die Zähne zusammen, bemüht nicht zu heulen. Mein Knie pochte schmerzhaft und meine Finger brannten. Ich wollte mich gerade aufrappeln, da wurde ich von zwei Armen gepackt und vorsichtig auf die Füße gestellt.

»Alles okay, Kleines?«

Ich sah in Tobis besorgtes Gesicht. In seinen Augen funkelte Zorn. Schnell nickte ich, denn er sollte nicht meine Kämpfe austragen. Er hob mein Tablett und das noch unversehrte Päckchen Kakao auf. Dann gab er mir seinen Muffin und lächelte sanft.

»Ach wie süß. Die Psychotante hat einen Verehrer«, rief einer der Footballspieler und das Gelächter schwoll erneut an.

Tobi richtete sich kerzengerade auf. Röte stieg von seinem Hals auf und färbte sein Gesicht. *Oh nein, diesen Ausdruck kenne ich.* Ohne Vorwarnung wirbelte er herum und donnerte dem verdutzten Typ seine Faust ins Gesicht. Der stolperte zurück und ging zu Boden. Blut sickerte aus seiner Nase und tropfte auf sein Trikot. Ungläubig starrte er zu Tobi hinauf.

Der sah sich wütend um. »Will noch jemand das Maul aufreißen?«

Ein weiterer Spieler aus dem Team trat auf ihn zu, doch im gleichen Moment bahnte sich der Coach einen Weg durch die aufgeregte Menge. Ich ergriff Tobis Arm und legte sanft eine Hand auf seinen Rücken. Er bebte regelrecht vor Wut.

»Komm. Bitte, Tobi!«, flehte ich und er folgte mir widerwillig. Wir gingen auf den hinteren Ausgang zu und Mike, der wie erstarrt alles von seinem Tisch aus beobachtet hatte, folgte uns hinaus auf den Pausenhof. Tobi, noch immer rot vor Zorn, sah mich an.

»Ist wirklich alles in Ordnung, Kleines?«

Eine verräterische Träne löste sich aus meinem Augenwinkel, doch ich wischte sie schnell wieder weg und nickte nur. Tobi zog mich in seine Arme und drückte mich fest.

»Geh mit ihr zur Schulschwester und lass dir etwas für ihr Knie geben«, wandte er sich an Mike, bevor er mir einen Kuss auf die Schläfe drückte und sich von mir löste. »Ich muss zu meinem Kurs. Wir sehen uns später.«

Mike tat wie ihm geheißen und brachte mich zur Krankenstation, wo man mir ein Eispack für mein schmerzendes Knie gab. Dann machten wir uns auf den Weg zum Klassenzimmer. Die letzten vier Stunden hatten wir zum Glück gemeinsam Unterricht.

»Ich bin froh, dass wir das Schuljahr endlich durch haben!«, seufzte Mike und sah mich unter seinem langen Pony hindurch an. Hand in Hand schlenderten wir nach Hause.

»Haben sie dich heute wenigstens in Frieden gelassen?«, hakte ich nach.

Er zog eine Grimasse. »Ja klar, das Footballteam war echt freundlich, als sie mir ein ›schöne Ferien, Pickelfresse!‹ hinterhergeschrien haben.«

Ich brummte und warf ihm einen bedauernden Blick zu. Mike hatte es echt nicht leicht. Er war kein Sportler und für die krasse Akne, die sein Gesicht in eine Kraterlandschaft verwandelte, konnte er schließlich nichts. Genauso wenig für seine Größe. Er würde bestimmt noch einen Wachstumsschub bekommen. Doch für unsere Mitschüler war er das perfekte Opfer von Gemeinheiten, Streichen und fiesen Sprüchen. Da nützte es ihm auch nichts, sich hinter seinem langen Haar zu verstecken. Das hatte er nicht verdient. Auch ohne diesen Mist besaß er schon kein bisschen Selbstbewusstsein. Es tat mir weh, ihn so zu sehen. Er war ein wundervoller Mensch. Rücksichtsvoll, sanftmütig und zuverlässig. Er war von innen schön und er verdiente es, dass das jeder bemerkte.

»Die braucht doch keiner.« Aufmunternd drückte ich seine Hand. »Lass dir das von der ›Psychotante‹ sagen.«

Ein humorloses Lachen entkam seinen Lippen. »Sie lässt es einfach nicht gut sein, oder?«

Ich schüttelte den Kopf. Mona Wade ließ es nie gut sein. Das war auch der Grund, warum ich sie in der siebten Klasse verprügelt hatte. Wahrscheinlich hatte ich die Aktion in der Cafeteria auch ihr zu verdanken.

Mike war von jeher in ihrer Schusslinie gewesen. Keine Ahnung warum, doch sie machte ihn bei jeder sich bietenden Gelegenheit fertig. Sie verbreitete Lügen über ihn, wurde beleidigend und stachelte unsere Mitschüler an, es ihr gleich zu tun. Mike und ich hielten fest zusammen und versuchten, sie zu ignorieren. Doch dann hatte sie eiskalt gemeint, Mike könne froh sein, dass sein Dad tot wäre. So müsse er sich nicht mehr für seinen hässlichen Sohn schämen. Da brannte mir endgültig eine Sicherung durch. Das Maß war voll. Es kam nur Scheiße aus Monas Mund und diese grausame Kuh hatte es eindeutig verdient, in ihre Schranken verwiesen zu werden. In dem Punkt konnte man mich auch nicht vom Gegenteil überzeugen.

Auf dem Parkplatz vor dem Schulgebäude hatte sie sich mit ihrem Gefolge vor uns aufgebaut, die Nase gerümpft und diesen Müll abgesondert. Keine Minute später lag sie mit blutiger Lippe im Staub und heulte, während ich auf ihr saß und ihre um sich schlagenden Hände zu Boden drückte. Mir war noch immer nicht wirklich bewusst, was da genau geschehen war. Das Einzige, das ich wusste war, dass eine unbändige Wut mich ergriffen hatte. Eine Traube von Mitschülern hatte sich um uns versammelt und starrte uns sensationsheischend an. Jemand hatte mich gepackt und von ihr runtergezogen. Es war Tobi gewesen. Mike hatte neben ihm gestanden und schockiert vor sich hin gestarrt.

Tobi zog uns beide mit sich und das Letzte, was ich an diesem Tag von Mona hörte, war: »Was stimmt nicht mit dir? Du Psycho!«

Am nächsten Tag war ich bei allen unten durch. Auch bei meiner Freundin Libby. Es hatte sich wie ein Lauffeuer herumgesprochen, dass ich Mona geschlagen hatte. Ich. Die Irre mit dem Ausraster, die man besser mied. Der Schulpsycho. Danke, Mona!

Niemand stellte sich auf unsere Seite, denn Mona und ihre ältere Schwester Bethany zogen die Strippen an unserer Schule. Ihrer Familie gehörte die halbe Stadt und mit der wollte sich niemand anlegen. Im Gegenteil. Es war einfacher, sich mit ihnen zu verbünden und zu ihrem Freundeskreis zu gehören. Die wenigsten waren wirklich mit ihnen befreundet, weil sie sie mochten, sondern nur, um nicht selbst in die Schusslinie zu geraten.

»Wir sind schon ein Traumpaar, was?« Ich stieß Mike grinsend an.

Er schenkte mir ein kleines Lächeln, das mein Herz einen Purzelbaum schlagen ließ. Ob ich es jetzt wagte? Ich wurde langsamer und sah ihn nervös an.

»Mike, ich...«

Er legte den Kopf schief und seine grünen Augen ruhten abwartend auf mir. Eigentlich nur das eine, denn das andere blieb unter seinem Haar verborgen. Ich holte tief Luft, bevor mich noch der Mut verließ.

»Hey, wartet auf mich!«

Verdammt! Ich seufzte und wir drehten uns gleichzeitig um. Tobi schloss schnaufend zu uns auf. Auf seinem hochroten Gesicht standen dicke Schweißperlen. Die waren nicht nur den hohen Temperaturen geschuldet, die bei uns fast das ganze Jahr herrschten, sondern vor allem seinem Übergewicht. Mikes älterer Bruder hatte in den letzten Jahren ordentlich zugelegt.

»Ich dachte, du hast heute noch eine Stunde länger?«, wunderte sich Mike.

Tobi legte mir einen Arm um die Schulter und schüttelte vehement den Kopf, sodass Schweißtropfen aus seinen blonden Locken spritzten, die mich im Gesicht trafen.

»Igitt, Tobi«, quietschte ich, boxte ihn in die Rippen

und wischte mir naserümpfend über die Wange. Er lachte und drückte mir einen Kuss auf die Schläfe.

»Stell dich nicht so an, Kleines.« Grinsend fuhr er an Mike gewandt fort: »Mr. Medina hat den Fehler gemacht uns die Zeugnisse bereits in der Sechsten auszuhändigen, warum soll ich da länger bleiben als nötig?« Sein Blick wanderte wieder zu mir. »Ist mit deinem Knie alles in Ordnung? Hast du dich auch wirklich nicht verletzt?«

Ich schüttelte den Kopf. »Außer meinem Stolz ist alles heil geblieben.«

Er verstrubbelte mein Haar und wir liefen einträchtig weiter. Meine beiden besten Freunde und ich. Sonst hatte ich niemanden mehr. Das ergab sich als die ›Psychotante‹ der Schule nicht. Ich hatte nur die Hastings-Brüder. Wir waren wie die drei Musketiere. Einer für alle und so. Mehr brauchte ich nicht. Hatte ich eigentlich nie. Denn die zwei waren meine ganze Welt.

Dieser Sommer würde perfekt werden, schließlich war schon alles geplant. Lagerfeuerpartys am Strand. Ein Besuch auf dem Rummel in Laguna Beach, unserer Nachbarstadt, und das vierwöchige Sommercamp, an dem jeder Jugendliche in Oceanside und Umgebung, der halbwegs bei Verstand war, teilnahm. Es würde vorläufig unser letztes Camp zusammen sein, denn Tobi ging im Herbst aufs College und würde im nächsten Sommer das Studentencamp besuchen. Vor dem Haus der Hastings trennten wir uns. Ich winkte den beiden zum Abschied zu, dann eilte ich zu unserem gegenüberliegenden Haus. Gutgelaunt schloss ich die Tür auf, was sich jedoch schlagartig änderte, als mich meine Mutter im Flur in Empfang nahm.

»Da bist du ja endlich, Alexandra. Geh nach oben und zieh dich um«, ordnete sie an, ohne Zeit mit einer Begrüßung zu verschwenden. »Wir werden deinen Vater zu einem Geschäftstermin begleiten. Deine Kleider liegen auf dem Bett.« Ihr Tonfall duldete keinen Widerspruch.

Ich verdrehte die Augen und stapfte die Stufen zu meinem Zimmer hinauf. Das hatte mir gerade noch gefehlt.

»Und trödle nicht herum. Wir haben noch eine längere Fahrt vor uns«, hörte ich sie rufen, bevor meine Zimmertür hinter mir ins Schloss fiel.

Frustriert warf ich die Schultasche in die Ecke und kickte meine Turnschuhe von den Füßen. Auf dem Bett erwartete mich ein grauenhaftes, rosa Kostüm. Es bestand aus einem engen, knielangen Rock sowie einem kurzen Blazer mit Schulterpolstern. Dazu gehörte eine gerüschte weiße Bluse, mit hochgeschlossenem Kragen. Ich schauderte. Schon beim Anblick der Klamotten brach mir der Schweiß aus. Ein Grund mehr, warum ich diese Geschäftsessen hasste, zu denen mich meine Eltern ständig mitschleppten. Sie erwarteten perfekte Manieren von mir, wie es sich für ein Mädchen aus ›unseren Kreisen‹ gehörte. Keine Ahnung, was meine Mutter an dieser Schickimicki-Scheiße fand und warum sie glaubte, es würde sie zu etwas Besserem machen. Ich konnte jedenfalls gut darauf verzichten. Es wurde viel zu großen Wert auf ein ansprechendes Äußeres gelegt, was dann in diesem Outfit gipfelte, das aussah, wie von einem Einhorn ausgekotzt. Doch um dem Ganzen noch die Krone aufzusetzen, zwang mir meine Mutter, seit ich sieben war, einen blond gefärbten Pagenschnitt auf.

Blond! Normalerweise war ich dunkelhaarig und hatte als kleines Mädchen immer langes, dickes Haar, worauf ich so stolz war. Immerzu hatte ich es gebürstet. Doch offenbar passte ich damit nicht zum Erscheinungsbild meiner Familie.

Mom und Dad waren beide blond und es gab ein paar Witzbolde in unserer kleinen Stadt, die meiner Mutter ein Verhältnis mit dem Milchmann, dem Postboten und anderen Dienstleistern andichteten, um meine aus der Art geschlagenen, dunklen Haare zu erklären. Dadurch wurde diese doofe Geschichte, über die jeder andere gelacht hätte, zur Mission meiner spießigen Mutter für mehr Familienähnlichkeit. Seitdem sah ich aus wie ihr kleiner Zwilling.

Ich hasste es. Das, was mich aus dem Spiegel mit großen Augen anstarrte, war nicht ich selbst. Doch wenn man nicht in stundenlange Diskussionen verwickelt werden wollte, die zu nichts außer verschwendeter Lebenszeit führten, widersprach man ihr besser nicht. So viel hatte ich über die Jahre gelernt. Sie versuchte ständig, aus mir das Vorzeigepüppchen zu machen, das sie sich immer gewünscht hatte. Eine Tochter mit Bestnoten, die an Wohltätigkeitsveranstaltungen alter Säcke teilnahm, zum Club der höheren Töchter gehörte und etwas darstellte. Die Art Mädchen, die von einem wohlhabenden, geschniegelten Idioten zum Debütantinnenball begleitet wurde und eine klassische Musikausbildung genoss.

Igitt! Ich dagegen war nicht annähernd das, was meine Mutter sich erhofft hatte. Sonderlich mädchenhaft war ich nicht, dafür fluchte ich zu viel. Durchgestylte Fuzzis in Anzügen, die sich für etwas

Besseres hielten? Nein, danke. Kostüme und gerüschte Kleidchen? Würg! Und Debütantin ging schon mal gar nicht. Das Einzige, dem ich nicht abgeneigt war, war die Musikausbildung. Ich liebte Musik und spielte Klavier, seit ich fünf Jahre alt war. Mir gefiel die Vorstellung, beruflich etwas in der Richtung zu machen. Doch ansonsten zählten für mich nur die beiden Söhne unserer Nachbarn. Mike und Tobi Hastings. Alles andere war mir egal.

Die beiden Jungen kannten mich wenigstens, wussten, was ich mochte und was eben nicht. Mike und ich teilten die gleichen Hobbys. Wir fuhren total auf Marvel Comics ab und verbrachten viel Zeit mit Videospielen. Meine Lieblingsheldin war ›Black Widow‹ und Mike schwor auf ›Hawkeye‹. Was irgendwie passte, denn die beiden Helden waren ebenfalls gute Freunde. Genau wie wir. Jede freie Minute verbrachten wir im Comicbuchladen und stöberten in den Regalen.

Meiner Mutter war das ein Dorn im Auge. Ihrer Meinung nach verschwendete ich meine Zeit mit Schundheftchen, die nur etwas für Kinder waren oder für Leute mit eingeschränktem Intellekt. Sie hatte es tatsächlich einmal gewagt, meine Sammlung zum Altpapier zu legen. Gott sei Dank konnten Mike und Tobi sie noch retten, bevor der Müll abgeholt wurde. Seitdem bewahrte ich sie in meinem Versteck auf. Unter einer losen Diele gleich neben meinem Bett. Sie steckten allesamt in Schonhüllen und waren fein säuberlich sortiert.

Mein Dad steckte mir manchmal heimlich ein paar Dollar zu, damit ich mir ein neues kaufen konnte. Er schien in einigen Punkten genauso machtlos gegen Mom zu sein wie ich. In letzter Zeit hörte ich die beiden ständig miteinander diskutieren, wenn sie mich im Bett glaubten.

»Sie macht ja keinen Schritt mehr ohne diese beiden Bengel! Hast du gesehen, wie die Jungs sie anschauen? Das ist doch nicht normal.« Es war immer das Gleiche.

Mir war schleierhaft, was sie plötzlich für ein Problem hatte. Schließlich hatten wir schon im Sandkasten zusammengespielt. Da war es nie eine große Sache gewesen, dass ich mehr Zeit bei den Hastings als zu Hause verbracht hatte. Im Gegenteil, es war meinen Eltern sogar gelegen gekommen. Häufig verreisten sie geschäftlich und hatten mich manchmal tagelang bei unseren Nachbarn gelassen.

Wir waren um die Häuser gestromert, hatten uns eine eigene Strandhütte gebaut und im Garten von Mr. Benson Äpfel geklaut. Ich hätte mir nichts Besseres vorstellen können. Es war eine großartige Zeit gewesen. Bis zu diesem furchtbaren Tag ...

Die Erinnerung schmerzte noch immer. Ich schluckte schwer und zwängte mich in meine Nylonstrumpfhose, in der ich augenblicklich schwitzte. *Wer hat bloß diese Scheißdinger erfunden?*

Meine Gedanken drifteten wieder ab. Mike und ich waren damals acht Jahre alt gewesen. Auf dem Weg in die Kanzlei war John Hastings von einem LKW, der auf der Gegenfahrbahn ins Schleudern geraten war, auf der regennassen Straße abgedrängt worden. Sein Wagen wurde gegen einen Baum geschleudert und er war noch am Unfallort gestorben. Diese Tragödie hatte uns zusammengeschweißt, denn wir schafften es gemeinsam da durch. Ich schüttelte die Erinnerung ab und betrachtete missmutig mein Spiegelbild, nachdem ich mich in das kratzige Kostüm gezwängt hatte. *Zur Hölle, ich sehe echt scheiße aus.* Ich schlüpfte in meine Ballerinas und stampfte die Treppe hinunter.

Meine Mutter erwartete mich mit unbewegter Miene an der Haustür, neben der zwei große Koffer standen. Meine Koffer. Ich hielt inne und sah sie misstrauisch an.

»Da bist du ja endlich. Komm jetzt.« Mein Vater erschien im Flur und trug das Gepäck zum Auto, um es im Kofferraum zu verstauen. In dem Moment, als Mom mich vor sich her zum Wagen schob, schrillten alle Alarmglocken in meinem Kopf.

Ich blieb abrupt stehen, sodass sie in mich hineinlief, und verschränkte die Arme vor der Brust. »Was ist hier los?«

»Steig ins Auto«, befahl sie eisig. Mein Vater warf uns einen merkwürdigen Blick zu.

Meine Stimme schwoll an. »Was sollen die Koffer? Wo fahren wir hin?«

Dad trat zu uns und sah mich an. Meine Mutter warf ihm einen warnenden Blick zu. »Wir fahren zum Flughafen. Du fliegst nach London«, erklärte er.

Meine Augen weiteten sich und ich wurde noch wütender. »Was? Nein! Ich habe schon Pläne für die Ferien. Ich habe keine Lust auf Sightseeing.«

»Du wirst dort keinen Urlaub machen, sondern die Schule abschließen und danach dein Musikstudium dort beginnen«, erläuterte meine Mutter.

Panik stieg in mir auf und meine Gedanken überschlugen sich. *Das ist nicht ihr Ernst! Ich habe noch zwei Schuljahre vor mir ... Das Studium dauert drei bis fünf weitere Jahre.* In meinem Kopf drehte sich alles.

»Seid ihr noch ganz dicht? Ich gehe hier nicht weg. Verdammte Scheiße! Außerdem kenne ich dort niemanden.« Fassungslos taumelte ich einen Schritt rückwärts.

»Das wird sich bald ändern und jetzt mäßige gefälligst deinen Ton, junge Dame«, zischte meine Mutter und packte meinen Arm. »Komm jetzt.«

Gegenüber waren mittlerweile Melinda, Tobi und Mike aus dem Haus getreten. Offenbar besorgt wegen meines Geschreis auf der Straße. Melinda sah uns stirnrunzelnd entgegen. »Alles in Ordnung?«

Mein Vater winkte ab. »Ja, danke.« Er öffnete die Fahrertür, während Mom versuchte, mich auf den Rücksitz zu schieben.

Ein heißer Ball formte sich in meinem Magen und stieg mir die Kehle hoch. Blind vor Wut stieß ich sie von mir und riss mich los. Überrascht stolperte sie einen Schritt zurück. In meinen Augen brannten Tränen. »Nichts ist in Ordnung, verflucht nochmal. Ihr könnt mich nicht einfach auf einen anderen Kontinent abschieben, ohne mich zu fragen, ob ich das überhaupt will«, schrie ich außer mir.

Meine Mutter griff wieder nach meinem Arm. »Und ob wir das können.«

Ich schüttelte sie ab und rannte hinüber zu Mike und Tobi. Unter Tränen fiel ich ihnen in die Arme und klammerte mich verzweifelt an sie. *Wie kann ich die beiden zurücklassen? Wir haben so viel zusammen durchgestanden. Was soll ich ohne sie tun?*

Tausend Gedanken schossen durch meinen Kopf. Tobi war wie ein großer Bruder. Wir erzählten uns alles und er brachte mich immer zum Lachen, egal wie beschissen es mir ging. Ich, dagegen, holte ihn auf den Teppich zurück, wenn er aufbrauste und ihn keiner sonst beruhigen konnte. Wer sollte sich in Zukunft darum kümmern? Mike war mein Ein und Alles. Bei mir war er er selbst und mir erging es bei ihm nicht anders. Wir waren uns so vertraut. Außerdem war es seit einiger Zeit anders als früher. Es kribbelte, wenn er mich berührte. Mein Herz klopfte in seiner Gegenwart schneller, vor allem wenn er mir sein seltenes, strahlendes Lächeln schenkte. *Wir haben doch nur uns. Ich liebe sie. Alle beide. Jeden auf seine eigene Weise. Und jetzt soll ich mich verabschieden? Für Jahre?* Mein Herz brach in tausend Stücke.

»Rebecca«, vernahm ich die beschwichtigende Stimme meines Vaters, »sollen wir nicht noch einmal in Ruhe über alles ...?«

»Hör auf, Michael!«, fuhr sie ihn an. »Wir haben das alles zur Genüge besprochen. Zeige endlich etwas Rückgrat.«

Die Hoffnung, die für eine Sekunde in mir aufgekeimt war, erlosch sofort wieder. Mom würde nicht nachgeben. Es hatte keinen Zweck sich dagegen zu wehren. Am Ende bekam sie doch, was sie wollte. Wie immer.

»Ich liebe euch«, flüsterte ich. »Vergesst das nie! Hört ihr? Ich schreibe euch jeden Tag. Ich schwöre es. Ich komme zurück, sobald ich kann.«

Tobi blickte stumm vor sich hin. Dann nickte er kaum merklich, während Mike mich anstarrte. Beide wirkten blass. Ihnen schien, wie mir, zu dämmern, dass dies frühestens mit dem Tag meiner Volljährigkeit der Fall sein würde. In Mikes Augen standen Tränen. Ich drückte ihn so fest an mich, dass er kurz nach Luft schnappte. Er war so dünn. Dann fasste ich mir ein Herz und küsste ihn. Zaghaft erwiderte er den Kuss und schloss die Arme um mich. Für die Sekunden, in denen sich unsere Lippen berührten, war alles so verdammt perfekt. Ich sog seinen Geruch nach Weichspüler, Meersalz und Mike auf und versuchte, ihn mir genau einzuprägen, damit ich ihn nicht vergaß.

»Ich liebe dich«, flüsterte ich an seinem Ohr. Dann überquerte mein Vater die Straße, griff nach meinen Arm und zog mich mit sich zum Auto. Sofort wich die Wärme, die sich eben noch von Mike auf mich übertragen hatte, einer Eiseskälte, die mich frösteln ließ.

Melinda sah meinen Vater wie erstarrt an. »Michael! Das könnt ihr doch nicht...«, versuchte sie auf ihn einzureden.

Er wischte ihre Worte müde beiseite. »Misch dich bitte nicht ein, Melinda. Sie ist unsere Tochter.«

Mit geschockten Mienen sahen sie uns nach. Ich hörte, wie Mike meinen Namen schrie. Eine Hand legte sich von hinten auf die Schulter meines Vaters und hinderte ihn, am weiter gehen. Ich riss den Kopf herum.

»Lassen sie sie los! Sie will das nicht. Das können sie nicht machen.« Tobi starrte meinen Dad wütend an, sein Gesicht war rot vor Zorn.

»Nimm deine Hand weg, Junge.« Die Stimme meines Vaters war leise, aber bestimmt.

Ich schluckte trocken. »Tobi.« Sein Blick schnellte zu

mir und ich sah ihn flehend an. Langsam schüttelte ich den Kopf und er ließ widerwillig die Hand sinken.

Mein Vater zog mich stoisch weiter. Melinda, die hinter Mike getreten war, zog ihn in ihre Arme und streckte die Hand nach Tobi aus. Wie betäubt, saß ich auf dem Rücksitz und sah zum Heckfenster hinaus. Durch einen Schleier aus Tränen sah ich die drei immer kleiner werden, bis sie schließlich aus meinem Blickfeld verschwanden. Ich hasste meine Eltern. Das hier würde ich ihnen niemals verzeihen. Sie rissen mich von den einzigen Menschen fort, die ich aus tiefstem Herzen liebte.

Auf der Fahrt zum Flughafen versuchten sie mir gut zuzureden, und schlugen dabei einen milderen Tonfall an. *Als ob sie damit noch etwas retten können.*

»Du wirst bald neue Freunde finden und es wird dir dort gefallen. Viele würden sich eine solche Chance wünschen«, erklärte mein Vater.

Scheiß auf die Chance. Ich will sie nicht. Versucht er damit, mich oder sich selbst zu überzeugen? Ich hatte keine Ahnung. Meine Mutter verkündete, dass die Gastfamilie einen Sohn in meinem Alter hätte.

»Er ist nur zwei Jahre älter als du und ein junger Mann aus bestem Hause. Mit anständigem Umgang und hervorragenden Zukunftsaussichten«, verkündete sie, als wäre es ihr Sohn, über den sie da sprach.

Dann zieh' du doch nach London!

»Das ist ein zukünftiger Schwiegersohn, wie er im Buche steht.«

Ich stöhnte innerlich auf. *Es ist echt nicht zu fassen. Wollen die mich etwa mit dem Kerl verkuppeln oder was?*

Kapitel 2

Alex

31. Mai 1988

Ich landete nach einem nervenaufreibenden, elf Stunden Flug, völlig groggy in London. Von hinten hatte mich ein jammernder Fünfjähriger malträtiert, der unablässig gegen meine Rückenlehne getreten hatte. Seine Mutter schien das nicht zu interessieren, denn sie hatte sich mit Kopfhörern eingedeckt und war in den Bordfilm vertieft. *Blöde Kuh!*

Der ältere Herr vor mir, der seinen Sitz fast bis auf meinen Schoß zurückgeklappt hatte, schnarchte mir derweil seinen weingetränkten Atem entgegen. Kein Wunder, dass ich kein Auge zumachen konnte. Jetzt, da es mir endlich vergönnt war, aufzustehen, schmerzten Beine und Hintern vom langen Sitzen. Das kratzende Outfit, in dem ich während des Fluges zu schwitzen begann, trieb mich in den Wahnsinn und müffelte unangenehm. Dass ich die Jacke auszog, hatte nichts gebracht. Im Gegenteil. Das Scheißding war jetzt total verknittert. Außerdem zwickte diese verdammte Strumpfhose am Arsch.

Ich kramte in meinem Handgepäck nach einem Deo, das ich mir unauffällig unter die Arme und den Rock sprühte, auch wenn ich bezweifelte, so noch etwas an meinem erbärmlichen Zustand ändern zu können. Mit klopfendem Herzen trat ich in die internationale Ankunftshalle und sah mich unsicher um. Hier standen Hunderte von Leuten hinter der Abgrenzung und warteten auf die ankommenden Fluggäste. Ich war ein wenig überfordert und ließ meinen Blick über die Menschen schweifen, von denen jeder zweite ein Schild mit einem Namen vor sich hielt.

Endlich entdeckte ich auf einem davon meinen eigenen und steuerte auf den Mann in Schwarz zu. Er brachte mich in einer ebenso schwarzen Limousine zum Haus der Gastfamilie. Es war merklich kühler als bei uns in Kalifornien und es regnete von einem trostlosen, grauen Himmel. Passend zu meiner Laune.

Nach einer Weile fuhren wir durch ein großes Tor, eine lange Auffahrt aus hellbraunem Kies entlang und hielten schließlich vor einem dreistöckigen Herrenhaus, dessen imposante Erscheinung mir die Sprache verschlug. Ein Butler öffnete uns. Ein Butler! *Wie viel Kohle haben diese Leute?*

Er führte mich in einen Salon. *Oberst von Gatow, im Salon, mit dem Kerzenständer!* Ich verkniff mir ein nervöses Kichern. ›Cluedo‹, ein Detektivspiel, bei dem es galt Mörder, Tatort und Tatwaffe herauszufinden, war immer eines unserer Lieblingsbrettspiele gewesen. Langsam ging mir echt die Düse. Ich trat zaghaft ein.

Der in dunklem Holz getäfelte Raum mit den antiken Teppichen und dem großen Kamin wirkte einschüchternd. Schwere Brokatvorhänge rahmten die einzige natürliche Lichtquelle des Raumes ein und dämpften so das Tageslicht, das durch das riesige

Fenster fiel. Über dem Kamin hing ein Gemälde, das einen englischen Jagdausflug zeigte. Davor standen sich zwei lederne Sofas gegenüber. Das ganze Ambiente erinnerte mich an die alten ›*Agatha Christie*‹ Filme, die sich mein Großvater so gern ansah.

Vor einem Servierwagen mit Kristallflaschen standen die McDermotts, von denen ich nach meinem Eintreten freundlich, aber reserviert, in ihrem Haus willkommen geheißen wurde. Mrs McDermott, die etwa im Alter meiner Mutter war, trug ein unverschämt teuer aussehendes Kostüm im Pepita Look, was sich an ihre schlanke Figur schmiegte. Ihr Mann war um einiges älter als sie, darauf deuteten zumindest seine ergrauten Schläfen und die vielen kleinen Falten um seine Mundwinkel hin. In einen nicht weniger exklusiven Zweireiher mit Nadelstreifen gekleidet, hielt er ein Whiskeyglas in der Hand und betrachtete mich, als hätte ich um eine Audienz bei ihm gebeten.

Angesichts dieser Umgebung und dem makellosen Äußeren der McDermotts wurde mir meine eigene Verfassung umso bewusster. Ich fühlte mich so fehl am Platz wie ein Pinguin in der Sahara und fing schon wieder an zu schwitzen. *Ist es heiß hier drin?*

Unruhig drehte ich den Ring an meinem kleinen Finger. Noch bevor sich ein unangenehmes Schweigen ausbreitete, stand er im Türrahmen. Ein großer, breitschultriger Junge, etwa in Tobis Alter. Sein hellblondes Haar war zu einem ordentlichen Seitenscheitel gekämmt und mit Pomade fixiert, sodass kein einziges Härchen es wagte, aus der Reihe zu tanzen. Er trug einen dunklen Anzug und eine farblich darauf abgestimmte Paisley-Krawatte. Seine Schuhe glänzten so makellos, dass ich mich ohne weiteres darin hätte spiegeln können. Er sah aus wie geleckt. In so aufrechter Haltung, als hätte er einen Stock im Arsch, trat er in den Raum und schritt auf Mrs. McDermott zu. Er hauchte ihr einen Kuss über die Schulter und schüttelte Mr. McDermott förmlich die Hand.

»Mutter, Vater«, er nickte.

Bei diesem skurrilen Schauspiel hob sich augenblicklich meine Augenbraue. *Reiß dich zusammen Alex.* Wo war ich hier nur gelandet?

»Eric, mein Sohn. Schön, dass du es so pünktlich geschafft hast. Ich möchte dir jemanden vorstellen«, erklärte sein Vater und deutete auf mich. Der ›Geleckte‹ sah mich ausdruckslos an.

»Das ist Alexandra Montgomery. Die junge Dame, die uns anvertraut wurde.«

Eric trat einen Schritt auf mich zu und reichte mir höflich die Hand. Ich schüttelte sie fest und sah ihm trotzig in die Augen. Sie waren stahlblau.

»Alex!« *Wow, mit den Augen kann er garantiert Leute durchbohren. Oder Mädchen flachlegen.*

»Sehr erfreut«, erwiderte er steif und wandte sich wieder seinem Vater zu. »Ich würde Miss Montgomery gerne umgehend in unser Apartment bringen, damit sie sich etwas einrichten kann. Ich habe noch einen Geschäftstermin zum Dinner. Dort bietet sich gleich eine gute Gelegenheit sie einzuführen.«

Sein Vater schien erfreut. »Eine hervorragende Idee mein Sohn. Deine Mutter und ich müssen noch packen. Unser Flug in die Schweiz geht morgen schon recht früh.«

»Genf«, Eric nickte, »wann werdet ihr wieder in London sein?«

Mr. McDermott zögerte einen Moment. »Wenn alles nach Plan verläuft etwa in zwei Monaten.«

»Ich werde mich selbstverständlich bestmöglich um unseren Gast kümmern«, sagte Eric mit einem Blick auf mich.

Was läuft hier eigentlich für ein Film ab? Ich folgte dem Gespräch stumm und mit ungläubigem Staunen. Diese Familie redete miteinander wie Geschäftsleute, die einen Vertrag abschlossen und das in einer Art, als wäre ich überhaupt nicht anwesend. *Habe ich das richtig verstanden? Es ist vorgesehen, dass ich mit diesem Schnösel zusammenwohne und seine Eltern fahren gemütlich für zwei Monate auf Geschäftsreise?* Ich konnte mir beim besten Willen nicht vorstellen, dass meine Eltern davon wussten. Sie hätten niemals zugestimmt, mich allein mit einem Kerl zusammenwohnen zu lassen, der kaum älter war als ich. Geschäftspartner hin oder her.

»Gehen wir«, unterbrach Eric meine Gedanken, legte mir eine warme Hand auf den unteren Rücken und deutete zur Tür.

Ich folgte seiner Aufforderung mechanisch, verabschiedete mich höflich und ließ mich von ihm hinausführen. Vor der Tür parkte ein silberner Jaguar. *Typisch, reicher Fuzzi eben.* Eric hielt mir die Beifahrertür auf. Kaum saß ich, schlug er schon die Tür zu und lief um den Wagen herum. Ohne ein weiteres Wort setzte er sich hinters Steuer und fuhr los. Mir war ein wenig mulmig zumute, so allein mit diesem unbekannten Kerl und das auch noch in einem fremden Land. Ich warf ihm einen unauffälligen Seitenblick zu. Nachdem wir ein paar Minuten schweigend gefahren waren, lockerte er seine Krawatte und warf sie nachlässig hinter sich. Er sah in den Rückspiegel, verstrubbelte sein Haar und zog an einer roten Ampel sein Sakko aus, das ebenfalls achtlos auf dem Rücksitz landete. Er krempelte die Ärmel seines Hemdes auf und legte muskulöse, tätowierte Arme frei. Seine Züge entspannten sich merklich. Ich schaute ihm fasziniert dabei zu und beobachtete die Veränderung.

Zum ersten Mal, seit wir losgefahren waren, richtete sich seine Aufmerksamkeit auf mich.

»Stehst du auf rosa?« Er hob eine Augenbraue.

»Scheiße, nein!«, entfuhr es mir automatisch.

Er grinste breit. »Gott sei Dank, du siehst aus wie ein Schweinchen.«

Was für ein Arsch. Ich sah ihn aus zusammengekniffenen Augen an. »Na vielen Dank auch.«

Wieder fixierte er mich. »Soll das blond sein?«

Verlegen fuhr ich mir durchs Haar. »Ja, leider ...«

Hat er die Absicht, wirklich in jeder meiner Wunden zu bohren? Er holte Luft, doch noch bevor er zur nächsten Frage ansetzen konnte, fuhr ich dazwischen. Ich hatte keine Lust, mich von ihm heruntermachen zu lassen.

»Kannst du uns einfach zur Wohnung fahren und mir mein Zimmer zeigen? Ich will nur eine Dusche, mich umziehen und dann ins Bett. Auf einen Haufen nerviger Fragen kann ich echt verzichten!«

Wow, das klang selbst in meinen Ohren zickig. Egal. Ich habe es satt, weiterhin das liebe Mädchen zu spielen.

Er sah wieder nach vorn auf die Straße, seine Kiefermuskeln spannten sich sichtbar an.

»Wie Sie wünschen, Miss.«

Kapitel 3

Eric
31. Mai 1988

Gegen Mittag wachte ich auf. Mein Kopf dröhnte, als stünde ich neben einem Presslufthammer. Die letzte Nacht lag mir schwer in den Knochen. Zu viele Cocktails und zu viele Drogen. Keine vorteilhafte Mischung.

Die Erinnerung an diesen aufdringlichen Kerl, der mich angebaggert hatte, stieg in mir hoch. Sein teurer Anzug und die Designerschuhe hatten in starkem Kontrast zu seinem Gestank nach billigem Schnaps und Schweiß gestanden. Er war mindestens fünfzehn Jahre älter und obendrein war ihm das Wort ›nein‹ offenbar nicht geläufig gewesen. Grady, der Barkeeper, schien dem Kerl auf die Nase gebunden zu haben, dass ich schwul war. Er hatte es mal wieder nicht geschafft, seine große Schnauze zu halten. Dabei hatte ich ihm oft genug eingebläut, mein Privatleben ginge niemanden etwas an. *Dumbass! Vollidiot!*

Ich kam nicht umhin diesem Lackaffen eine Lektion zu verpassen, denn er war zunehmend aufdringlicher geworden. Seit ich dreizehn war, betrieb ich Kampfsport, wodurch sich die Situation schnell geklärt hatte. Scheinbar hatte er nicht mit so einer Gegenwehr gerechnet. *Einmal ist eben immer das erste Mal, oder?*

Er würde in nächster Zeit seine Finger bei sich behalten, wenn er denn wieder fähig war, sie zu bewegen. Was Grady betraf, war er seinen Job endgültig los. Ich hatte es bereits veranlasst. Das war der Vorteil, wenn man die Mehrheitsanteile des Ladens besaß. Ich hatte ihm von Anfang an Diskretion eingetrichtert und jetzt hatte er die Konsequenzen zu tragen. *Nicht mehr mein Problem.*

Schlechtgelaunt und Müde schlurfte ich ins Bad und stellte mich unter die Dusche. Das heiße Wasser war eine Wohltat für meine verspannten Muskeln. Die rechte Schulter schmerzte vom Schlag, mit dem dieser Bastard mich erwischt hatte. Hätte ich mich bloß nicht so zugedröhnt, dann wäre das nicht passiert.

Alkohol war nicht gerade das Beste für die Reflexe. Ich trat aus der Dusche und betrachtete mein Spiegelbild. Heute war wieder einer dieser Tage, an dem ich gezwungen war, die Vorstellung des perfekten Sohns zu geben. Zum Glück passierte das nicht allzu oft. Meine Eltern hatten sich weltweit einen Namen gemacht und pflegten viele Beziehungen ins Ausland, die mit entsprechenden Reisen verbunden waren. Wenn es hochkam, sah ich sie drei- bis viermal im Jahr und das war völlig in Ordnung so. Mehr hätte ich ohnehin nicht ertragen. Ich war es gewohnt, ohne sie zurechtzukommen.

Sie hatten sich von irgendwelchen Geschäftspartnern aus den Staaten überreden lassen, ihre sechzehnjährige Tochter in Obhut zu nehmen. Mal wieder eines ihrer ›Sozialprojekte‹. Natürlich war meinen Eltern von Anfang an klar, dass sie nicht die Zeit und Geduld hatten sich um die Kleine zu kümmern. Somit bekam ich mal wieder die Arschkarte zugeschoben. *Der zuvorkommende Sohn wird es schon richten. Herzlichen Dank!*

Ich warf meinem Spiegelbild ein düsteres Lächeln zu. Sie sollte mit mir in meinem Apartment wohnen, also war für mich erstmal Schluss mit lustig. Bei meinem Glück handelte es sich um eine verwöhnte, kleine Prinzessin, die mir mit ihren Allüren von morgens bis abends auf die Nerven gehen würde.

Verdrossen kämmte ich mein widerspenstiges Haar zu einem ordentlichen Seitenscheitel und fixierte das Ganze mit massig Pomade. Dann schlüpfte ich in ein blütenweißes Hemd, den dunkelblauen Anzug und band die Krawatte um. Ich achtete penibel darauf, dass Hemdärmel und Jackett meine selbstgestochenen Tattoos bedeckten. Meine Eltern würden komplett ausrasten, wenn sie sie je zu Gesicht bekämen. Der Vater meines besten Freundes Lenny besaß ein Studio in London und ich hatte ihn so lange genervt, bis er mir das Tätowieren in seinem Hinterzimmer beigebracht hatte. Schnell hatte Kerry erkannt, was ich auf dem Kasten hatte. Ich besaß Talent.

Meine Erzeuger wussten so gut wie nichts über mich oder meine Vorstellungen vom Leben. Mein Traum war es, Kunst zu studieren und ein eigenes Studio zu eröffnen. Doch das, was ich wollte, spielte in dieser Familie keine Rolle.

Ich zog ein letztes Mal die Ärmel zurecht und stieg dann in meine frisch polierten Schuhe. Ein Blick auf die Uhr sagte mir, dass es Zeit war aufzubrechen. Ich warf mir ein Aspirin ein und steckte mir einen Kaugummi in den Mund, bevor ich mich nach einem letzten Blick in den Spiegel auf den Weg machte.

Sofort wurde ich von Bradley, dem Butler meiner Eltern in Empfang genommen. Er war Teil dieser Familie, seit ich denken konnte. Bradley hatte sich um mich gekümmert, wenn meine Erzeuger ihren Geschäften nachgingen, in die ich nach meinem Studium an der „Imperial Business School" ebenfalls einsteigen sollte, um sie später dann einmal ganz zu übernehmen. So die Erwartung meines alten Herrn. Er hatte mein Leben schon perfekt durchgeplant, als ich gerade erst im Begriff war laufen zu lernen.

»Bin ich zu spät?« Ich überprüfte noch einmal mein Spiegelbild.

»Nein, Sir. Auf den Punkt wie immer«, erwiderte Bradley.

Ich war schon im Begriff den Salon zu betreten, da räusperte er sich.

»Eric«, flüsterte er in verschwörerischem Ton und hielt mir seine offene Hand hin.

Ich lächelte dankbar, nahm den Kaugummi aus dem Mund und reichte ihn Bradley, dann betrat ich meine persönliche Bühne. *Showtime!*

Meine Eltern standen an der Hausbar. Nach einem kurzen Smalltalk kam mein Vater zum Wesentlichen und stellte mir die Kleine vor, mit der ich mich ab sofort herumschlagen musste. Mein Blick fiel auf die braungebrannte Blondine. Sie trug ein grauenhaftes rosa Kostüm und stand verloren im Raum. Dieser unnatürliche Blondton und die grausame Frisur standen ihr überhaupt nicht. Sie strahlte nicht gerade die übereifrige Glückseligkeit aus, die unsere Besucherinnen sonst an den Tag legten, wenn sie bei uns zu Gast waren. *Oh Mann, mir bleibt auch nichts erspart.*

Ich stöhnte innerlich auf, biss die Zähne zusammen und begrüßte sie. Dann wechselte ich ein paar letzte Worte mit meinen Eltern, gab ganz den kompetenten Sohn, bevor ich das Mädchen aus dem Raum schob.

Nachdem ich sie vor dem Haus in mein Auto verfrachtet hatte, gab ich Gas. Je weiter wir uns von meinem Elternhaus entfernten, desto mehr entspannte ich mich. In Gegenwart meiner Eltern schnürte es mir regelrecht die Luft ab. Ihre enggesteckten Erwartungen, die Reserviertheit, die sie an den Tag legten, obwohl ich ihr Sohn war, setzten mir jedes Mal zu. Auch wenn ich versuchte, ihr Verhalten nicht an mich rankommen zu lassen, erstickte es mich.

Genau deshalb musste ich weg von hier. Weg aus London. Mir irgendwo etwas Eigenes aufbauen. Dafür legte ich seit etwa einem Jahr die Grundlagen. Ich lernte schon früh, wie wichtig es war, sich ein finanzielles Polster anzulegen. Dabei kamen mir die Geschäftserfahrungen meiner Eltern, die ich quasi mit der Muttermilch aufgesogen hatte, gepaart mit meinem Studiengang, zugute. *Wenigstens etwas.*

Meine Erzeuger hatten keine Ahnung, wie viel Geld ich bereits durch Investitionen und eigene Geschäfte auf die hohe Kante geschafft hatte und das war besser so! Ich war achtzehn und in drei Jahren würde ich den Treuhandfonds ausgezahlt bekommen, den mein Großvater vor seinem Tod für mich angelegt hatte. Dann würde ich endlich von hier verschwinden.

Kapitel 4

Alex
31. Mai 1988

Wir parkten in einer schmalen Straße, die an einen kleinen Park mit bunten Wildblumen und sauber geschnittenen, niedrigen Hecken grenzte. Die mehrstöckigen Häuser mit weißem Stuck wirkten äußerst gepflegt. Davor parkten durchweg teuer aussehende Wagen, die den Eindruck von Luxus noch verstärkten.

Eric sprang aus dem Auto und bedeutete mir wortlos, ihm zu folgen. Er betrat die Eingangshalle, in der eine edle Empfangstheke stand. Ein junger Mann im Anzug richtete sich kerzengerade dahinter auf und deutete eine leichte Verbeugung an, als er Eric erblickte.

»Guten Tag, Mr. McDermott.«

»Entspannen Sie sich, Collin.« Eric stützte sich mit dem Ellbogen auf den Tresen, dann deutete er auf mich. Ich stand unschlüssig im Raum und wartete. Das alles hier überforderte mich. Die fremde Umgebung; dieser Typ, bei dem ich wohnen sollte und die bittere Erkenntnis, dass ich nun auf mich gestellt war – meine Freunde einen Ozean weit entfernt – ließen mich regelrecht verstummen.

»Das ist Miss Montgomery. Sie wohnt ab sofort bei mir, aber darüber haben meine Eltern Sie ja bereits in Kenntnis gesetzt, nehme ich an?«

»Das haben sie. Ich bin zudem umgehend der Aufforderung Ihrer werten Eltern nachgekommen und habe einen Schlüssel für die junge Dame anfertigen lassen,« Er griff in eine Schublade und schob Eric den Schlüssel über die Theke.

»Bitte teilen Sie doch auch Andrew und Martha mit, dass wir einen Gast haben, damit Mrs. Montgomery Tag und Nacht Zugang zum Gebäude hat und Martha nicht erschrickt, wenn sie in die Wohnung kommt.«

»Natürlich, Sir.«

»Danke Collin, auf Sie ist Verlass! Wie immer.« Eric wandte sich ab und ich trottete ihm hinterher wie ein Hündchen.

Er ging zu einem Fahrstuhl und schob mich hinein, steckte den Schlüssel in das silberne Schloss unter den Stockwerktasten und drückte dann den Knopf für die 4. Etage. Kaum schob sich der Fahrstuhl mit einem lauten ›Ping‹ auf, schon standen wir in einem geräumigen Flur, der offenbar zur Wohnung gehörte.

Eric öffnete eine Tür zu seiner Rechten. Dahinter erspähte ich ein Bad, das größer war, als mein Zimmer zu Hause. Die Badewanne war so groß, dass drei Leute darin locker Platz gefunden hätten. Das hier war genau das, was meine Mutter sich immer gewünscht, aber nie bekommen hatte. Meine Eltern waren sehr gut situiert und hätten sich einen gehobeneren Lebensstil in einer angesagteren Gegend durchaus leisten können.

Doch unser kleines, einfaches Einfamilienhaus in Oceanside, war das einzige, bei dem mein Vater sich wohl je durchgesetzt hatte. Ein gemütliches Zuhause mit einem Garten, in dem ich unbeschwert Kind sein konnte. Ohne den überflüssigen Luxus, auf den meine Mutter so viel Wert legte.

Eric sah mich unbewegt an. »Ich denke, der Raum dürfte selbsterklärend sein.«

Ich hatte keine Ahnung, was ich darauf erwidern sollte, also nickte ich nur stumm.

Mit großen Schritten lief Eric den Flur entlang, der in einem riesigen Raum mündete. Ich hatte Mühe, hinterherzukommen.

»Das ist das Wohnzimmer.«

Das Zimmer war in einem edlen Beige gehalten. Zwei riesige Sofas, die einer Liegewiese gleichkamen, dominierten den Raum und waren auf einen gigantischen Fernseher ausgerichtet. Die Regale an den Wänden waren bis unter die Decke mit Büchern bestückt und gaben dem sonst eher modern und kühl wirkenden Raum etwas Gemütliches. Im linken Teil gab es eine durch einen Tresen abgetrennte, geräumige Küche und eine Tür.

Eric lief darauf zu und öffnete sie. Dahinter lag noch ein Flur, auf dem sich zwei weitere Türen verbargen.

Er deutete auf die Erste. »Das hier ist mein Zimmer. Halte dich davon fern«, erklärte er und öffnete schnurstracks die hintere Tür. »Das ist dein Zimmer. Es verfügt über ein kleines Bad mit Toilette und Waschbecken. Außerdem hast du da drin genug Platz für deinen Weiberkram! Ich will in unserem

Gemeinschaftsbad nicht über Damenbinden oder Tampons stolpern.«

Wow, wer ist jetzt zickig?

»Klar«, brachte ich mühsam hervor.

»Dein Gepäck ist schon hergebracht worden. Freitags kommt Martha. Sie macht die Wäsche und putzt einmal durch. Alles was gewaschen werden soll, kommt in den Wäschekorb im großen Bad.« Er ließ die Schlüssel vor meinem Gesicht baumeln, bis ich sie nahm. Dann machte er auf dem Absatz kehrt und verschwand in sein Zimmer. Geräuschvoll fiel die Tür hinter ihm zu.

Ich atmete tief durch und betrat den großen Raum, der ab sofort mein neues Zuhause sein würde. Ich warf die Tür ins Schloss und ließ mich matt auf das überdimensionale Bett sinken. *Das ist echt bequem,* stellte ich erleichtert fest. Das Zimmer war riesig. Es war hell und in einem freundlichen Gelb gestrichen. Auf der rechten hinteren Seite des Raumes lag das kleine Bad. Links daneben in der großen Nische boten hohe Fenster einen Blick auf die Grünfläche auf der anderen Straßenseite. Darunter war ein großzügiger Schreibtisch positioniert und an der Wand rechts davon lud ein massives Hängeregal dazu ein, unzählige Bücher hineinzustellen.

Das Bett nahm einen beachtlichen Teil der Wand ein und gegenüber befanden sich riesige Einbauschränke, in denen ich das Zehnfache meiner Klamotten hätte unterbringen können. Eine Sitzecke mit zwei Sesseln und einem kleinen Tisch rundeten das Gesamtbild ab. Ich war beeindruckt. Das ließ sich nicht leugnen. Allein dieses Zimmer schaffte es, dass ich mir klein und unbedeutend vorkam.

So langsam zehrte auch die Müdigkeit an mir. Der furchtbare Abschied, dann der lange zermürbende Flug, die vielen neuen Eindrücke und die Tatsache, das ich seit vierundzwanzig Stunden auf den Beinen war, forderten ihren Tribut.

Ich traute mich nicht aus dem Zimmer, um die Dusche zu benutzen. Zum einen, weil mir hier alles fremd war und zum anderen, hatte ich nicht das Bedürfnis, Eric heute nochmals über den Weg zu laufen. Also riss ich mir die kratzigen Klamotten vom Körper, beförderte meinen Kulturbeutel aus dem Handgepäck und machte mich am Waschbecken frisch. *Im Moment muss eine Katzenwäsche reichen.*

Ich angelte ein Top aus dem Koffer und streifte es über, dann krabbelte ich erschöpft ins Bett und kuschelte mich unter die Decke. Obwohl es draußen noch hell war und die Abendsonne ins Zimmer schien, dauerte es nicht lange und ich war fest eingeschlafen.

Kapitel 5

Eric
31. Mai 1988

Ich warf mich rücklings auf mein Bett und presste mir die Hände aufs Gesicht. Ich bekam schon wieder Kopfschmerzen, nicht zuletzt dank des Auftritts bei meinen Eltern und der Aussicht in den nächsten fünf Jahren kaum mehr ein Privatleben zu haben.

Was habe ich meinen Eltern nur angetan, dass sie mir diese Verantwortung aufbürden?

Meine einzige Hoffnung bestand darin, dass Alex' zickiger Auftritt im Auto nur eine Momentaufnahme war. Sie hatte einen langen Flug hinter sich, dann die neue Umgebung und weit weg von zu Hause. Das konnte einen stressen, redete ich mir ein.

Was blieb mir anderes übrig. Sie war hier und ich hatte damit zu leben. Ich verdrängte den Gedanken schnell wieder, bevor meine Laune weiter sank.

Es war wahrscheinlich besser, mich eine Weile aufs Ohr zu hauen. Die seltenen Treffen mit meinen Eltern führten jedes Mal dazu, dass das Arschloch in mir zum Vorschein kam, das ich nie sein wollte.

Ich musste dringend runterkommen. Die letzte Nacht war kurz und wenig erholsam gewesen.

Ein lauter Schrei schreckte mich auf und ich saß kerzengerade in meinem Bett. Draußen war es bereits

hell. Mein Herz hämmerte in der Brust und ich brauchte einen Moment, um mir darüber klarzuwerden, woher dieser Schrei rührte.

Alex, schoss es mir durch den Kopf. Ich sprang auf. Mit großen Schritten eilte ich nach nebenan und preschte in ihr Zimmer.

Mit aufgerissenen Augen und geröteten Wangen starrte sie mir vom Boden entgegen. Ihr Blick sprühte wütende Funken, etwas, das ich angesichts des markerschütternden Schreies nicht erwartet hatte. Sie saß in einem wilden Chaos aus Kleidern, das aussah, als hätte sie ihre Koffer einfach auf dem Boden ausgekippt. Alex trug nichts weiter als ein weißes Top und Unterwäsche.

Ich fuhr mir durchs Haar und versuchte, die Situation zu begreifen. *Ist sie verrückt geworden?*

»Siehst du das?«, schrie sie mir entgegen und wedelte mit einem rosa Stofffetzen in der Luft herum, bevor sie ihn durchs Zimmer schleuderte. »Und das? Diese ganze Scheiße?« Sie deutete auf den Kleiderberg.

Langsam trat ich einen Schritt näher wie ein Jäger, der sich an ein verschrecktes Kaninchen heranpirscht.

»Ja?«

»Sie hat mir nur diese Scheiße eingepackt. Hier ist nichts was wirklich mir gehört, alles weg! Sie haben mir alles weggenommen...« Ihre Stimme brach und heftige

Schluchzer schüttelten ihren Körper. Tränen liefen über ihre Wangen.

Mitleid breitete sich in mir aus, auch wenn ich nicht verstand, worum es hier eigentlich ging. Ich seufzte und ließ mich neben ihr auf dem Boden nieder. Ohne darüber nachzudenken, zog ich sie an meine Brust und strich beruhigend über ihren Rücken. Sie lehnte sich bebend an mich und ihre Finger krallten sich in mein Shirt. Nach einer Weile wurde es besser. Die Tränen versiegten langsam und sie atmete wieder ruhiger. Mit einem tiefen Seufzer löste sie sich schließlich von mir. Sie wischte sich mit dem Handrücken über die Augen und schniefte.

»Hast du ein Taschentuch?«, krächzte sie heiser vom Weinen.

Hatte ich nicht. Stattdessen fischte ich ein rosa Top vom Boden und hielt es ihr schulterzuckend hin. Es entlockte ihr ein kleines Lächeln und sie schnäuzte voller Inbrunst hinein. Das wiederum brachte mich zum Lachen. Ich sah sie eine Weile nur an.

»Erzählst du mir, was los ist?«, fragte ich schließlich so behutsam wie möglich.

Sie betrachtete mich einen Augenblick. »Darf ich vorher duschen?«

»Na klar. Brauchst du irgendetwas?«

Sie sah auf den Kleiderhaufen. »Ich habe nichts anzuziehen!«

Ich hob eine Augenbraue.

»Nichts Normales«, schob sie schnell hinterher.

»Ok, komm mit.« Ich zog sie vom Boden hoch und bugsierte sie in mein Zimmer. Aus einem der Schränke beförderte ich ein großes schwarzes Shirt. Ich drückte es ihr in die Hand und begleitete sie zum Bad.

»Ich koche uns einen Kaffee. Komm in die Küche, wenn du soweit bist.«

»Danke.« Sie verschwand im Bad und kurz darauf hörte ich das Wasser in der Dusche laufen.

Ich trottete in die Küche und setzte den Kaffee auf. Ein Blick in den Kühlschrank verriet mir, dass es hier kein Frühstück zu holen gab. Ich sah auf die Uhr. Kurz nach acht. Möglicherweise gelang es mir, Alex zu einem Essen außer Haus zu bewegen, wenn sie sich etwas beruhigt hatte. Eine heiße Dusche wirkte da oft Wunder.

Ich goss Kaffee in zwei Becher, da betrat sie in meinem viel zu großen Shirt und feuchtem Haar die Küche. Sie wirkte verunsichert und drehte unaufhörlich an ihrem Ring, den sie am kleinen Finger trug.

»Hier.« Ich schob ihr die Tasse über den Tresen zu. »Milch und Zucker stehen dort. Setz dich.« Ich deutete auf die Barhocker. Sie nahm die Tasse und ließ sich gehorsam auf einen der Stühle sinken. Ich gab etwas Zucker in meinen Kaffee und sah sie prüfend an. »Dann erzähl mal.« Sie brauchte einen Moment, ehe sie leise zu sprechen begann.

»Nichts von dem, was du hier vor dir siehst, bin ich«, sagte sie.

Ich runzelte die Stirn. »Wie meinst du das?«

Alex seufzte schwer. »Die Klamotten in meinem Koffer, diese dämliche Frisur und selbst diese scheiß Haarfarbe. Das bin ich alles nicht! Nichts davon habe ich je gewollt. Das Einzige, das ich mir jemals selbst ausgesucht habe, waren meine beiden besten Freunde und die haben sie mir jetzt auch noch weggenommen.« Neue Tränen traten in ihre großen Augen. »Ich wurde nicht mal gefragt, ob ich hierher will. Sie haben mich einfach in den beschissenen Flieger verfrachtet.« Sie fuhr sich mit dem Handrücken über die Augen und sah so verletzlich aus, dass sich meine Brust zusammenzog.

Scheiße. Das war hart. Meine Eltern schienen nicht die einzigen Arschlöcher zu sein, die sich einen Dreck um die Gefühle ihres Kindes scherten. Mir kam eine Idee und ich legte ihr eine Hand auf die Schulter.

»Pass auf, wir machen jetzt Folgendes: Wir ziehen uns an und dann fahren wir in die Stadt. Dort genehmigen wir uns erstmal ein Frühstück und dann gehen wir auf die Suche.«

Sie sah mich verständnislos an. »Suche? Wonach?«

Ich lächelte verschwörerisch.

»Wir machen uns auf die Suche nach Alex Montgomery!«

Kapitel 6

Alex
1. Juni 1988

Staunend stand ich zwischen den bunten Läden, über mir ein bogenförmiges Schild, das die gesamte Breite der Fußgängerzone einnahm. ›Welcome to Carnaby Street‹, stand in großen Lettern darauf. Unzählige Geschäfte, Boutiquen, Pubs und Cafés reihten sich hier und in den kleinen Nebenstraßen aneinander und versprühten einen farbenfrohen Hippie-Charme, der an die sechziger Jahre erinnerte.

Eric breitete die Arme aus.

»Wenn wir Alex Montgomery hier nicht finden, wo dann?«

Ich kam mir fast vor wie Alice im Wunderland, die man durch ein Loch in eine komplett andere Welt geschubst hatte, die es zu entdecken galt und die mich so überwältigte, dass ich automatisch nach Erics Arm griff. Seine Haut war warm und die Sehnen seines Unterarms spannten sich bei meiner Berührung an. Seine Nähe gab mir Sicherheit. Ich war nicht allein.

Wir wuselten zwischen den anderen Menschen durch die Geschäfte und sahen uns so viele Klamotten an, dass mir schwindelig wurde. In einem kleinen, vielversprechenden Laden ließ Eric sich erschöpft in einen Sessel fallen. Ich inspizierte derweil die Kleiderständer und Regale, nahm etwas heraus und stapelte alles, was ich vorhatte anzuprobieren, in meiner Armbeuge. Mit einem beachtlichen Haufen betrat ich die Umkleidekabine.

Ich war von jedem einzelnen Outfit angetan. Es fiel mir schwer, mich zu entscheiden. Kurzerhand trat ich aus der Kabine und warf Eric einen fragenden Blick zu.

»Hilfst du mir? Ich weiß nicht, was ich nehmen soll.«

Er stand auf und kam zu mir herüber. Dann musterte er mich ausgiebig. »Was gefällt dir denn am besten?«

Ich seufzte. »Alles, das ist ja mein Problem.«

Sein Blick glitt langsam über die schwarze Röhrenjeans mit Nietengürtel. Dazu hatte ich hohe Chucks und ein schulterfreies Shirt anprobiert, auf dem das Bandlogo der ›Ramones‹ aufgedruckt war.

»Was hast du noch?«

Ich zeigte ihm meine Ausbeute. Dazu gehörten ein roter Schottenmini, einige Jeans, Tops und Shirts mit Bands, deren Musik ich liebte. Ebenso ein paar schwarze Doc Martens und eine enganliegende Lederjacke.

»Diese Art von Geschmack hätte ich dir gar nicht zugetraut, nachdem du in diesem rosa Fummel bei uns aufgekreuzt bist.« Er lachte. »Am besten, du behältst das da gleich an.« Ich sah an mir hinab. Eric nahm mir den Kleiderhaufen aus der Hand und ging damit zur Kasse. »So Süße, Zeit für die Abrechnung.« Er zwinkerte der Verkäuferin zu und warf die Klamotten auf den Verkaufstresen. »Das, was die Kleine dort anhat kommt noch obendrauf. Ach, und die hier auch!«

Er griff sich ein paar schwarze Strümpfe von einem Ständer, die bis über die Knie reichten und warf sie obenauf. Dann zückte er, ohne mit der Wimper zu zucken, eine Kreditkarte.

Mit offenem Mund sah ich ihm zu. Erst dann realisierte ich, was er vorhatte. Schnell sprang ich an seine Seite. »Du kannst doch nicht einfach... Das ist viel zu teuer, allein die Lederjacke«, protestierte ich.

Er drehte sich zu mir um und winkte ab. »Unsinn! Meine Alten haben Geld wie Heu, also scheiß drauf, okay?«

Eine Wärme, die einer Umarmung gleichkam, legte sich um mich und da war mir klar, dass ich Eric McDermott soeben in mein Herz geschlossen hatte. Nicht, weil er die Klamotten bezahlte, sondern weil er das Ganze hier für mich tat.

Nachdem wir den Laden mit zwei prallen Tüten verlassen hatten, bugsierte mich Eric eine Straße weiter in einen Friseursalon. Skeptisch sah ich ihn an. »Ich will meine Haare nicht schneiden lassen. Die sind schon kurz genug!«

Er lächelte beruhigend. »Ich dachte da mehr an Färben. Zum Beispiel in deine Naturhaarfarbe?«

Ein freudiges Kribbeln breitete sich in meinem Magen aus. Auf die Idee war ich gar nicht gekommen.

Kapitel 7

Eric

1. Juni 1988

Nach ein paar kurzen Erläuterungen begab sich Jerome, der Hairstylist, sofort an die Arbeit. Ich forderte Alex auf, mir ausführlich zu erzählen, wie sie hier bei mir gelandet war. Während sie sprach, wechselten Jerome und ich einige fassungslose Blicke. Sie klammerte sich mit den Händen fest an die Stuhllehnen und kämpfte mit den Tränen, als sie das ganze Geschehen noch einmal Revue passieren ließ. Es war nicht zu begreifen, was Eltern ihren Kindern antaten, in der Annahme, es sei das Beste für sie. Ich sah sie nun in einem völlig anderen Licht. Kein Wunder, dass sie am Vortag so zickig reagiert hatte.

Ich legte meine Hand auf ihre. Sie war eiskalt, doch sie entspannte sich ein wenig unter meiner Berührung.

»Du schaffst das. Du bist hier nicht allein. Ich bin immer da, wenn etwas ist, klar?«

Ein kleines Lächeln legte sich auf ihre Lippen.

»Okay.«

Einige Zeit später durchbrach Jerome die Stille.

»Fertig!« Er hatte die Hände in die Hüften gestemmt und sah sehr zufrieden mit sich aus.

Ich betrachtete sein Werk und sah ihn anerkennend an. Alex sah aus wie ein neuer Mensch. Das dunkelbraun gefärbte Haar schmeichelte ihrem gebräunten Hautton und ließ sie fast wie eine Latina wirken. Ihre hellgrauen Augen stachen jetzt aus ihrem Gesicht hervor wie ein Licht aus der Dunkelheit. Jerome hatte den Pagenschnitt ein wenig abgeschrägt, sodass die Haare vorne länger waren als hinten, was der Frisur die Strenge nahm und sie frecher wirken ließ.

Alex schien ebenfalls überrascht von der Veränderung zu sein und starrte ihr Spiegelbild eine ganze Weile mit großen Augen an.

Langsam trat ich hinter sie. »Einen Penny für deine Gedanken«, flüsterte ich an ihrem Ohr und sie zuckte ein wenig zusammen, als hätte ich sie aus einer Trance geweckt. Dann drehte sie sich um und umarmte mich stürmisch.

Vor Überraschung brauchte ich eine Sekunde, ehe ich die Umarmung erwiderte. Sie rückte kurz darauf verlegen von mir ab, ihre Wangen leicht gerötet.

»Sorry, wenn ich dir zu nahegetreten bin. Aber zum ersten Mal seit langem fühle ich mich wieder wie ich selbst.«

Ich verschränkte die Arme vor der Brust und grinste.

»Also haben wir Alex Montgomery gefunden?«

Sie lachte. »Ja, ich denke, das haben wir.«

»Sehr gut, ich komme nämlich langsam um vor Hunger. Gehen wir etwas Essen oder lassen wir uns lieber eine Pizza nach Hause kommen?«

Sie dachte einen Moment nach, dann sah sie zu mir auf. »Pizza zu Hause? Ich bin, ehrlich gesagt, noch etwas fertig.«

Ich deutete eine vornehme Verbeugung an und hielt ihr meinen Arm hin. »Wie die Dame wünscht. Darf ich bitten?«

Sie kicherte und hakte sich bei mir unter.

Die ersten paar Wochen mit Alex waren wie im Flug vergangen. Wir verstanden uns prima. Damit hatte ich zu Anfang nicht gerechnet. Tagsüber zeigte ich ihr die Stadt, besuchte mit ihr die umliegenden Parks und machte sie mit dem Weg zu ihrer neuen Schule vertraut. Abends lümmelten wir uns vor dem Fernseher herum, sahen uns Filme an oder unterhielten uns über Gott und die Welt.

Seit Alex bei mir war, hatte ich keine Bar mehr von innen gesehen und erstaunlicherweise vermisste ich meine nächtlichen Streifzüge nicht einmal. Sie um mich zu haben, gab mir eine Ruhe, die ich zuvor nicht gekannt hatte und bändigte den Drang mich bis zur Besinnungslosigkeit zu betrinken.

Ich kam aus der Dusche und gesellte mich zu ihr an unsere Küchentheke, an der sie saß und etwas schrieb.

»Wieder eine Postkarte an Mike?«, fragte ich und rubbelte mein Haar mit einem Handtuch trocken.

»Ja.« Sie sah traurig aus. Ich fing ihren Blick auf.

»Was ist los?«

»Ach, ich weiß auch nicht. Bisher habe ich noch keinen einzigen Brief zurückbekommen, obwohl ich ihnen die Adresse nochmals extra dazu geschrieben habe. Glaubst du, sie haben mich schon vergessen?«

Ich schüttelte nachdrücklich den Kopf.

»Nein. Bestimmt nicht.« Mir kam da eher ein anderer Gedanke. »Warte kurz, okay?« Ich nahm den Telefonhörer in der Küche zur Hand und wählte die Nummer unserer Poststelle. Dorthin kam jegliche an unsere Familie adressierte Post zur Überprüfung, bevor sie an uns weitergeleitet wurde. Eine nötige Sicherheitsmaßnahme. Aufgrund ihrer Geschäfte hatten meine Eltern sich nicht nur Freunde gemacht. Die Kehrseite eines Familienimperiums.

»McDermott hier. Sagen Sie, ist in letzter Zeit Post für Miss Montgomery eingetroffen? Wir erwarten einen wichtigen Brief.« Ich zwinkerte ihr aufmunternd zu und sie beobachtete mich angespannt. »Ja, okay. Und da ist nichts zu machen? Nein, ist ja nicht ihre Schuld! Danke.«

»Was ist?«, fragte sie mit Hoffnung in der Stimme.

Ich atmete durch. Es machte mich wütend, was ich ihr nun sagen musste. »Es gibt eine gute und eine schlechte Nachricht. Die gute ist, sie haben dich nicht vergessen. Es sind schon mehrere Briefe für dich angekommen. Die schlechte ist, dass jegliche Post aus Oceanside im Auftrag deiner Eltern zurückgeschickt wird.«

Sie schnaubte und nickte dann beinahe resigniert. »Kommst du nachher trotzdem mit, die Karte einwerfen?«

»Klar. Brauchst du vielleicht sonst noch irgendetwas? Für die Schule oder so? Ist ja nicht mehr so lange, bis es losgeht.«

»Ich habe alles.«

Ihr Tonfall ließ mich aufhorchen. Ich setzte mich

neben sie. »Hey, alles in Ordnung? Du vermisst deine alte Schule, oder?«

»Ehrlich gesagt, nein.« Sie sah mich offen an. »Ich war da nicht wirklich beliebt. Ich habe eher Angst, dass es hier genauso wird.«

Das überraschte mich. Ich hob die Augenbrauen. »Na komm, so schlimm kann es doch nicht gewesen sein.«

Sie zog eine Grimasse und drehte wie immer, wenn sie nervös war, am Ring an ihrem kleinen Finger.

»Na ja, Sprüche wie - Achtung da kommt der Psycho mit ihrem Pickelmonster - oder - die Freaks haben wieder Ausgang - waren ziemlich deutlich.«

»Der Psycho?«

Seufzend winkte sie ab. »Unschöne Geschichte.«

»Das Pickelmonster ...?«

»Mike«, erklärte sie bitter.

Ich rieb mir über die Stirn.

»Scheiße«, entfuhr es mir.

»Vornehm ausgedrückt. Und das war noch das Harmloseste.«

Ich strich ihr mit dem Handrücken über die Wange. »Sieh es mal so, du hast hier die Chance komplett neu anzufangen. Niemand kennt dich. Du kannst dich also so zeigen, wie die Leute dich sehen sollen. Als hübsche, liebenswerte junge Frau. Falls das nicht funktioniert, sag mir Bescheid und ich komme vorbei.« Ich zwinkerte und ließ meine Muskeln spielen.

»Du bist lieb!«, sie schlang die Arme um mich und drückte mir einen Kuss auf die Wange.

Mir brannte noch etwas auf der Seele, von dem ich wollte, dass sie es wusste. Ich hoffte, das hier war nicht der falsche Zeitpunkt, um damit herauszurücken. Ich hatte es nie jemandem außer Lenny gesagt und selbst das hatte mich Überwindung gekostet. Klar, es hatte sich bei einigen Leuten rumgesprochen, aber sie sollte es von mir hören. Ich räusperte mich und sah sie ernst an.

»Ich muss dir auch noch was über mich erzählen. Ich will das du Bescheid weißt.«

»Schieß los.«

Ich rang einen Moment mit mir. »Es kann sein, dass du danach anders über mich denkst.«

Alex sah mich mit großen Augen an. »Jetzt machst du mir Angst, Eric.«

Mach es kurz und schmerzlos, als ob du dir ein Pflaster abreißen würdest. Ich schloss die Augen.

»Ich bin schwul, Alex«, hörte ich mich heiser sagen und hielt im nächsten Moment den Atem an. Nicht einmal meinen Eltern hatte ich davon erzählt. Sie hätten mich auf der Stelle enterbt.

Sie zog die Stirn kraus. »Echt? Hätte ich nicht gedacht. Bist du sicher?«

Über ihre Skepsis musste ich beinahe lachen.

»Ähm ... ja, ich glaube schon.«

»Die Mädchen rennen dir auf der Uni doch bestimmt in Scharen hinterher«, stellte sie nachdenklich fest.

»Die interessieren mich nicht.« Das war die Wahrheit. Klar, gab es hübsche Mädchen an der Uni, aber sie alle hatten eines gemeinsam. Sie waren die Aufziehpüppchen ihrer reichen Eltern, die genau das taten, was von ihnen verlangt wurde. Ich war für sie nur eines, ein geschäftlicher Schachzug, um die Finanzkraft und den Einfluss ihrer Familien maximal zu erhöhen. Ein echter Abtörner.

»Okay. Das ist ein echter Verlust für die Frauenwelt«, schloss sie bedauernd und jetzt brach ein Lachen aus mir heraus. Dieses Mädchen war nicht zu bezahlen. Eine ungewohnte Wärme füllte mich aus.

Ich legte die Arme um sie und küsste ihr Haar. »Du bist lieb und wehe jemand behauptet etwas Anderes.«

Kapitel 8

Alex

7. September 1988

Ich stand unschlüssig vor dem riesigen Schulgebäude, in dem ich die nächsten zwei Jahre auf meinen Abschluss hinarbeiten sollte. Mein Magen grummelte nervös. Am liebsten hätte ich sofort wieder kehrtgemacht. Eine Hand legte sich warm auf meine Schulter.

»Einen Penny für deine Gedanken.« Eric sah auf mich hinunter und lächelte aufmunternd. »Alles okay?«

Ich zuckte mit den Schultern. »Besteht eine Chance, dass ich nicht auf diese Schule muss? Ihr seid doch reich. Kannst du mir den Abschluss nicht einfach kaufen?«, scherzte ich lahm.

Er schüttelte den Kopf. »Tut mir leid, da musst du jetzt wohl durch. Kopf hoch, okay? Du schaffst das. Geh einfach da rein und sei du selbst.«

Ich zog eine Grimasse. »Das ist dein Rat? Bisher hat das nämlich nicht sehr gut funktioniert.«

Mit dem Ellbogen stieß er mir in die Rippen. »Na los. Je länger du wartest, desto schwerer wird es.«

Ich seufzte, schloss ihn kurz in die Arme und straffte meine Schultern.

Dann mal los.

Nachdem ich mich beim Direktor gemeldet und meinen Stundenplan erhalten hatte, begleitete mich seine Sekretärin zu meinem Klassenzimmer. Ein älterer Herr in einem Tweed Jackett mit aufgenähten Lederflicken an den Ellbogen öffnete die Tür und stellte sich als Mr. Burns vor. Geschichts- und Mathelehrer. Er schob mich ins Klassenzimmer und mahnte zur Ruhe.

»Herrschaften! Ich darf Ihnen Ihre neue Mitschülerin vorstellen. Miss Alexandra Montgomery«

»Alex«, unterbrach ich ihn zögernd und ein paar Schüler kicherten leise.

»Wie bitte?« Er sah mich zerstreut an.

»Alex, Sir. Alex Montgomery, bitte.«

»Oh. Miss Alex Montgomery. Sie ist aus den Staaten an unsere schöne Schule gekommen. Bitte helfen Sie ihr, sich bei uns einzuleben.« Mit einem mahnenden Blick bedachte er die Klasse. Dann deutete er auf einen freien Platz in der zweiten Reihe, neben einem übergewichtigen Jungen in einem ›Iron Maiden‹-T-Shirt.

»Setzen Sie sich. Mr. Cox teilt sicher gern sein Buch, bis Sie Ihr eigenes erhalten.«

Ich nickte und bahnte mir unter den aufmerksamen Blicken meiner neuen Mitschüler einen Weg zu meinem Tisch und ließ mich auf den Stuhl, neben dem dunkelhaarigen Jungen gleiten. Dieser musterte mich ungeniert.

»Hi«, sagte ich leise und lächelte.

»Nettes Shirt.« Gab er zurück und deutete mit dem Kinn auf mein ›Guns'n'Roses‹-Shirt.

»Gleichfalls.«

Er schob sein Mathebuch in die Mitte des Tisches.

»Ich bin Clay.«

»Alex, aber das hast du wohl schon mitbekommen.«

Er fuhr sich durch das lange, dunkle Haar und fixierte mich. »Mach dich schon mal darauf gefasst, dass dir die Jungs hier alle an die Wäsche wollen und die Mädchen dich dafür hassen werden«, flüsterte er und zwinkerte mir verschmitzt zu.

Ich sah ihn mit hochgezogenen Brauen an.

»Tja. Danke für diese überaus beruhigende Einschätzung.«

Er grinste breit und entblößte dabei eine festsitzende Zahnspange. »Immer zu Diensten.«

Kapitel 9

Alex

4. Oktober 1988

Die Schule war nicht so schlimm, wie ich befürchtet hatte. Ich hatte mich mit Clay angefreundet und er hatte wirklich recht behalten. Die Jungen aus unserer Klasse schwirrten um mich herum wie Motten ums Licht. Der Fakt, dass ich aus den Staaten kam, schien sie beinahe anzuspornen. So, als wäre ich der große Pokal bei einem Spiel, bei dem ich allerdings nicht mitspielen wollte. In den ersten drei Wochen verging kein Tag, an dem ich nicht nach einem Date gefragt wurde und so langsam ging mir das mächtig auf die Nerven. Den anderen Mädels offenbar auch, denn sie fingen bereits an, hinter meinem Rücken zu tuscheln.

Maddox Hall einer der Jungen aus meiner Klasse, hatte schon in der ersten Schulwoche dreist behauptet, mich flachgelegt zu haben. *Geht's noch?* Das Gerücht verbreitete sich über den Flurfunk und erreichte mich in der zweiten Pause.

Eine schlanke Blondine trat auf mich zu, musterte mich und wollte wissen, wie lange ich schon mit ihrem Exfreund schliefe.

Clay, der neben mir gestanden hatte, sah mich erstaunt an. »Du hast was mit Maddox?«

Ich verschluckte mich beinahe an meinem Kaffee.

»Mit wem? Wer ist Maddox? Ich schlafe mit niemandem. Ich ... habe einen Freund«, stotterte ich.

Zoe deutete auf einen sportlichen Blonden in einem weißen Leinenjackett mit passender Bundfaltenhose, worin er aussah wie Sonny Crocket aus der Serie Miami Vice.

Hölle, nein. Igitt! Der war nun wirklich alles andere als mein Typ.

Ich nahm sie zu ihrer Überraschung am Arm, bedeutete Clay uns zu folgen und zog sie mit mir zu der Gruppe Jungen, die mit Maddox Witze rissen.

»Hey!« Ich klopfte ihm energisch auf die Schulter und die Gespräche verstummten, als er sich zu mir umdrehte. Er sah mich perplex an.

»Ich habe gehört, du erzählst hier jedem von unserem wilden Ritt, Baby«, eröffnete ich zuckersüß und klimperte übertrieben mit den Wimpern. Er trat unruhig von einem Bein auf das andere, während seine Kumpel jedes meiner Worte aufsogen. »Warum erzählst du ihnen nicht auch von dem kleinen Malheur. Das muss dir doch nicht peinlich sein.« Ich zwinkerte ihm verschwörerisch zu.

Alle Blicke hefteten sich auf Maddox, dessen rote Gesichtsfarbe nun einen schönen Kontrast zu seinem Anzug bot. Ein paar der Jungs wechselten amüsierte Blicke und sie hatten Mühe, ihr Lachen zu verbergen.

»Ihr kauft ihr diesen Scheiß doch nicht etwa ab? Es ist überhaupt nichts passiert. Wir hatten gar nichts miteinander«, platze er heraus und starrte mich wütend an. »Das hat sie sich nur ausgedacht. Sie lügt.«

»Du hast also nicht mit ihr geschlafen?«, Zoe verschränkte die Arme vor der Brust.

»Nein!«

Clay fing schallend an zu lachen. Die anderen stimmten ein. »Du bist echt armselig, Hall. Du bist hier der einzige Lügner, Mann.« Er wischte sich die Lachtränen fort. »Montgomery, du hast mir den Tag versüßt. Lust auf einen Muffin?«

Ich grinste breit. »Wer kann dazu schon nein sagen?« Ich warf einen Blick auf Zoe. »Was ist mit dir? Kommst du auch mit?«

»Was? Ich?« Sie starrte uns einen Moment an. Dann warf sie die Hände in die Luft. »Ach, was soll's! Lasst uns gehen.«

Kapitel 10

Alex
14. März 1989

Ich war mal wieder vor Eric zu Hause und da ich nichts zu tun hatte, durchstöberte ich zum wiederholten Mal die große Bücherwand im Wohnzimmer. Schon so oft war ich über die Buchrücken gefahren, doch ich entdeckte immer wieder etwas Neues. Wahrscheinlich auch, weil es so viele verschiedene Sparten gab, dass ich teilweise mit der Auswahl überfordert war. Eric besaß unzählige Bücher über verschiedene Maler. ›Dhali‹, ›Van Gogh‹, ›Da Vinci‹, ›Warhol‹, ›Munch‹ und Weitere, reihten sich aneinander. Daneben die unterschiedlichsten Zeichenbücher. Stillleben, Perspektive, Porträtzeichnen, Tiere und ihre Anatomie, räumliches Zeichnen und was man sich sonst noch so vorstellen konnte, gefolgt von Büchern über das Tätowieren.

An dem nächsten Regal hätte mein Großvater seine Freude gehabt, denn hier standen alle sechsundsechzig Kriminalromane von Agatha Christie in Reih' und Glied. Eric liebte ihre Krimis. Daneben fanden sich Bücher wie ›*Der Pate*‹, ›*Das Schweigen der Lämmer*‹ und ein Haufen Stephen King Romane. Aber auch Klassiker wie ›*Moby Dick*‹ und ›*Das Bildnis des Dorian Grey*‹

gehörten zu seiner Sammlung. Ehe ich mir etwas ausgesucht hatte, hörte ich auch schon das Ping des Fahrstuhls, das Erics Rückkehr ankündigte.

»Jemand zu Hause?«, rief er aus dem Flur und ich steckte den Kopf durch die Tür. Er hielt ein großes Paket vor der Brust und über seiner Schulter hing die Umhängetasche aus Leder, die er immer mit zur Uni nahm und mit seinen Büchern vollstopfte.

»Was hast du da?« Ich trat zu ihm auf den Flur.

Achtlos ließ er die Tasche von seiner Schulter gleiten, die mit einem ›Rumms‹ zu Boden fiel und lächelte geheimnisvoll. »Das ist ein Paket.«

Ich verdrehte die Augen. »Sag bloß. Was ist drin?«

»Ich fürchte, um das zu erfahren, wirst du es öffnen müssen.«

»Ich?«

»Ja, du bist doch Alexandra Montgomery, oder? Ich kann es auch wieder zurückbringen.« Er drehte sich halb von mir weg, als wollte er gehen.

»Gib schon her!«, rief ich ungeduldig und zog am Bund seiner Lederjacke.

Grinsend drückte er mir den Karton in die Hand und schob mich vor sich her ins Wohnzimmer, wo er die Jacke auszog und sich auf eines der Sofas warf. Ich setzte mich neben ihn, das Paket auf dem Schoß. Auf dem Etikett stand tatsächlich mein Name. Der Absender war eine Geschäftsadresse aus L.A. Ich kannte sie, es war die Adresse von Dads Büro. Mein Herz schlug schneller.

»Willst du es nicht aufmachen?« Eric sah mich aufmerksam an. Ich atmete tief durch und nickte nervös. Dann riss ich den Karton auf.

Obenauf lagen säuberlich gefaltet zwei T-Shirts. Mein

heißgeliebtes ›X-Men‹- und mein ›Spiderman‹-Shirt, deren Anblick mir die Tränen in die Augen trieb. Ich nahm sie heraus und drückte sie an meine Brust. Darunter versteckte sich ein Karton ›Reese's Peanut Buttercups‹ und daneben etwas Rechteckiges, Flaches, das in Geschenkpapier eingewickelt war. Ich nahm es heraus. Ein Briefumschlag mit meinem Namen, auf einem Stapel von etwa zehn, in Schonhüllen verpackten, Marvel Comics kam darunter zum Vorschein.

Mit zitternden Fingern griff ich nach dem Umschlag und öffnete ihn. Ich zog eine Geburtstagskarte heraus, auf der eine Siebzehn prangte, mein Geburtstag war vor zwei Tagen. Als ich sie aufklappte, segelte ein Scheck heraus. Fünfhundert Dollar. Ich schnappte nach Luft. Dann las ich die Karte ...

Hallo mein Spatz,
zuerst einmal wünsche ich dir alles Liebe zu deinem Geburtstag. Ich hoffe, du hast einen wunderschönen Tag. Ich habe dir ein paar Sachen eingepackt, die ich vor deiner Mutter retten konnte und die du sicherlich haben möchtest. Ich habe dir deine geliebten Reese's mit dazugepackt, ich weiß ja, wie verrückt du nach diesen Dingern bist.
Alles konnte ich leider nicht in Sicherheit bringen, also kauf dir in London einfach etwas Neues, okay? Dort wird es auch Comicläden geben, nehme ich an. Ich vermisse dich und ich hoffe, du kannst mir irgendwann verzeihen, dass wir dich fortgeschickt haben.
Es tut mir leid, Spatz.
In Liebe, Dad
P.S. Anbei liegt noch ein Geschenk, von jemandem, der dich ebenfalls sehr vermisst.

Schluchzend klappte ich die Karte zu und wischte mir die Tränen aus den Augen. Dann griff ich nach dem Päckchen. Nervös riss ich das bunte Geschenkpapier auf und schluckte schwer.

Ein Briefumschlag, auf dem in einer mir nur allzu vertrauten Handschrift ›Lexi‹ stand, fiel mir entgegen. Darunter ein Bilderrahmen. Das Foto darin trieb mir neue Tränen in die Augen. Mike, Tobi und ich standen vor dem Haus der Hastings. Ich in der Mitte, beide Jungs hatten je einen Arm um meine Schultern gelegt. Wir grinsten albern in die Kamera. Melinda hatte es etwa zwei Wochen vor den Ferien aufgenommen.

Ich drückte das Erinnerungsstück an meine Brust und weinte. Eric nahm mir den Karton vom Schoss und zog mich tröstend an seine Brust.

Nach einer Weile hatte ich mich wieder beruhigt und Eric verstand, dass ich Mikes Brief allein in meinem Zimmer lesen wollte. Ich saß auf meinem Bett und atmete tief durch, dann öffnete ich mit zittrigen Fingern den Umschlag.

Der Anblick seiner vertrauten Handschrift machte mir noch deutlicher, wie sehr ich ihn vermisste.

Hi Lexi,
ich weiß gerade gar nicht, wo ich anfangen soll. Ich konnte es kaum glauben, als dein Dad mich gefragt hat, ob ich dir einen Brief zum Geburtstag schreiben möchte. Was für eine Frage ...

Erstmal: Happy Birthday! Ich hoffe, du verbringst deinen Geburtstag nicht allein. Tobi und ich würden alles dafür geben, bei dir zu sein und mit dir zu feiern. Mom auch. Du fehlst uns. Vor allem fehlst du mir. Es vergeht kein Tag, an dem ich nicht an dich denke und mir wünsche, du wärst hier. Bei mir.
Ohne deine täglichen Postkarten (manchmal verspätet sich die ein oder andere) wüsste ich nicht, wie ich den Tag überstehen soll. Ich freue mich so für dich, dass du wenigstens zwei Freunde gefunden hast und sich der Sohn deiner Gasteltern so gut um dich kümmert. Dann brauchen wir uns nicht zu viele Sorgen machen.
Hier ist eigentlich alles wie immer bis auf die Tatsache, dass du fehlst. Ich muss immer wieder daran denken, was du zu mir gesagt hast, bevor sie dich weggebracht haben. Jetzt kann ich dir endlich darauf antworten. Ich liebe dich auch, Lexi! Mehr als alles andere und ich würde töten, wenn du dadurch schneller wieder zu Hause wärst. Vergiss das nie und höre bitte niemals auf, mir zu schreiben! Ich werde auf dich warten, versprochen.
In Liebe Mike

P.S. Tobi und Mom lassen dich drücken und ganz lieb grüßen.
P.P.S. Ich habe die Comics gerettet, die deine Mom noch nicht gefunden hatte. Dafür bin ich sogar durch dein Fenster eingestiegen. Ich verwahre sie sicher für dich, bis du wieder da bist.

Ich ließ den Brief sinken und wischte mir die Tränen aus den Augenwinkeln. Es tat ebenso gut von Mike zu hören, wie es weh tat angesichts der Entfernung, die zwischen uns lag. Er liebte mich und er würde auf mich warten.

Kapitel 11

Eric
16. Mai 1989

»Hey Ric, hier drüben!«, rief Lenny winkend und ich hatte Mühe, ihn über die laute Musik im Club zu verstehen. Aus den Lautsprechern dröhnte ›Tainted Love‹ von ›Soft Cell‹ und die Tanzfläche war brechend voll. Ich drängte mich durch die Menge und schob mich ihm gegenüber auf den Sitz in der kleinen Nische, die er freigehalten hatte.

»Wo ist Alex?« Er schob mir sein Bier rüber. Ich trank einen tiefen Zug und zuckte mit den Achseln.

»Sie lernt mit einem Kumpel aus der Schule für eine Mathearbeit.« Die Kellnerin kam an unserem Tisch vorbei und ich gab ihr ein Zeichen, uns zwei Flaschen Bier zu bringen.

»Mit einem Kumpel? Lernen?« Er sah mich mit hochgezogenen Augenbrauen an. »Ist das ein Code für irgendetwas Unanständiges?«

Ich schüttelte den Kopf. »Nein, sie lernen wirklich. Außerdem, was stört es dich?«

»Mich? Ich dachte eher, dich stört es vielleicht.«

Ich sah ihn stirnrunzelnd an. »Wieso sollte es?«

Er sah mich amüsiert an.

»Na ja, seit sie bei dir wohnt, bekommt man dich ja kaum noch zu Gesicht und wenn doch, dann ist Alex immer bei dir.«

»Sei nicht albern Lenny. Ich habe die Verantwortung für die Kleine, das ist alles. Außerdem hat sie hier niemanden, da kann ich sie nicht ständig alleinlassen.«

Die Kellnerin kam vorbei und stellte unsere Getränke vor uns ab, während ›Van Halen‹ sein ›Jump‹ aus den Lautsprechern brüllte. Ich trank einen großen Schluck.

»Na wenn das so ist ...« Er grinste und prostete mir zu. »Hast du eigentlich schon den neuen Barkeeper gesehen?«

Ich schüttelte den Kopf. »Nein, ich habe Cole die Einstellung überlassen. Warum? Ist er so ein Idiot wie Grady? Dann sollte ich mich zukünftig wohl doch besser selbst darum kümmern.«

Lenny hob beschwichtigend die Hände. »Nein, nein. Scheint ein cooler Typ zu sein, alles in Ordnung und er kommt bei den Ladys extrem gut an. Auch, wenn er nicht in ihrer Liga spielt, wenn du verstehst, was ich meine.«

Ich runzelte die Stirn. Vielsagend hob er die Augenbrauen. »Du willst mir hier gerade nicht auf deine gewohnt plumpe Art den Barkeeper schmackhaft machen, oder?«

»Du hattest schon ewig keine Verabredung mehr, Ric. Seit Sam von hier abgehauen ist«, stellte er fest.

»Rede erst gar nicht weiter.« Ich winkte ab. »Du weißt genau, ich habe keinen Bock mehr auf den Scheiß. Da bleibe ich lieber allein und besorge es mir selbst, wenn nötig. Dieser ganze Gefühlsbullshit ist nichts für mich, Lenny. Ich habe es probiert, aber ich kann damit nichts anfangen. Wahrscheinlich habe ich nicht mal welche. Also lassen wir das.«

Kapitel 12

Alex
5. Juni 1990

Die beiden letzten Schuljahre vergingen wie im Flug und ich hatte mich recht gut in London eingelebt. Das hatte ich zu Anfang nicht vermutet, aber dank Eric war es nahezu unmöglich, sich nicht wohlzufühlen. Er war immer für mich da, genau wie er es mir versprochen hatte.

Ich behielt mein Ritual bei und schrieb jeden Tag eine Karte an Mike und Tobi, auch wenn ich keine Antwort zu erwarten hatte. Sie sollten wissen, dass ich immer an sie dachte und sie nicht vergaß.

Die Schule war wider Erwarten okay gewesen. Meine Mitschüler waren gewöhnungsbedürftig und mit vielen von ihnen hatte ich nichts gemein, doch sie ließen mich weitestgehend in Ruhe. In Clay und Zoe hatte ich tatsächlich Freunde gefunden, die mir den Schulalltag erträglicher machten.

Clay hatte wie ich eine Schwäche für Videospiele und oftmals hingen wir nach der Schule noch eine Weile in der Spielhalle ab, zockten ›Pacman‹, ›Asteroids‹ oder ›Donkey Kong‹. Danach war dann meist noch ein Abstecher in den Comicbuchladen drin. Immer öfter begleitete Zoe uns. Auch wenn sie selbst nicht spielte, sah sie uns gern dabei zu und wir unterhielten uns derweil.

Mein Abschluss stand nun unmittelbar bevor und ich war nicht wirklich traurig darüber. Das bedeutete für mich nur, zwei Jahre weniger zu warten, bis ich endlich wieder nach Hause fliegen konnte.

Die meisten Tage und Abende verbrachte ich mit Eric. Er nahm mich oft mit, wenn er zum Training ging. Ich sah ihm gern dabei zu, wenn er und sein Trainer sich einen Übungskampf im Kung Fu lieferten, um all die verschiedenen Techniken und Griffe auszuprobieren. Ehrlich gesagt gab er einen äußerst appetitlichen Anblick ab, wenn er seine Position einnahm und mit ernstem Blick sowie angespannten Muskeln seine Übungen machte, der nackte Oberkörper glänzend vom Schweiß.

Ansonsten trafen wir uns abends öfter mit seinem besten Freund Lenny, gingen ins Kino oder sahen uns zu Hause einen Film an. Eric war der wichtigste Mensch in meinem Leben geworden und manchmal fragte ich mich, wie ich je ohne ihn existieren konnte.

»Hey, wird es nicht Zeit, shoppen zu gehen?« Eric stand mit nacktem Oberkörper vor mir im Wohnzimmer und hatte die Arme in die Hüften gestemmt. Bis eben trainierte er in seinem Zimmer. Er hortete dort unzählige Hanteln, ein Laufband und einen Boxsack. Ich lag dagegen faul auf dem Sofa und steckte mir einen Cookie in den Mund. Das war mein Sport.

»Shoppen? Wozu?«, fragte ich mit vollen Backen.

Er hob die Augenbrauen.

»Für deinen Abschlussball? Ist der nicht bereits nächste Woche? Oder hast du schon ohne mich eingekauft?«

Ich wand meine Aufmerksamkeit wieder dem Fernseher zu und nahm mir noch einen Keks. »Ach der, ich gehe nicht hin.«

»Du gehst nicht hin?«, echote er.

Ich verdrehte die Augen. »Ich habe keine Lust auf den Scheiß. Außerdem werden alle so mit sich selbst beschäftigt sein, dass mich sowieso niemand wirklich vermissen wird. Also ...« Ich zuckte mit den Achseln.

Er maß mich mit zusammengekniffenen Augen. »Hat dich niemand gefragt, ob du mit ihm hingehst?«

Ich schnitt eine Grimasse. »Leider doch. Landon, der Typ der die Schülerzeitung leitet. Ich habe dir mal von ihm erzählt.«

»Der Kerl der Fotos von dir machen wollte? In Unterwäsche?«

Ich nickte zustimmend. *Genau der. Igitt!*

»Und Maddox. Aber der ist so ein arrogantes Arschloch! Er glaubt, er wäre unwiderstehlich. Hat schon fast jede in der Schule flachgelegt. Bis auf mich.« Ich schüttelte mich bei dem Gedanken.

Eric horchte auf. »Maddox? Maddox Hall?«

»Mhm«, murmelte ich und ein weiterer Cookie musste dran glauben.

»Hat der Typ nicht rumerzählt, er hätte es schon mit dir getrieben, bevor du auf diese Schule gekommen bist?«

Dieses Ekel war wirklich unfassbar von sich selbst überzeugt. Zugegeben, er sah nicht übel aus, aber nicht gut genug, um in seinem Trophäenschrank zu landen. Mir fiel allerdings sofort jemand ein, dem ich kein Date abschlagen würde.

»Jap. Seitdem herausgekommen ist, dass er gelogen hat, lässt er nicht mehr locker und will unbedingt eine echte Verabredung mit mir. Wahrscheinlich, um mich wirklich flach zu legen«, erklärte ich und ließ meinen Blick verstohlen über Erics Bauchmuskeln wandern. Seine tiefsitzende Jogginghose gab die Sicht auf die feinen Härchen frei, die in einer Linie unter dem Bund seiner Hose verschwanden. Ich schluckte nervös und wandte schnell den Blick ab.

»Was ist mit Clay und Zoe? Die sind doch auch dort, oder nicht?«

»Die werden anderweitig beschäftigt sein.« Ich sah ihn vielsagend an. »Sie gehen zusammen hin. Clay hat sie eingeladen und Zoe hat ja gesagt.«

Erstaunt riss er die Augen auf. »Nicht dein Ernst! Wie ist das denn passiert?«

»Vielleicht hat jemand Clay einen kleinen Schubs gegeben, damit er sich endlich traut, sie zu fragen.«

Eric schüttelte lächelnd den Kopf. »Du Kupplerin. Ich hätte nie gedacht, dass Zoe zustimmt, wenn ich ehrlich bin.«

»Tja, manchmal können uns die Menschen tatsächlich überraschen.«

»Offensichtlich ... Ich geh dann mal duschen. Muss gleich noch weg«, erklärte er und war auch schon Richtung Bad verschwunden.

Der Tag des Abschlussballs war gekommen und ich musste zugeben, dass es mich nicht so kalt ließ, wie ich es Eric gegenüber behauptet hatte.

Zu Hause wäre ich mit Mike hingegangen. Das hatten wir uns schon mit fünfzehn so ausgemalt. Er im Smoking und ich in einem langen, sexy Kleid. Jetzt saß ich hier in London mit der Gewissheit, dass ich diesen Tag nicht erleben würde. Er würde enden wie jeder andere, mit ein paar Cookies vor dem Fernseher. Nicht mit Champagner und lauter Musik in einer dekorierten Sporthalle und einem gutaussehenden Begleiter im Smoking, der mich über die Tanzfläche schweben ließ. *Scheiß Realität!*

Also schnappte ich mir meine Packung Cookies sowie eine Flasche Milch und wollte es mir auf dem Sofa bequem machen. Bevor ich mich umdrehen konnte, tauchten zwei große Hände neben mir auf, nahmen mir meine Seelentröster ab und stellten sie beiseite. Empört drehte ich mich zu Eric um.

Ich schnappte hörbar nach Luft. Er sah absolut heiß aus. Er trug einen schwarzen Smoking, der sich wie für ihn gemacht an seinen Körper schmiegte. Der oberste Knopf des Hemdes war lässig aufgeknöpft. Sein Haar war so strubbelig wie immer, nur dieses Mal etwas gewollter. Was dem ganzen Look noch mehr Sexappeal verlieh. *Heilige Scheiße!*

»Gehst du aus? Ich wusste gar nicht, dass du heute noch was vorhast«, brachte ich stockend hervor.

Sein Blick schien amüsiert. Er hob einen weißen Karton auf, den er zwischen seinen Beinen auf dem Boden abgestellt hatte und den ich erst jetzt bemerkte. Mit einem Grinsen hielt er ihn mir hin.

»Wir gehen aus! Du hast Abschlussball, schon vergessen? Und die Ausrede, dass du nichts zum Anziehen hast, zieht heute nicht.« Er hielt mir den Karton näher hin, bis ich ihn sprachlos entgegennahm. »Und jetzt geh dich fertigmachen, bevor wir noch zu spät kommen.«

Der Kerl war nicht von dieser Welt. Mit einem Kloß im Hals eilte ich in mein Zimmer und stellte den Karton auf dem Bett ab. Dann verschwand ich als Erstes unter die Dusche und versuchte, mich zu beruhigen. Ich hatte mich noch nicht getraut, die Schachtel zu öffnen. *Was, wenn mir das Kleid nicht passt, es mir nicht gefällt oder ..., nein unmöglich! Eric hat es ausgesucht.*

Auf dem Weg vom Bad in mein Zimmer hörte ich Eric aus der Küche rufen. »Warte! Setz dich bitte auf den Stuhl dort, ja?«

Ich stutzte und da stand tatsächlich ein Stuhl im Wohnzimmer, der dort nicht hingehörte. Perplex setzte ich mich. Ich trug nur Unterwäsche und kam mir ein wenig komisch vor. Das ›Ping‹ des Fahrstuhls kündigte Besuch an und ich sah mich hektisch um, schließlich war ich halbnackt. Eric trat hinter mich und legte mir beruhigend seine warmen Hände auf die Schultern und ich wurde noch kribbeliger. Vor allem da seine Daumen meinen Nacken streichelten. *Verdammt! Er ist schwul! Schwul! Schwul!*

Doch das war mir egal, solange er nur nicht aufhörte, mich so zu berühren.

Eine große Frau Anfang dreißig in Jeans und einer schwarzen Bluse betrat den Raum und lächelte freundlich.

»Was kann ich tun?« Sie setzte den Koffer ab, den sie bei sich trug und ihr Blick fiel auf mich.

»Das ist Nicki Parker«, stellte er sie vor. »Alex hat heute ihren Abschlussball. Ich dachte an eine halboffene Frisur, mit einem geflochtenen Haarkranz. Ich möchte, dass du die hier mit einarbeitest.«

Er übergab ihr eine Schachtel, in der eine Kette mit kleinen weißen und dunkelroten Blüten sowie perlmuttfarbenen Perlen lag.

»Vertrau mir, das wird wunderbar zu dem Kleid passen«, flüsterte er an meinem Ohr.

Ich war zu überwältigt von dem, was hier gerade mit mir geschah, um etwas zu erwidern. Nach einer halben Stunde war Nicki fertig und Eric schien sichtlich zufrieden. Er begleitete sie hinaus und erschien kurz darauf wieder im Wohnzimmer, wo ich noch immer bewegungslos auf meinem Stuhl verharrte.

»Na los, hoch mit dir! Jetzt ziehen wir dir dein Kleid an.«

Ich zog eine Augenbraue hoch. »Wir?«

»Ich will sichergehen, dass es passt. Außerdem muss es hinten zugebunden werden«, gab er wie selbstverständlich zurück.

Ich erhob mich und lief voraus in mein Zimmer, in dem der Karton bereits auf mich wartete. Mit angehaltenem Atem öffnete ich den Deckel und nahm das Kleid heraus. Ich stieß hörbar die Luft aus. Es war ein Traum aus weinroter Spitze.

Eric half mir hinein und band es an meinem Rücken zu, dann beugte er sich an mein Ohr. »Du kannst in diesem Kleid keinen BH tragen.«

Ich spürte, wie mir die Röte ins Gesicht stieg. Er hatte recht. Umständlich zog ich den BH unter dem Kleid aus und rückte es wieder zurecht. Das Meerjungfrauenkleid hatte Spagettiträger und einen V-Ausschnitt und schmiegte sich eng bis zur Mitte meiner Oberschenkel um meinen Körper. Darunter breitete sich das Spitzenkleid in einen weiten Rock bis zum Boden aus. Das Kleid war fast bis zu meinem Steißbein rückenfrei und wurde dort nur mit einer schmalen Schleife zusammengebunden.

Es war ein Traum und so sexy, dass ich mich fragte, mit welchen Absichten Eric so ein Kleid für mich gewählt hatte.

»Setz dich!«, befahl er und ich tat automatisch wie mir geheißen. Er zog einen Karton unter dem Bett hervor und öffnete ihn. Darin lag ein Paar Riemchen-Pumps, die er herausnahm und mir anzog. Seine warmen Finger, die über meine Knöchel strichen und der Geruch seines Aftershaves, brachten mich schier um den Verstand.

Zur Hölle! Was macht er nur mit mir? Er half mir auf die Füße und öffnete dann meine Schranktür, hinter der sich ein Ganzkörperspiegel befand, sodass ich mich selbst betrachten konnte.

Mir blieb schier die Luft weg. Das Kleid, die Schuhe und die Frisur dazu bildeten regelrecht ein Gesamtkunstwerk und ich erkannte mich kaum wieder. Eric hatte genau ins Schwarze getroffen. Ich fühlte mich wie eine Prinzessin und Eric war heute Abend mein Prinz.

Er erschien hinter mir im Spiegel, ein leichtes Lächeln lag auf seinen Lippen. »Einen Penny für deine Gedanken.«

Ich sah ihn an. »Eric, das ist, es ist ... wunderschön!« Meine Stimme geriet ins Stocken.

Er schlang die Arme um meine Taille und sah mich eindringlich im Spiegel an. »Du bist wunderschön, meine kleine Penny.« Er wirbelte mich zu sich herum, küsste meine Hand und legte sie dann in seine Armbeuge. »Machen wir die Idioten auf deiner Schule mal ein bisschen neidisch.«

Eric hatte tatsächlich eine Limousine gemietet, die jetzt vor dem Festsaal hielt, in dem der Ball stattfand. Er half mir gentlemanlike aus dem Wagen.

Gemeinsam betraten wir den festlich geschmückten Saal. Tausende kleine Lichter tauchten alles in eine romantische Atmosphäre.

Die Musik spielte und die ersten Pärchen, unter ihnen Clay und Zoe, wiegten sich bereits unter den sanften Klängen des Liedes. Eric führte mich zur Bar und bestellte uns zwei Gläser Champagner, die uns umgehend serviert wurden. Ein paar Meter von uns entfernt, fiel mir Maddox ins Auge, der mit einer üppigen Blondine auf uns zusteuerte.

Oh nein!

Eric schien ihn ebenfalls bemerkt zu haben, denn er legte besitzergreifend einen Arm um meine Taille und zog mich näher an sich.

»Na sieh einer an, Montgomery! Ich dachte, du wolltest nicht kommen.« Sein Blick glitt unangenehm langsam über meinen Körper und blieb an meinem Ausschnitt hängen. Er fuhr sich mit der Zunge über die schmalen Lippen und am liebsten hätte ich mir augenblicklich einen Rollkragenpulli angezogen.

Eric schnipste mit den Fingern vor seiner Nase.

»Hier oben sind ihre Augen. Du musst da wohl was missverstanden haben. Sie wollte nicht mit dir herkommen.« Eric sah ihn von oben herab an, bis Maddox die Röte ins Gesicht stieg.

Die Blondine lächelte mir zu. »Oh ich wollte auch nicht herkommen! Aber meine Mom hat gesagt, ich muss. Maddox ist mein Cousin und er hätte sonst keine Begleitung gehabt.« Sie verdrehte die Augen und Maddox' Gesichtsfarbe glich nun mehr der meines Kleides.

Ein grunzendes Kichern entkam mir. Er packte das Mädchen ruppig am Arm und zog sie mit sich ohne ein weiteres Wort.

Eric lachte. »Karma ist eine Bitch!«

Es dauerte nicht lange, bis uns auch andere meiner Mitschüler bemerkten. Allen voran die Mädchen warfen mir neidische Blicke zu. Was weniger mit meinem Aussehen zu tun hatte, sondern mehr mit der Tatsache, dass ausgerechnet Eric mein Begleiter war.

Sie alle kannten ihn und seine Familie. Ebenso wussten sie, dass er sich für gewöhnlich nicht verabredete. Es gab hier einige Mädchen, die es durchaus schon bei ihm versucht hatten. Die meisten hatten ihn als gefühlskalt oder arrogant abgestempelt, weil er sie abblitzen ließ. Aufgrund seiner superreichen Familie würde er sich für etwas Besseres halten. Was irgendwie witzig war, denn letztendlich war es genau das, was auf sie selbst zutraf. Umso mehr hassten sie mich dafür, dass er an meiner Seite war. Ihre Blicke sprachen Bände.

Es wurde nicht besser, als er mich zu ›*With or without you*‹ von ›U2‹ engumschlungen über die Tanzfläche schob und mir vertraut ins Ohr flüsterte, was mich zum Kichern brachte. Auch nicht dadurch, dass er kein anderes Mädchen eines Blickes würdigte. Und erst recht nicht dadurch, dass er mich zu meiner eigenen Überraschung küsste, als Landon von der Schülerzeitung an uns vorbeikam, um Fotos zu machen.

Seine Lippen berührten meine so sanft wie eine Feder und doch schoss mir diese Liebkosung ein Kribbeln durch den Körper bis direkt in meine Zehenspitzen. Ich wollte meine Arme um ihn schlingen, ihn dichter an mich pressen, den Kuss vertiefen. Doch da war der Moment schon wieder vorbei.

Kapitel 13

Eric

16. Juni 1990

Ich lag in meinem Bett und starrte an die Decke. Wir waren vor einer Stunde von Alex' Abschlussball zurückgekehrt und ich hatte mich danach gleich in mein Zimmer verzogen.

Wir hatten viel getanzt, gelacht und etwas getrunken. Sie wirkte glücklich und schien den Ball wirklich zu genießen, auch wenn sie erst gar nicht hinwollte. Mir hatte es ebenfalls Spaß gemacht, mit ihr dort zu sein. Sie sah in dem Kleid wunderschön aus, nahezu perfekt. Ich wusste es bereits, als ich es für sie gekauft hatte. Doch sie darin zu sehen, hatte mich beinahe umgehauen.

Sie an meinem Arm in den geschmückten Saal zu führen, hatte sich so normal angefühlt, als gehöre sie genau dorthin. Lebhaft stand mir der Blick von Maddox Hall vor Augen, der lüstern an ihren Vorzügen klebte und in mir das Verlangen weckte, ihm die Nase zu brechen. Dieses Gefühl verwirrte mich. Ich wollte nicht, dass er sie anstarrte. Wollte nicht, dass irgendwer sie so ansah.

Auf der Tanzfläche hielt ich sie fest in meinen Armen und wiegte sie zu der langsamen Musik. Genoss, wie sich ihr Körper an meinen schmiegte und meinen Bewegungen folgte. Ein ungewohntes Gefühl stieg in mir auf, eine Wärme, die sich in mir ausbreitete, gepaart mit einem Kribbeln in der Magengegend.

Als dieser Typ von der Schülerzeitung mit seiner Kamera an uns vorbeikam, zog ich sie enger an mich und strich sanft mit den Lippen über ihre. Ich wusste nicht, was mich geritten hatte, sie zu küssen, aber mein Herz überschlug sich beinahe. Diese leichte Berührung elektrisierte mich. Es dauerte nur wenige Sekunden und ich zog mich ebenso schnell von ihr zurück, doch das Gefühl ihrer Lippen auf meinen blieb den ganzen Abend.

Es verwirrte mich, brachte mich aus dem Konzept. Schließlich war ich schwul. Das war ich, oder nicht? Woher kamen dann diese Empfindungen für sie? Unter meinen Händen spürte ich ihren warmen Körper und das brachte mich völlig durcheinander. Ich verlor mich regelrecht in ihren großen grauen Augen, die wirkten wie silberne Seen.

Das letzte Mal, als mich eine Frau aus dem Konzept gebracht hatte, war in der Schule gewesen. Meine damalige Lehrerin, Mrs. Milton, bescherte mir feuchte Träume. Sie war noch ziemlich jung und neu an der Schule. Ihre offene Art und ihre langen Beine, die immer in kurzen Röcken steckten, hatten mich damals ziemlich beeindruckt. Irgendwann ließ es wieder nach und ich hatte es unter pubertäre Ausfälle verbucht und nie wieder darüber nachgedacht. Vor allem, da ich seitdem keiner Frau mehr begegnet war, die Derartiges in mir auslöste. Bis jetzt.

Gefühle waren nicht meine Stärke. Vor allem nicht dieser Art. Wut, Missfallen, Neid und Verachtung waren mir geläufig, damit wusste ich umzugehen. Aber mit dem hier …

Ich schluckte schwer. Mir war heiß. Meine Hand hatte sich während meiner Gedanken an Alex in meine Hose gestohlen. Ich war hart wie Stein. *Damnit!* Ich zog sie schnell zurück, als wäre ich von einem Fremden dabei ertappt worden und stieß frustriert den Atem aus. *Fuck, was ist nur los?*

Ich drückte mir das Kissen ins Gesicht und versuchte meiner Erektion Herr zu werden. Doch das gelang mir nicht wirklich, denn ihr Bild in diesem Kleid schlich sich immer wieder vor mein geistiges Auge. Ich ergab mich schließlich dem Willen meines Körpers und brachte es zu Ende. Mit einem unterdrückten Stöhnen kam ich.

Kapitel 14

Alex

14. November 1990

Seit drei Monaten besuchte ich nun die ›Royal Academy of Music‹. Es ließ sich nicht leugnen, das Studium war anstrengend. Die Erwartungen an uns waren hoch. Es forderte mich unglaublich. Täglicher, mehrstündiger Einzelunterricht am Piano und Proben mit dem Orchester, dazu Rhythmik, Komposition, Gehörbildung und Musikgeschichte. Meine Kommilitonen waren okay und genauso sehr durch ihr Studium eingespannt. Lediglich bei den Orchesterproben und in den Pausen blieb hier und da Zeit für ein wenig Smalltalk. Wobei viele auch diese Momente nutzten, um sich mit dem umfangreichen Studienstoff zu befassen. Jeder hier schien absolut auf sein Studium fokussiert und für anderes bot sich kaum eine Gelegenheit. Die wenige Zeit in der Woche, die übrigblieb, verbrachte ich am liebsten mit Eric zu Hause.

Mittlerweile war ich sogar diejenige, die zuletzt eintrudelte. Meist fand ich Eric lesend auf dem Sofa vor oder er arbeitete konzentriert an einer seiner Skizzen, die er jedes Mal vor mir versteckte. Ich hatte keine Ahnung, warum er so ein Geheimnis darum machte.

Manchmal hatte ich den Eindruck, er schien zu glauben, sie seien nicht gut genug, um sie jemandem zu zeigen. Auch, wenn ihn die selbstgestochenen Tattoos auf seinem Arm Lügen straften.

Er saß auf im Halbdunkeln auf einem der Sofas, als ich eintrat. Den Kopf auf die Brust gesenkt und die Augen geschlossen. Sein ruhiger, sonorer Atem verriet mir, dass er eingeschlafen war. Er hielt noch seinen Bleistift fest, der ihm aus der Hand zu rutschen drohte. Ich war heute spät dran, denn die Orchesterprobe für das Weihnachtskonzert hatte länger gedauert. Es war bereits kurz nach neun am Abend.

Ich stellte die große Pizza ab, die ich uns auf dem Rückweg besorgt hatte und trat leise hinter ihn. Mein Blick fiel auf den aufgeschlagenen Skizzenblock neben ihm. Erstaunt holte ich Luft. Mein Ebenbild grinste mir vom Block entgegen. Die Haare zerzaust und einen Kaffeebecher in der Hand, saß ich nur mit einem langen, schwarzen T-Shirt bekleidet an der Küchentheke. Die Zeichnung war so unfassbar detailliert und gelungen, dass sie einem Schwarz-Weiß-Foto Konkurrenz machte.

Ich hob den Block vorsichtig auf und blätterte weiter. Auf dem nächsten Bild, saß ich an meinem Keyboard im Wohnzimmer. Die Hände auf den Tasten, die Augen halb geschlossen. Dann folgten ein paar Tattooskizzen. Auf der nächsten Seite folgte ein weiteres Bild von mir, dieses Mal in meinem Kleid vom Abschlussball. Doch das Bild daneben war es, das mir für einen Moment den Atem raubte. Eric hielt mich wie bei unserem Tanz auf dem Ball in seinen Armen und küsste mich.

Ein Flattern breitete sich in meinem Magen aus. Ich klappte den Block wieder zu, legte ihn an seinen Platz zurück und atmete einmal tief durch. Ich betrachtete Erics schönes Gesicht mit den markanten Zügen einen Augenblick lang. Dann fuhr ich mit der Hand sanft durch sein Haar und drückte ihm einen Kuss auf die Stirn, wobei mir sein vertrauter Geruch nach Sandelholz, Minze und Moschus in die Nase stieg.

»Hey, Schlafmütze. Die Pizza wird kalt«, flüsterte ich an sein Ohr.

Grummelnd öffnete er die Augen. Als er mich sah, schreckte er zusammen und griff nach seinem Skizzenbuch. Die Erleichterung in seinen Augen war unübersehbar, als er bemerkte, dass es zugeschlagen war.

Er rieb sich über das Gesicht. »Du bist spät, ich bin wohl eingeschlafen«, erklärte er zerknautscht und stand auf.

»Dein Schnarchen war nicht zu überhören«, gab ich lachend zurück und warf ein Kissen nach ihm.

In dieser Nacht fiel mir das Einschlafen schwer. Meine Gedanken kreisten um die Skizzen, die Eric von mir gemacht hatte. Sie waren beeindruckend, doch warum versteckte er sie vor mir?

Das Bild unseres Kusses ließ mich nicht los. Ich stand auf, um mir in der Küche ein Glas Wasser zu holen. Doch anstatt danach zurück ins Bett zu gehen, setzte ich mich an mein Keyboard. Eric hatte darauf bestanden, es im Wohnzimmer aufzustellen, damit er zuhören konnte, wenn ich spielte. Ich schaltete nur eine kleine Tischlampe ein, reduzierte die Lautstärke auf ein Minimum, um Eric nicht zu wecken und begann im Halbdunkeln zu spielen. ›Every breath you take‹ von ›Police‹ strömte wie von selbst aus mir heraus. Ich vergaß die Welt um mich herum komplett, wie immer, wenn ich am Piano saß.

Etwa bei der Hälfte des Songs spürte ich die Wärme eines Körpers, der sich neben mir niederließ. Unbeirrt spielte ich weiter. Nach dem letzten Akkord ließ ich die Hände in meinen Schoß sinken und sah ihn an.

»Das war wunderschön«, bemerkte er leise. »Du wirst immer besser. Auch wenn ich dachte, das wäre nicht möglich, nachdem was ich bisher von dir gehört habe.«

Ich schüttelte verlegen den Kopf. »Du spinnst.«

»Wolltest du eigentlich schon immer Klavier spielen?«

Ich überlegte einen Moment lang. »Ich habe es mir nicht selbst ausgesucht, wenn du das meinst. Meine Mutter beschloss, dass ich mit fünf Jahren Klavierunterricht bekommen sollte. Es hat mir Spaß gemacht, also bin ich dabeigeblieben. Ich liebe es, aber ...« Ich hielt inne.

»Aber was?«, er betrachtete mich abwartend.

Ich zuckte mit den Achseln. »Naja, als ich etwa zwölf war, da wollte ich unbedingt Gitarre spielen lernen. Man kann sie überall hin mitnehmen. Ich fand das Gitarrenspielen im Übrigen viel cooler. Meine Mutter hat es aber nicht erlaubt. Sie glaubte, es würde mich nur vom Klavier ablenken. Außerdem sei das nur etwas für Landstreicher, die an Straßenecken rumlungern, um den Passanten ein paar Dollar aus den Rippen zu leiern.« Ich verdrehte die Augen.

Eric sah mich stirnrunzelnd an. »Habe ich dir schon mal gesagt, dass ich deine Mutter nicht leiden kann und das, obwohl ich ihr noch nie begegnet bin?«

Ich lachte. »Da bist du nicht der Erste und wirst auch nicht der Letzte sein, glaub mir.«

»Hast du schon eine Idee, was du nach deinem Studium machen willst? Ich meine, beruflich?«

»Nicht so richtig. Ich würde vielleicht gerne noch den Master machen, damit könnte ich unterrichten. Ich glaube, am liebsten würde ich aber selbst auf der Bühne stehen. Eine eigene Band war immer mein Traum. In Clubs auftreten, meine Musik machen und Spaß haben. Sodass ich von der Musik leben kann, weißt du? Mehr muss es gar nicht sein, ich will gar nicht berühmt werden oder sowas. Wenn das irgendwann nicht mehr funktioniert, könnte ich Kindern Musikunterricht geben.«

Ein Lächeln umspielte seine Lippen. »Du hast ziemlich bescheidene Wünsche dafür, dass du so fantastisch bist, in dem was du tust.«

Ich zuckte verlegen mit den Schultern. »Was ist mit dir? Du könntest noch immer Kunst studieren. Ich weiß, du hasst diesen Businesskram.«

»Ich bin dafür nicht gut genug.«

Ungläubig sah ich ihn an. »Du bist fantastisch! Sieh dir deine Tattoos an. Was du mit der Nadel zustande bringst, schaffen andere nicht mal mit einem Stift.«

»Das ist etwas anderes ...«

»Ich habe deine Skizze gesehen«, unterbrach ich ihn schuldbewusst. »Die Skizze von mir an der Küchentheke.«

Er schluckte.

»Eric, ich habe noch nie etwas gesehen, dass so gut war. Ich hatte das Gefühl, mir ein Foto von mir anzusehen. Mach dich nicht klein, hörst du?«, redete ich schnell weiter.

»Wann hast du ...?« Er sah auf seine Hände.

»Als ich vorhin nach Hause kam, lag dein Skizzenblock aufgeschlagen neben dir. Da konnte ich es sehen. Ich habe ihn zugeklappt und dann bist du schon aufgewacht.« Die Lüge schoss mir aus dem Mund, ohne dass ich etwas dagegen tun konnte.

Er hob den Kopf und sah mich an. »Es hat dir gefallen?«

»Machst du Witze? Ich liebe es. Du hast so viel Talent.« Ich ließ meine Finger über seine Wange gleiten und umarmte ihn dann kurz.

Er räusperte sich. Dann strich er mir sanft mit der Hand über mein Knie. Die Berührung verursachte mir eine Gänsehaut.

»Spielst du noch ein Stück für mich?«

Kapitel 15

Alex
31. Juli 1991

Seit drei Jahren war ich jetzt in London und hatte das erste Studienjahr hinter mir. Es war anstrengend gewesen und ich hatte die Aufgabe, mir für das nächste Semester ein zweites Instrument auszusuchen, das ich studieren wollte.

Doch darüber würde ich später nachdenken. Jetzt genossen Eric und ich unsere Semesterferien erst einmal in vollen Zügen. Ich liebte es, Zeit mit ihm zu verbringen und hatte manchmal schon ein schlechtes Gewissen ihn so zu vereinnahmen. Seit ich hier war, verbrachte er einen Großteil seiner freien Zeit mit mir, anstatt sich irgendwo einen netten Kerl aufzureißen.

Mein Abschlussball, auf den er mich begleitet hatte, brachte uns einander noch näher. Ab und an zog er mit seinem besten Freund Lenny um die Häuser und ging zweimal die Woche zu seinem Kung-Fu-Training, doch selbst dorthin nahm er mich oftmals mit. Abends aßen wir zusammen, sahen uns Filme an oder er las mir aus einem seiner Lieblingsbücher vor.

An den Wochenenden fuhren wir mit Erics Harley raus und er zeigte mir immer neue Ecken und Winkel von London. In den Semesterferien brachte er mich ans Meer. So besuchten wir Southampton, Portsmouth, Brighton, Eastbourne und, was ich besonders witzig fand, Hastings. Ja, Hastings. Ich hatte sofort ein Foto des Stadtnamens für Tobi und Mike gemacht und ihnen von dort eine Postkarte geschickt.

Abends besuchten wir oft Konzerte in einem der Clubs oder trafen uns mit Lenny, doch Eric wich kaum von meiner Seite. Überhaupt war er ein Mann, über den in Oceanside jedes Mädchen herfallen würde. Ich wahrscheinlich auch.

Nach einem Blick aus dem Fenster vergrub ich gähnend mein Gesicht wieder ins Kissen. Draußen regnete es. In Strömen. Dabei war es schon Ende Juli. Daran würde ich mich nie gewöhnen ... Zu Hause in Kalifornien schien um diese Jahreszeit jeden Tag die Sonne, begleitet von Temperaturen über dreißig Grad. Dagegen konnte man hier nur selten das Haus verlassen, ohne zumindest eine dünne Jacke dabei zu haben.

Ich vermisste die Wärme und den Strand. Nur noch zwei Jahre, dann war ich einundzwanzig und mit dem Bachelorstudium fertig, wenn alles gut verlief. Das hieß, ich konnte endlich zurück nach Hause. Ich räkelte mich zufrieden unter der warmen Bettdecke und wäre beinahe wieder eingenickt, als es an der Tür klopfte.

»Ich schlafe noch!«, brummte ich und zog mir die Decke über den Kopf.

Die Tür wurde geräuschvoll geöffnet. Ich lugte aus meinem warmen Nest hervor. Eric kam mit einem großen Tablett herein und postierte es neben mir auf der Matratze. Der Duft von frischem Kaffee breitete sich im Zimmer aus und lockte mich aus meinem Bau wie Speck die Mäuse. Eric drückte mir einen Kuss auf die Stirn, als ich mich vorbeugte und eine Tasse stibitzte.

»Guten Morgen, Pen.« Er nahm sich ebenfalls einen Becher und trank einen Schluck.

Ich hörte es gern, wenn er mich Pen nannte. Auch, wenn es irgendwie albern war. Eric hatte mir beim Abschlussball den Spitznamen Penny verpasst. Da ich oftmals geistesabwesend war, sagte er ständig den gleichen Spruch auf: Einen Penny für deine Gedanken. Irgendwann blieb es dann bei Penny.

Wenn er mich heute Pen nannte, klang es so viel vertrauter und das spiegelte unsere Beziehung zueinander wider. Um nichts in der Welt würde ich unsere Freundschaft missen wollen, denn sie war für mich etwas Besonderes. Eric hatte mich an einem emotionalen Tiefpunkt aufgefangen und mir mein ›Ich‹ zurückgegeben. Seitdem war er mein steter Begleiter und immer für mich da. Das würde ich ihm nie vergessen. Er würde mir fehlen, wenn ich nach Hause zurückkehrte. Ich wollte mir nicht mal vorstellen, wie es ohne ihn sein würde. Es würde mir das Herz brechen.

Ich sah auf das Tablett. Eric hatte an alles gedacht. Speck, Eier, Porridge und Orangensaft.

»Womit habe ich das verdient?«

Er stellte seine Tasse ab und legte sein Strahlemann-Grinsen auf, bei dem jede Frau sich ihm sofort zu Füßen geworfen hätte. *Gott, wie ich seinen Geruch liebe!* Dieser Duft nach Minze, Sandelholz und Moschus brachte mich immer wieder aus dem Konzept, wenn er mir so nahe war.

»Ich habe heute Großes mit dir vor und dafür brauchst du ein gutes Frühstück.« Ein geheimnisvolles Lächeln umspielte seine einladenden Lippen.

»Hast du mal raus gesehen?«, murrte ich.

»Für dieses Vorhaben ist kein noch so schlechtes Wetter, ein Grund zu Hause zu bleiben«, erklärte er und zog mir die Decke weg. »Also hopp hopp unter die Dusche. Zieh dir danach etwas an, was diesem Regen da draußen eine Weile standhält!«

Was hatte dieser Kerl jetzt schon wieder vor? Ich warf einen letzten sehnsüchtigen Blick auf mein Bett, raffte mich dann aber auf. Ich trottete ins Bad, duschte schnell und schlüpfte in Jeans, ein enges Shirt und meine Regenjacke.

»Können wir?« Eric nahm seine Regenjacke ebenfalls vom Haken und öffnete mir die Tür. Er trug einen großen, prall gefüllten Rucksack über der Schulter, der sich zu den Seiten unförmig ausbeulte.

Langsam weckte er meine Neugier. Ich zwängte mich in meine Doc Martens. »Kann losgehen!«

Wir traten aus dem Haus und in den Regen. Eric zog seine Jacke über, schulterte den Rucksack und griff dann nach meiner Hand. Zu Fuß steuerte er mich aus der Rutland Gate, der Straße, in der wir wohnten und überquerte die Kensington Road. Etwa zweihundert Meter weiter scherte er in einen kleinen Weg ein, der direkt in den Hyde-Park führte. *Ist das sein Ernst?* Ich warf ihm einen ungläubigen Blick zu.

»Du gehst mit mir in den Park? Bei dem Wetter?«, protestierte ich, denn ich war jetzt schon nass und der Regen schien nicht abzuebben.

»Psst.« Erwartungsvoll sah er mich an. »Hörst du das?«

Ich lauschte und tatsächlich ... Waren das ...? Es klang, wie das Einspielen eines Orchesters, das Stimmen von Instrumenten. Eric zog mich unbeirrt weiter.

Um uns herum bevölkerten immer mehr Menschen den Park und das bei diesem Sauwetter. Staunend sah ich mich um. Überall strömten Leute in Regenjacken, Capes oder mit bunten Schirmen in die Richtung, aus der die Musik kam. Dann sah ich sie. Etwa zweihundert Meter weiter vorn war eine gigantische Bühne aufgebaut. Davor Tausende von Menschen und überall um uns herum folgten mehr.

Riesengroße Leinwände waren links und rechts von uns in einiger Entfernung auf der Wiese aufgestellt worden und zeigten, was auf der Bühne und drum herum geschah. Es beeindruckte mich, wie viele Leute hier unterwegs waren und dem Regen trotzten. Ich räusperte mich.

»Eric, was ...?«, mehr brachte ich nicht heraus.

»Klingelt's immer noch nicht? Ausgerechnet bei unserer Musikstudentin? Wenn das deine Professoren wüssten!«, neckte er mich.

Meine Knie wurden weich, denn jetzt klingelte wirklich etwas. *Ich habe es vergessen.* Herzklopfen überkam mich, denn das hier war eine große Sache.

Ich klammerte mich an Erics Arm. »Das Konzert! Es ist heute. Pavarotti!«

Grinsend hob er die Brauen. »Hey – eine Blitzmerkerin! Komm mit. Ich glaube, ich sehe einen guten Platz für uns.« Er drückte mir einen Kuss auf die Schläfe und zog mich weiter.

Mit einem aufgeregten Kribbeln im Bauch folgte ich ihm zu einem großen Baum, an dem sich noch keine anderen Leute niedergelassen hatten. Ich kam mir vor wie in einem Traum, alles schien so unwirklich. Diese Menschenmassen und Eric und ich mittendrin.

Unter dem Baum angekommen, kramte er in seinem Rucksack und zog eine Plane heraus, die er neben dem Stamm ausbreitete. Danach folgte eine Decke, die er darüberlegte.

»Setz dich«, forderte er mich auf.

Er hatte sich wirklich Gedanken gemacht. Durch die Plane blieb die Decke trocken und durch die Äste des Baumes drang zwar immer noch der Regen, aber lange nicht so viel wie auf der freien Fläche. Wärme durchflutete mich und verdeutlichte mir zum gefühlt hundertsten Mal, warum ich Eric in mein Herz geschlossen hatte. Ich kam seiner Aufforderung nach und setzte mich.

Er ließ sich dicht neben mir nieder und zog den Rucksack zwischen seine Beine, um abermals darin herumzuwühlen. Dann fischte er eine weitere Decke heraus, in die er uns einhüllte, ehe er sich mit dem Rücken gegen den Baumstamm lehnte und mich zufrieden ansah. Ich schüttelte gerührt den Kopf und rutschte näher an ihn heran, um mich an seine Seite zu kuscheln. Dann drückte ich ihm einen dicken Kuss auf die Wange.

»Wenn du jetzt auch noch Kaffee hättest, dann würde ich dich glatt heiraten!«, zog ich ihn auf.

»Sei vorsichtig mit deinen Versprechungen.« Mit einem Griff in den Rucksack zog er eine Thermoskanne hervor und reichte sie mir.

Mir blieb der Mund offenstehen.

»Ich denke, eine Sommerhochzeit wäre das Richtige. Nicht zu groß, versteht sich. Sagen wir hundert Gäste und du trägst das Kleid von deinem Abschlussball. Vielleicht kaufen wir es noch einmal in Weiß«, sagte er ernst, doch seine Mundwinkel zuckten verräterisch.

Ich kicherte und legte den Kopf an seine breite Schulter. Er schlang den Arm um mich. Einträchtig beobachteten wir das bunte Treiben um uns herum.

Erst jetzt bemerkte ich, dass wir von unserer Position aus einen erstklassigen Blick auf eine der Leinwände hatten. Die Bühne war etwa hundert Meter entfernt, davor gab es einen großen, abgetrennten Bereich. Dieser war mit Stühlen bestückt und bot einen separaten Eingang. Eric deutete in die Richtung.

»Da hinten ist der VIP Bereich. Da kommt nur zahlende Kundschaft rein.«

»Aber die Musik hört man doch im ganzen Park und wir zahlen nichts, oder? Wo ist der Unterschied?«

Er lächelte. »Du kannst dort vorn auf einem Stuhl sitzen und Pavarotti nicht nur hören, sondern auch sehen. Außerdem hast du vielleicht das Glück auf Tuchfühlung mit dem Prinzenpaar zu gehen.«

Sprachlos starrte ich ihn an. »Prinz Charles kommt hierher?«, fragte ich, als ich meine Stimme wiederfand.

Eric deutete mit dem Kinn auf die Leinwandübertragung. »Und Lady Diana. Das ist bei so einer Veranstaltung Ehrensache für das Königshaus.«

Mein Blick flog zu der Übertragung und soeben wurde tatsächlich das Prinzenpaar zu seinen Plätzen geführt. Dahinter folgten weitere Frackträger und Damen in aufwändiger Garderobe. Ehrfürchtig verfolgte ich das Geschehen. Dann spielte das Orchester auf und Pavarotti betrat in seiner eindrucksvollen Gestalt die Bühne.

Ich war nie ein Riesenfan der Oper, doch dieser Tag würde für immer in meinem Gedächtnis bleiben. Da war ich mir sicher. Eine Gänsehaut breitete sich auf meinem Körper aus, denn die Stimmung, die sich mit der Musik durch den Park zog, war unbeschreiblich. Jeder Einzelne schien in ihren Bann gezogen zu werden, dabei waren die Menschen, die ihr andächtig lauschten und ihren Tag extra hier im Regen verbrachten, so unterschiedlich wie sie nur hätten sein können. Senioren, Familien mit Kindern, Jugendliche, Arbeiter und Geschäftsleute, sogar Angehörige des Königshauses. Sie alle einte dieses gemeinsame Erlebnis. Es schien, als sei ganz London zu diesem Ereignis zusammengekommen und ich durfte ebenfalls dabei sein. Mit Eric.

Verstohlen betrachtete ich ihn von der Seite. Seine Augen waren geschlossen und ein leichtes Lächeln lag auf seinen Lippen. Er wirkte so entspannt. Am liebsten hätte ich ihn berührt, hätte das Kratzen seines Dreitagebarts auf meiner Haut gespürt und ihm die feuchte Haarsträhne aus der Stirn gestrichen.

Sein Geruch macht mich noch irre! Wie kann jemand so gut riechen? Und so verdammt sexy aussehen? Ich schluckte trocken und nahm schnell die Hand herunter, die sich selbstständig zu seinem Kinn bewegt hatte, ohne es zu berühren.

Oh Gott!

Kapitel 16

Eric

31. Juli 1991

Wir rannten das letzte Stück nach Hause, auch wenn es uns jetzt nichts mehr brachte. Der lange Tag im Park und der stetig stärker werdende Regen hatten uns total durchweicht. Selbst die Jacken kapitulierten vor den hartnäckigen Schauern. Wir schlitterten lachend in die Eingangshalle, an Andrew vom Empfang vorbei und stolperten geradewegs in den Fahrstuhl nach oben.

»Oh Gott, mir ist so kalt. Ich brauche sofort eine heiße Dusche!«, kicherte Pen und wrang das Wasser aus ihrem langen Haar, was eine Pfütze auf dem Boden des Fahrstuhls hinterließ. Sie sprach mir aus der Seele. Sobald sich die Tür mit einem ›Ping‹ öffnete, sprang ich hinaus in unseren Flur und kickte mir die Schuhe von den Füßen.

»Erster!« Grinsend zog ich mir das Shirt über den Kopf und knöpfte meine Jeans auf.

»Was? Na warte!«, quiekte sie. Sie war aus ihren Docs geschlüpft und befreite sich jetzt blitzartig aus ihrer nassen Hose. Darunter trug sie nur einen winzigen Tanga und ihr blanker Hintern reckte sich mir vielversprechend entgegen.

Fuck! Mein Atem stockte und ich hielt in der Bewegung inne, als sie sich wie selbstverständlich das Top vom Körper riss und ich feststellte, dass sie keinen BH trug. *Damnit!*

Sie drehte sich triumphierend zu mir herum. Die Lippen geöffnet, als hätte sie etwas sagen wollen. Doch da kam nichts. Sie sah mich nur stumm aus diesen großen grauen Augen an, wie in der Bewegung erstarrt. Mein Puls schoss in die Höhe und eine unkontrollierbare Hitze jagte durch meine Venen. Ich brannte.

Unverhohlen ließ ich den Blick über ihren wohlgeformten Körper wandern. Ihre festen Brüste, deren Brustwarzen sich aufgestellt hatten, schienen mich willkommen zu heißen. Meine Augen schnellten zurück zu ihrem Mund, der noch immer leicht geöffnet war. Ihre Zunge glitt hervor und fuhr über ihre volle Unterlippe. *Goddammit, das halte ich nicht aus!*

Ich überwand den Schritt, der uns trennte und umfasste mit einer Hand ihren Nacken. Sie sog scharf den Atem ein, während ein Zittern sie überlief.

Fuck! Fuck! Fuck!

Ich beugte mich vor, legte meine Lippen auf ihre, schlang den anderen Arm um ihren feuchten, kühlen Körper und zog sie enger heran. Ein erstickter Laut entwich ihrer Kehle, der mir beinahe den Verstand raubte. Ihre Arme umfingen meinen Nacken. Sanft fuhr ich mit der Zunge über ihre weichen Lippen, die sich mir bereitwillig öffneten. Die Berührung unserer Zungen traf mich wie ein Stromstoß und weckte ein Verlangen, das mir bisher gänzlich unbekannt war. Schweratmend vertiefte ich den Kuss und erntete ein weiteres Stöhnen, das mir sofort zwischen die Beine schoss und es mir unmöglich machte, einen klaren Gedanken zu fassen.

»Pen«, stöhnte ich hilflos in ihren Mund und fuhr über ihre regennasse Haut. Ihr süßer Geruch nach Karamell und Pfirsich hüllte mich ein.

Sie vergrub ihre Hand in meinem Haar. »Lass uns duschen«, brachte sie heiser hervor und augenblicklich hob ich sie hoch und trug sie ins Bad. Kaum hatte ich sie abgesetzt, fuhren ihre Hände über meine Hüften und entledigten mich der Jeans und Shorts. Dann zog sie eilig ihr eigenes Höschen aus, nahm meine Hand und zog mich mit sich in die Kabine, wo sie das Wasser anstellte.

Goddammit! Sie war so perfekt, wie sie da unter dem Wasserstrahl stand und ihr langes Haar nach hinten strich. Die Lippen halb geöffnet und die Augen hungrig auf mich gerichtet. Ich war inzwischen so hart, dass ich fürchtete, jeden Moment zu explodieren.

Ich trat zu ihr und als sie mit geöffneten Lippen und dunklem Blick an mir hinabsah, stieß sie keuchend die Luft aus. Gott, wie ich sie wollte. Ich umfasste ihre Hüften, drehte sie mit dem Rücken zur Wand und presste sie mit meinem Körper dagegen. Dann nahm ich erneut ihren warmen, süßen Mund in Besitz.

Ihre Hände legten sich stöhnend auf meinen Hintern, wanderten höher und gruben sich mir in den Rücken, wobei sie ihre Mitte gegen mich presste und damit allem Denken ein Ende setzte. Mein Mund ging auf Wanderschaft, glitt über ihren Hals, zu ihrem Schlüsselbein und wanderte zu einer ihrer weichen Brüste. Ich umschloss ihre Brustwarze mit meinen Lippen und saugte fest daran, was sie mit einem Seufzer meines Namens quittierte. Unbeirrt setzte ich die Reise fort, hauchte Küsse ihren nassen Körper hinunter bis zu ihrem Bauchnabel. Keuchend schob ich zwei Finger in ihre Mitte, verteilte ihre Feuchte und ließ meine Zunge folgen.

»Oh Gott!«, entfuhr es ihr erstickt. Ihre Hand grub sich in mein nasses Haar und zog daran. Ich richtete mich wieder auf und sofort suchte sie nach meinem Mund, fand ihn und küsste mich drängend. Dabei wanderte ihre Hand tiefer und umfasste meinen Schwanz. Sie ließ ihre Finger daran auf und abgleiten, was sich so verteufelt erregend anfühlte, dass ich mich nicht mehr lange würde beherrschen können.

Mühsam löste ich meine Lippen von ihren und küsste ihren Hals, wobei sie mich in stetigem Rhythmus weitermassierte.

»Ich will mit dir schlafen«, raunte ich heiser an ihr Ohr und streichelte mit bebenden Händen über ihre Brüste.

»Dann tu es!«

Das und der Druck ihrer Finger um mein bestes Stück gaben mir den Rest. Keuchend kam ich in ihrer Hand.

»Fuck!« Ich stützte mich an der Wand ab und legte nach Atem ringend die Stirn gegen ihre.

»Schaff mich ins Bett«, hauchte sie an meinen Lippen und bahnte sich mit ihren Fingern einen Weg über meine Bauchmuskeln, die sich sofort anspannten, nach oben zu meiner bebenden Brust. Mein Atem kam stoßweise, nachdem ich so unplanmäßig gekommen war. Doch bei ihrer Berührung, den verführerischen Kurven, die sich an meinen Körper pressten und dem lodernden

Blick, mit dem sie mich bedachte wurde ich schon wieder hart. Das hier war nicht zu Ende. Noch lange nicht. Ich drehte den Duschhahn ab, angelte ein großes Badetuch vom Haken und schlang es um ihre Schultern. Dann hob ich sie unter dem Hintern an. Ihre Beine legten sich wie auf Geheiß um meine Hüften. Sie wickelte mich mit in das große Handtuch und ich trug sie unter einem weiteren endlosen Kuss in mein Zimmer. Sie schmeckte göttlich.

Kapitel 17

Alex

31. Juli 1991

Mein Herz hämmerte, als plante es, aus meiner Brust auszubrechen. Erics feuchter Körper drückte mich in die Matratze und sein heißer Atem an meinem Ohr jagte mir erregende Schauer über die Haut. *Passiert das hier wirklich?*

Oh Gott, ich hoffte es! Bisher war unser Tag so perfekt gewesen und ich konnte nicht länger leugnen, dass ich ihn wollte. Ehrlicherweise nicht erst seit heute. Ich wollte Eric, seitdem ich seine Lippen auf meinem Abschlussball kosten durfte.

Meine Hände fuhren über seinen gestählten Körper und jeder einzelne seiner Muskeln reagierte auf meine Berührung. Seine Erektion presste sich hart gegen meinen Oberschenkel. Das raubte mir beinahe den Atem. Das Blut schien mir in den Adern zu kochen. Zärtlich biss ich in seinen Hals und seine Schulter. Das raue Knurren, das ihm entkam, sorgte dafür, dass sich die Feuchtigkeit in meiner Mitte sammelte. Unsere Lippen fanden sich jetzt fordernder, drängender und ich schlang ein Bein um seinen Körper.

Eric rollte uns herum, sodass ich auf ihm lag und er seine Nachttischschublade erreichen konnte. Er kramte ein Kondom heraus und hielt es bereit. Dann richtete er uns in eine sitzende Position auf und legte die Arme um mich. Er ließ sinnliche Küsse auf mein Gesicht und meine Brüste regnen. Seine Bartstoppeln rieben dabei rau über meine Haut und das ließ mich vor Erregung vibrieren.

Ich zerwühlte sein Haar und presste meinen Unterleib hungrig gegen ihn. »Eric! Bitte!«, brachte ich flehend hervor, als sich seine Finger zwischen meine Beine schoben und eine empfindliche Stelle trafen.

Endlich packte er das Kondom aus und zog es über. Eine flüchtige Unsicherheit flackerte in mir auf. Er war groß und es war mein erstes Mal. Doch der Blick seiner stahlblauen Augen räumte alle Zweifel beiseite. Er würde mir nie wehtun. Das wusste ich.

Eric nahm mein Gesicht in seine Hände und küsste mich so unbeschreiblich liebevoll, dass ich mich in seinen Armen verlor. Er schob mir die Finger unter den Hintern und hob mich gerade soweit an, dass ich seine Spitze an meiner Öffnung spürte und an seinem Mund aufstöhnte.

Er stieß ein Stück in mich und ein kurzer, süßer Schmerz durchzuckte meine Mitte.

»Alles okay?«, raunte er an meinem Mund und strich mir eine feuchte Haarsträhne aus dem Gesicht.

Ich nickte atemlos und er ließ mich langsam weiter hinabgleiten, bis ich ihn ganz aufnahm. Schweiß stand auf seiner Stirn und er schien um Beherrschung zu ringen. Ich atmete stöhnend aus. Es war unbeschreiblich ihn endlich in mir zu fühlen. Seine Größe füllte mich aus. Ich ließ meine Hände über seinen Rücken wandern, hörte nicht auf ihn zu küssen und schob ihm mein Becken noch ein bisschen mehr entgegen. Ich wollte ihn ganz und gar. Wollte ihn überall spüren.

»Fuck, Pen!« Er gab ein tiefes Stöhnen von sich.

Das war das erotischste Geräusch, das ich je gehört hatte. Mit wild pochendem Herzen presste ich mich an ihn und bewegte meine Hüften, was uns gleichermaßen einen lustvollen Laut entlockte. Er hielt mich an sich gedrückt und drehte uns so herum, dass er wieder auf mir lag. Sein stählerner Körper bedeckte meinen nahezu vollständig und sein köstlicher Geruch mischte sich mit dem des Salzes auf seiner Haut. Meine Sinne drehten beinahe durch.

Unendlich langsam und vorsichtig bewegte er sich, zog sich beinahe gänzlich aus mir zurück und schob sich wieder in mich. Meine Finger krallten sich an den Seiten in das Bettlaken. Es grenzte fast schon an Folter. Dabei suchten seine stahlblauen Augen nach meinen. Er nahm meine Hände und verschränkte seine Finger mit meinen. Dann drückte er sie über meinem Kopf ins Kissen, eroberte meinen Mund erneut und stieß fester zu. Ein keuchender Laut drang aus meiner Kehle. Fiebrig hob ich ihm mein Becken entgegen, um ihn noch tiefer einzulassen. Bei jedem seiner Stöße steigerte sich das heiße pulsierende Pochen, das sich in meinem Unterleib ausbreitete. Bis mir ein süßes, elektrisierendes Zucken durch den Körper jagte, das mich lustvoll seinen Namen schreien ließ.

Kapitel 18

Eric

1. August 1991

Das Erste, das ich wahrnahm, war der warme Körper, der sich an meinen schmiegte. Pens langes Haar kitzelte mich im Gesicht. Sie lag vor mir und ihr hinreißender Arsch drückte sich in meinen Schoß, was mir eine preisträchtige Morgenlatte bescherte. Ich seufzte zufrieden.

Was in der letzten Nacht zwischen uns geschehen war, erfüllte mich mit Staunen und der Lust, es immer und immer wieder zu tun. Seitdem ich sie auf dem Abschlussball geküsst hatte, wollte ich sie, und zwar jeden Tag mehr. Damals hatten mich diese plötzlichen Gefühle für sie überrascht und überfordert und ich hatte sie mir viel zu lang verboten. Bis gestern.

Der Sex mit ihr hatte mich bis tief ins Mark berührt. Ich war einem Menschen nie so nahe gewesen wie ihr. Niemals. Es war mein erstes Mal gewesen, ebenso wie ihres. Ich hatte vorher nicht gerade viele Erfahrungen gemacht. Auch nicht mit Männern. Ich hatte zwar immer geglaubt, schwul zu sein, doch nach der letzten Nacht, war das wohl nicht mehr in Stein gemeißelt.

Zu dem Schluss war ich damals durch meinen Freund David gelangt. Er hatte mich ins Kino eingeladen und gemeint, er müsse mir etwas Dringendes mitteilen.

Wir waren fünfzehn gewesen und hatten uns in einen Erwachsenenfilm geschlichen. In der letzten Reihe hatten wir uns in die Sitze gekauert und David war mit der Sprache herausgerückt. Er hatte mir erzählt, sein Vater schicke ihn fort auf ein Internat. Schon am nächsten Tag würde es losgehen. Ich war fassungslos gewesen und hatte ihn nach dem Grund gefragt. Es hatte mich wie ein Schlag getroffen, denn er war der erste Mensch in meinem Leben, bei dem ich das Gefühl gehabt hatte, etwas wert zu sein. Er hatte mich gestärkt und aufgebaut, wenn meine Eltern mal wieder nicht für mich da waren.

Anstatt einer Antwort sah er mich unendlich bedauernd an, beugte sich zu mir und küsste mich. Nicht einfach so. Er hatte mich richtig geküsst und ich wehrte mich nicht dagegen, denn er hatte mir glaubhaft das Gefühl geschenkt, geliebt zu werden. Etwas, das ich zuvor nicht kannte. Zu Hause gab es keine Liebe, nur Anerkennung durch Leistung oder Missfallen und Maßregelungen. Sein Vater hatte herausbekommen, dass er schwul war, und anscheinend geglaubt, man könne ihn in einem katholischen Internat davon heilen.

Am nächsten Tag war er fort gewesen, nachdem er mir seine Liebe gestanden hatte. Ich war fix und fertig gewesen. Verwirrt und um eine wichtige Bezugsperson ärmer. Seitdem hatte ich in der Annahme gelebt, ebenfalls schwul zu sein. Ich war nicht wirklich auf den Gedanken gekommen, es könnte anders sein. Ein Junge hatte mich geküsst. Es war toll gewesen, klare Sache.

Dachte ich zumindest. Ich war in Schwulenbars und anderen Clubs gewesen, hatte einige Typen kennengelernt, hatte Verabredungen mit Männern gehabt. Gelaufen war nichts Erwähnenswertes. Mit einigen trank ich nur etwas. Bei wenigen war es zu einem Abschiedskuss gekommen, den ich jedoch immer zuerst beendet hatte, weil es nicht passte.

Es hatte nur einen Typen gegeben, mit dem ich mir hätte vorstellen können, weiterzugehen. Sam. Ich war echt verknallt gewesen. Doch er hatte kurz nachdem wir uns kennenlernten, einen Studienplatz in Deutschland bekommen.

Danach hatte ich es aufgegeben. Hatte beschlossen, allein zu bleiben und mit der ganzen Date-Sache Schluss zu machen. Es kam ohnehin nichts außer Ärger oder verletzten Gefühlen dabei herum.

Gestern Abend mit Pen hatte sich alles auf einmal so wahrhaftig angefühlt. So echt und unvermeidlich, als wäre ein Teil in mir an der richtigen Stelle eingerastet. Ich konnte es mir selbst nicht erklären. Ich hatte etwas gefunden, von dem ich nicht einmal wusste, dass ich danach gesucht hatte. Jetzt wollte ich es nicht mehr loslassen. Um keinen Preis.

Zärtlich küsste ich ihren Nacken und ließ meine Hand über ihre weichen Brüste gleiten. Ihr Po drückte noch immer gegen meine Erektion und entlockte mir ein Seufzen.

»Böser Junge!«, murmelte sie verschlafen, bevor sie sich zu mir herumdrehte und mich küsste. Ein sanftes Lächeln zierte ihre Mundwinkel.

Ich schluckte schwer, dann zog ich sie enger an mich und saugte an ihrem Hals. Mit einem Stöhnen rollte sie sich unversehens auf mich. Ihr langes Haar umhüllte uns wie ein Vorhang und sie küsste mich so innig, dass ich hoffte, sie würde niemals damit aufhören. Ich knetete ihren nackten Hintern, dann löste sie sich atemlos von meinen Lippen und sah mich neckisch an.

»Ich dachte, du bist schwul«, flüsterte sie und rieb ihre Hüfte mit einem frechen Blitzen in den Augen an meinem Schwanz.

Ich warf sie auf den Rücken und griff mir ein Kondom vom Nachttisch. »Da lag ich wohl falsch.«

Kapitel 19

Alex

1. August 1991

Oh mein Gott! Ist das wirklich passiert? Verdammt!
Eric ist, er ist ... Das war die beste Nacht meines Lebens. Und der beste Morgen noch dazu. Nachdem wir in der letzten Nacht gleich mehrmals miteinander geschlafen hatten, war es heute früh wieder passiert. Allein der Gedanke daran weckte von Neuem die Lust in mir. Wir lagen noch immer im Bett und waren nach der frühen ›Betätigung‹ erneut eingeschlafen.

Mein Kopf ruhte auf seiner tätowierten Brust, die sich bei seinen Atemzügen unter mir hob und senkte. Sein Arm umschlang meinen Körper und ruhte auf meinem Hintern. Ich hörte seinen regelmäßigen Herzschlag und meine Finger glitten sanft über seine warme Haut, die nach den letzten Spuren seines Rasierwassers und Schweiß roch. Eine Mischung, die mich geradezu anmachte.

Seine Hände auf meinem Körper, auf meinen Brüsten und zwischen meinen Beinen hatten sich unbeschreiblich angefühlt. So hatte ich mir mein erstes Mal bei Gott nicht vorgestellt. Vor allem aber nicht mit ihm.

Ich hatte immer angenommen, es würde mit Mike passieren. Für einen kurzen Moment überkam mich das schlechte Gewissen. Sein Brief von meinem letzten Geburtstag drängte sich in mein Bewusstsein. Darin hatte er mir beteuert, auf mich zu warten.

Ich hatte ihm damals gesagt, dass ich ihn liebte und versicherte es ihm auf fast jeder meiner Karten. Doch dieser Teil von mir fühlte sich an wie aus einer anderen Welt. Genau genommen war es das auch. Eine andere Welt auf einem anderen Kontinent, wo alles noch normal war und wir in unserer kleinen Blase gelebt hatten. Doch die war in dem Moment geplatzt, als mich meine Eltern hierherschickten. Seitdem war nichts mehr wie früher, bis auf eines: Ich vermisste meine beiden besten Freunde. Die Liebe zu ihnen war ebenso stark wie damals. Doch sie war nicht mehr jeden Tag, jede Minute und Sekunde so präsent und übermächtig wie in den ersten Wochen und Monaten.

Ich hatte hier jemanden gefunden, der ebenfalls einen Teil meines Herzens für sich gewonnen hatte und das nicht erst seit letzter Nacht. Trotzdem hatte sie etwas verändert. Sie hatte Eric für mich auf eine andere Ebene gebracht, ihn mir in neuem Licht gezeigt.

Wäre ihm und damit auch mir früher klar gewesen, dass er offenbar bisexuell war, wäre es vermutlich schon früher passiert. Denn mir war durchaus nicht entgangen, mit was für einem Leckerbissen ich mir die Wohnung teilte. Es hatte schon einige Situationen gegeben, in denen ich dieses Knistern zwischen uns spürte. Ich hoffte, dass der Sex unser Zusammenleben nicht verkomplizieren würde. Was, wenn es für ihn eine einmalige Nacht war und er es später bereute? Nicht auszudenken, dass unsere Freundschaft darunter leiden könnte. Das würde ich nicht ertragen. Er bedeutete mir mittlerweile zu viel. Es war, als hätte uns das Schicksal zusammengeführt. Er war mein Fels in der Brandung, mein Licht in der Dunkelheit und es schnürte mir die Luft ab, wenn ich nur darüber nachdachte, dass alles durch diese Nacht vorbei sein könnte. Erics Arm legte sich fester um mich und seine Lippen streiften mein Haar.

»Tu das nicht!«

Ich hob ihm das Gesicht entgegen. »Hm?«

»Ich würde deine Grübelei sogar hören, wenn ein Presslufthammer neben mir stünde. Hör auf damit.« Träge rieb er seine Nase an meiner Stirn, dann rollte er mich herum und lag halb auf mir. Seine Lippen streiften zärtlich über meine, nur wie ein Hauch, und hinterließen den Wunsch nach mehr. Seine Hand streichelte meine Wange und strich mir eine Haarsträhne aus dem Gesicht. Seine strahlenden Augen liebkosten mich und ließen mich schmelzen wie Butter in der Sonne. Mein Herz vollführte schon wieder einen Flickflack nach dem anderen und mein Bein schlang sich automatisch um seine Hüfte. Sein sich verdunkelnder Blick ließ mich auf mehr hoffen.

»Ich will das von letzter Nacht wieder mit dir tun.« Seine Stimme klang atemlos. Ich schluckte nervös.

»Und das wieder und wieder und wieder! Ich glaube nicht, dass ich davon je genug bekomme.«

Ich stieß erleichtert, glücklich und atemlos zugleich die Luft aus, bevor er endlich seine Lippen auf meine legte und neckend in meine Unterlippe biss.

Kapitel 20

Alex
29. August 1991

»Pen?« Erics aufgeregte Stimme riss mich aus der Welt von ›Black Widow‹ und ›Hawkeye‹.

Ich lag bäuchlings auf einem der Sofas im Wohnzimmer und klappte das Comicheft zu. Eric erschien im Türrahmen und hielt einen großen Karton in der Hand, auf dem eine dicke, rote Schleife klebte.

Ich sah ihn fragend an. »Ein Geschenk? Hat jemand Geburtstag?«

Er legte den Kopf schief und trat auf mich zu.

»Nein, das ist für dich.« Er stellte den Karton vorsichtig auf dem Boden ab. »Komm her und mach es auf.«

Ich trat auf ihn zu. »Für mich? Warum?«

»Frag nicht immer so viel und mach es einfach auf«, befahl er augenrollend.

Ich zuckte mit den Schultern und löste gespannt die Schleife von dem Karton. Ich klappte ihn auf und mir fiel die Kinnlade herunter. Mein Herz raste vor Aufregung und meine Augen füllten sich mit Tränen.

»Gefällt sie dir?«

»Du hast mir eine Westerngitarre gekauft«, stellte ich stockend fest, »eine ›Fender‹. Eric das ... du bist verrückt!« Ich schlug mir kopfschüttelnd die Hände vor den Mund. »Sie ist umwerfend.« Ehrfürchtig nahm ich sie aus dem Karton und strich mit der Hand über das dunkle Mahagoni.

»Heißt das, sie gefällt dir?«

Ich legte das Instrument behutsam beiseite und fiel ihm um den Hals. »Sie ist das Schönste, was mir je ein Mensch geschenkt hat.«, flüsterte ich dicht an seinen Lippen und küsste ihn.

»Ich dachte mir, da du noch dein zweites Instrument fürs Studium wählen musst und du mir mal erzählt hast, wie gern du Gitarre spielen wolltest ...«

Ich ließ ihn nicht ausreden, sondern verschloss seine Lippen wieder mit meinen. Dieser Mann war zu gut, um wahr zu sein. Nicht zu fassen, dass er mir dieses Geschenk machte.

Eric hatte wie immer an alles gedacht. Er hatte mir sogar ein passendes Buch besorgt, in dem die Akkorde und Anschlagtechniken erläutert und die Grundlagen vermittelt wurden. Ich sollte es sogleich ausprobieren. Als ich versuchte, dem Instrument die ersten Töne zu entlocken, kam ich mir ein wenig unbeholfen, aber unheimlich glücklich vor.

Kapitel 21

Eric

22. Oktober 1991

Ich hörte ein lautes Fluchen aus dem Wohnzimmer, als ich aus dem Aufzug trat und die Schuhe von den Füßen kickte. Kurz darauf setzte eine Gitarre ein, deren Töne sich etwas schräg anhörten und von einem weiteren Fluch begleitet wurden. Grinsend lief ich den Flur entlang. Ich spähte durch den Türrahmen. Pen saß mit dem Rücken zu mir auf dem Sofa, die Gitarre auf dem Schoß und ein Notenheft vor sich auf dem Tisch. Sie brummelte vor sich hin, ehe sie einen weiteren Versuch startete.

»So ein verfluchter Scheißdreck!«, stieß sie keine zwei Sekunden später aus und fegte wütend ihr Notenheft vom Tisch, das flatternd zu Boden fiel. Ein Lachen entschlüpfte mir und sie drehte sich ruckartig zu mir herum. »Wie lange stehst du da schon?« Sie sah mich mit zusammengekniffenen Augen an.

»Lange genug, um zu hören, wie du deine Gitarre misshandelst.« Ich trat ein und küsste sie. Ihr Karamell-Pfirsich-Duft stieg mir in die Nase.

»Ich bekomm das einfach nicht auf die Reihe. Diese scheiß Zupftechnik ist total für den Arsch. Es macht mich irre. Es klappt einfach nicht«, regte sie sich auf und legte die Gitarre beiseite. »Ich hab' keinen Bock mehr. Das ist nichts für mich, ich habe kaum noch Gefühl in den Fingern.« Sie warf sich in die Sofakissen und starrte miesepetrig die Decke an.

Ich setzte mich rittlings auf sie. »Du gibst doch wohl nicht einfach auf?« Mit den Lippen fuhr ich über ihre Wange und knabberte an ihrem Ohrläppchen.

»Oh doch! Ich kann es einfach nicht«, gab sie zurück, doch die Entschlossenheit in ihrer Stimme wurde schwächer.

Ich ließ meine Lippen sanft über ihre fahren und sah ihr in die Augen. »Du kannst das. Du brauchst nur einen kleinen Anreiz! Wenn du jetzt noch ein bisschen übst, bekommst du mehr davon ...« Sanft ließ ich meine Zunge in ihren halb geöffneten Mund gleiten. Sie seufzte leise und erwiderte den Kuss. »Und wenn du es richtig machst, bekommst du etwas davon ...« Meine Lippen wanderten an ihrem Körper hinab. Kurz über ihrem Hosenbund hielt ich inne und zog vielsagend eine Augenbraue in die Höhe.

»Eric, das ist gemein«, stöhnte sie.

Ich lachte. »Wenn du aufgibst, bist du heute mit Kochen und dem Abwasch dran. Das ist gemein.« Ich richtete mich auf und erntete einen frustrierten Blick. Doch auf ihren Mundwinkeln sah ich das Lächeln, gegen das sie erfolglos ankämpfte.

»Das grenzt an Folter.« Alex setzte sich unter mir auf. Dann drückte sie mir einen Kuss auf den Mund und sah mich herausfordernd an. »Na los, runter von mir. Ich muss üben.«

Kapitel 22

Alex
3. Dezember 1991

»Bist du sicher? Du musst das nicht machen, wenn ...«
Es war süß, dass er sich sorgte, aber wenn er nicht langsam loslegte, würde ich es Kerry machen lassen. Ich verdrehte die Augen.

»Jetzt tu es schon. Du weißt, dass ich es will und ich will es von dir!« Ich legte die Stirn wieder auf meine Unterarme und wartete.

»Okay. Aber wenn ich dir weh tue ...«

»Dann sag ich Bescheid und du hörst sofort auf, ja ja«, beendete ich seinen Satz lächelnd.

Das schien ihn etwas zu beruhigen, denn endlich ertönte das leise Surren der Tattoomaschine und seine Hand legte sich sanft auf meinen Nacken. Erschrocken atmete ich ein, als die Nadeln in meine Haut stachen. Der Schmerz war da, keine Frage, doch ich würde ihn aushalten. Es war ja nur ein kleines Tattoo, daher biss ich die Zähne zusammen und versuchte, ruhig weiter zu atmen.

»Alles okay?« Seine Stimme klang besorgt.

»Ja, mach weiter. Hör jetzt bloß nicht auf.«

Nach einer halben Stunde war es vorbei und Eric hielt mir den Spiegel hin, damit ich sein Werk auf meiner Haut bewundern konnte. Abwartend betrachtete er mich. Ich begutachtete den frisch gestochenen Penny in meinem Nacken, der zwar etwas gerötet war, aber ansonsten nahezu echt wirkte. Eric trug das gleiche Tattoo an derselben Stelle. Kerry hatte es ihm schon letzte Woche gestochen.

Wir verbrachten jetzt seit fünf Monaten jede verfügbare Sekunde zusammen, teilten das Bett und waren kaum fähig, die Finger voneinander zu lassen. Es war uns wichtig, diese Verbundenheit auf ewig festzuhalten. Da kam uns die Idee mit dem gemeinsamen Tattoo. Es verband uns für immer. Ich sah Eric die Nervosität, ob mir sein Werk gefiel, an der Nasenspitze an. Er sollte ruhig noch ein bisschen zappeln.

»Hm«, seufzte ich daher skeptisch und versuchte ernst dreinzuschauen. Seine Gesichtszüge entgleisten.

»Es gefällt dir nicht! Ich wusste, ich hätte es nicht selbst machen sollen. Kerry hätte ...«

Ich drehte mich schnell zu ihm um, legte die Arme um seinen Hals und sah in sein beunruhigtes Gesicht.

»Es ist perfekt!«, erlöste ich ihn von seinen Zweifeln.

»Bist du sicher?« Ich nickte. »Ich liebe es.«

Seine Mundwinkel hoben sich zu einem Lächeln, das seine Unsicherheit fortwischte und seine Augen erstrahlen ließ. Sein Blick liebkoste mich. Ich zog ihn an mich und küsste ihn leidenschaftlich. Mir war wieder einmal nur allzu bewusst, wie perfekt er war und wie viel er mir bedeutete. Doch es machte mir auch Angst. Nie zuvor hatte ich für jemanden so tief empfunden. Nie.

Kapitel 23

Eric
7. Februar 1992

»Können wir?« Ich sah Pen ungeduldig an. Wir hatten uns mit Lenny und seiner neuen Flamme Jasmine im Tattoostudio seines Dads verabredet. Lenny wollte, dass ich ihm ein Tattoo stach und ich selbst ließ mir heute ein neues von Kerry verpassen. Jasmine dachte ebenfalls darüber nach, sich ihr erstes Tattoo machen zu lassen.

»Komme schon!« Sie eilte aus dem Wohnzimmer und drückte mir einen Haufen Zeugs in die Hand. Schlüssel, Geldbörse, Pfefferminzbonbons, eine Postkarte, Taschentücher und ein paar fingerlose Wollhandschuhe.

»Halt mal kurz, ja? Ich muss noch schnell pinkeln.«

Schon war sie im Bad verschwunden und zwei lose Pfefferminzbonbons sowie die Karte rutschten mir durch die Finger zu Boden. Ich schüttelte seufzend den Kopf und hob erst die Bonbons, dann die Karte auf. Mein Blick fiel auf die drei Worte, die sie an den unteren Rand der Postkarte geschrieben hatte.

›Ich liebe Dich.‹

Ich schluckte. Mein Blick glitt auf den Adressaten. Natürlich wusste ich, wem sie schrieb. Mike Hastings.

Ein bitterer Geschmack legte sich auf meine Zunge. Sie schrieb ihm noch immer, dass sie ihn liebte und das, obwohl wir jetzt seit einem halben Jahr zusammen waren. Hatte sie ihm überhaupt von uns berichtet?

Eifersucht kroch in mir hoch und ich wusste, dass es albern war. Denn selbst, wenn sie ihm diese Worte schrieb, so war sie doch hier bei mir. Teilte mein Bett, stöhnte unter meinen Küssen, schmiegte sich in meine Arme und er war einen Ozean weit von ihr entfernt. Außerhalb ihrer Reichweite. Doch der Gedanke daran, was ich wohl für sie war, wenn sie ihm ihre Liebe zusicherte, ließ mich nicht los. Zweifel nisteten sich in mein Herz wie ein unerwünschter Gast.

»So, da bin ich. Wir können los.« Sie schlüpfte in ihre Lederjacke, während ich noch immer reglos da stand und kaum klar denken konnte.

Sie nahm mir ihren Kram aus der Hand und verstaute ihn in den Taschen ihrer Jacke. Als ich mich nicht rührte, sah sie mich fragend an.

»Eric? Alles okay?«

Ich nickte kurz. »Ja, klar. Ich bin nur etwas nervös wegen Lennys Tattoo«, log ich.

Sie lächelte. Dieses Lächeln, bei dem ihre Augen strahlten wie das Silber des Mondes und das sie nur für mich reserviert hatte. Dann stellte sie sich auf die Zehen, umfasste mein Gesicht mit beiden Händen und küsste mich.

»Mach dir keine Sorgen. Es wird fantastisch und Lenny weiß das auch. Sonst hätte er dich nicht darum gebeten.« Sie strich mit dem Daumen über meine Unterlippe und die Zweifel verstummten. Zumindest für den Augenblick.

Kapitel 24

Alex

12. Mai 1992

Heute war einer dieser Tage, den ich gerne aus dem Kalender gestrichen hätte. Ich war gleichzeitig so tieftraurig und von so unbändiger Wut erfüllt, dass ich am liebsten laut geschrien hätte. Ich versuchte mich zu beruhigen, runterzukommen. Drehte unaufhörlich am Ring an meinem kleinen Finger und schluckte gegen die stetig neu aufwallenden Tränen an.

Vor etwa einer Stunde hatte mein Vater angerufen. Eric war schon aus dem Haus und ich wollte mich gerade ebenfalls auf den Weg zur Uni machen, als das Telefon klingelte.

Die Stimme meines Dads zu hören, hatte mein Herz vor Freude schneller schlagen lassen. Doch sie war in dem Moment getrübt worden, als ich den merkwürdigen Unterton in seiner Stimme wahrnahm. Etwas war geschehen, etwas Gravierendes.

»Hallo mein Spatz. Alles in Ordnung bei dir?«, fragte er zögernd.

»Was ist passiert, Dad?«

Er seufzte schwer.

»Ich muss dir etwas sagen. Es wird Zeit, dass du davon erfährst, auch wenn deine Mutter ...« Er brach ab und ich konnte spüren, wie er am anderen Ende der Leitung um Fassung rang. Er räusperte sich, doch ich nahm das Zittern in seiner Stimme wahr.

»Dad!«, rief ich. »Was ist los?«

»Grandpa ... mein Vater, er ist ... tot. Er hatte einen Herzinfarkt. Sie konnten nichts mehr für ihn tun. Spatz, es tut mir so leid!«

Ich stieß ein Keuchen aus und Tränen traten mir in die Augen. *Grandpa ist tot? Nein!*

»Oh mein Gott! Wann? Wie geht es dir? Ist mit Granny alles okay? Wann ist die Beerdigung? Ich komme sofort zu euch, ich ...«

»Nein, Alex«, unterbrach er mich. »Hör zu, bitte. Er ist vor zwei Monaten gestorben und beigesetzt worden. Deine Mom wollte nicht, dass du von deinem Studium abgelenkt wirst aber ich ... ich musste es dir endlich sagen.« Er verstummte und Trauer schwang in der Stille zwischen uns.

»Das ist nicht dein Ernst, Dad! Seit zwei Monaten?«, rief ich fassungslos und schlug mit der flachen Hand auf den Tisch vor mir. »Mein Grandpa stirbt und sie verlangt, dass du es mir nicht sagst?« Tränen rannen meine Wangen hinab. Eine ungeheure Wut auf meine Mutter erfasste mich.

»Sie wollte nicht, dass du ...«, wiederholte er mechanisch.

»Hör auf, sie in Schutz zu nehmen! Das hat sie nicht verdient, Dad. Ihr hättet es mir sagen müssen, sofort. Ich fasse es nicht, dass sie das von dir verlangt hat.«

»Spatz«, erwiderte er müde. »Hör bitte zu, okay? Dein Grandpa hat dir in seinem Testament Geld vermacht. Eine beträchtliche Summe sogar. Mit einundzwanzig kannst du darauf zugreifen. Ich wollte, dass du das weißt. Du hast also die Möglichkeit, nach deinem Bachelorabschluss zu tun was du willst und wo du willst. Du bist nicht mehr von deiner Mutter oder mir abhängig. Hörst du was ich dir sage?«, er machte eine bedeutungsvolle Pause, »Ich wohne momentan bei Granny in L. A., um ihr zur Seite zu stehen. Deine Mutter will, dass wir ganz dorthin ziehen und das Haus in Oceanside verkaufen.«

Er hielt inne und der letzte Satz hing tonnenschwer in der Luft. Ich schüttelte den Kopf. *Das ist zu viel. Das kann sie nicht machen. Nicht das Haus. Mein Zuhause.*

»Dad, bitte tu das nicht! Du kannst nicht unser Haus verkaufen. Wo soll ich denn hin, wenn ich zurückkomme? Ich werde nach Oceanside zurückkehren, das habe ich versprochen! Nimm mir mein Zuhause nicht weg, bitte!«

Er atmete erleichtert aus.

»Ich habe gehofft, dass du das sagst. Das Haus hat dein Grandpa uns geschenkt, als deine Mom mit dir schwanger war. Wusstest du das?« Seine Stimme klang belegt.

Ich schüttelte den Kopf, auch wenn er es nicht sehen konnte. »Nein«, flüsterte ich.

»Ich werde dafür sorgen, dass du das Haus bekommst. Ich lasse es auf dich überschreiben, Spatz. Versprochen! Es gehört dir, okay? Ich werde Melinda Hastings bitten, sich darum zu kümmern und hin und wieder nach dem Rechten zu sehen, bis du nach Hause kommst. Wenn es deiner Mom nicht passt, dann muss ich wohl endlich die Konsequenzen ziehen.« Er klang unglaublich müde.

Ich schluckte schwer. »Ich hab dich lieb, Dad. Das vergesse ich dir nie. Ich vermisse dich …«

»Ich dich auch, Spatz. Ich muss jetzt Schluss machen, morgen früh habe ich einen wichtigen Geschäftstermin und hier ist es schon spät. Pass auf dich auf, meine Kleine.«

»Ja«, gab ich leise zurück und legte auf.

In diesem Moment sehnte ich mich nach nichts mehr, als zu Hause zu sein. Meinen Dad zu umarmen. Mit Mike über alles zu reden und mich von Tobi aufheitern zu lassen. Sie fehlten mir schmerzhaft und der Entschluss, nächstes Jahr nach Hause zurückzukehren, trat wieder in den Vordergrund.

Ich musste unweigerlich an Mikes Dad denken. Damals nach dem Tod von John Hastings hatten wir uns gegenseitig Trost gespendet. Mike war unter seiner Trauer beinahe zusammengebrochen, hatte nur noch geweint und sich haltsuchend an mich geklammert. Hatte kaum noch gegessen. Tobi, dagegen, war wie ein Fels. Er blieb stark für seine Mom und für Mike. Versuchte, der Mann im Haus zu sein, obwohl er selbst noch ein Kind war.

Wenn ich bei ihnen übernachtet hatte, schlich ich manchmal nachts in sein Zimmer und kroch zu ihm ins Bett. Das waren die einzigen Momente, in denen ich erkannte, wie sehr Johns Tod auch ihn mitnahm. Denn dann schloss er mich in die Arme und weinte die tagsüber so standhaft zurückgehaltenen Tränen. Sie würden nicht von meiner Seite weichen, wenn sie jetzt hier wären, denn sie wussten, wie sehr ich Grandpa geliebt hatte.

So viel mir Eric bedeutete und so schwer es mir fallen würde von ihm fortzugehen, so sehr vermisste ich mein Zuhause und die Menschen, die ich zu meiner Familie zählte.

Eric fand mich zusammengerollt auf dem Sofa mit rotverweinten Augen, als er zurückkam. Immer noch fassungslos über die Kaltherzigkeit meiner Mutter und die Trauer über den Verlust meines Großvaters, erzählte ich ihm, was geschehen war. Er sagte nicht viel, hörte zu, zog mich auf seinen Schoß und schloss mich wortlos in seine Arme. Sein vertrauter Geruch und die Wärme seines Körpers hatten etwas Beruhigendes.

Nach einer Weile sah ich ihn an. Meine Augen brannten vom Weinen und meine Nase lief.

»Grandpa hat mir Geld vererbt. Damit kann ich weiter studieren, wenn ich will. Ich bin nicht mehr von meinen Eltern abhängig. Meine Mutter hat keine Chance mir den Geldhahn zuzudrehen, wenn ihr nicht passt, was ich tue«, erklärte ich und zog geräuschvoll die Nase hoch.

»Das ist doch gut.« Er strich mir aufmunternd über den Rücken.

Ich nickte. »Dad überschreibt mir das Haus.«

»Das Haus?«

»Unser Haus in Oceanside. Meine Mutter will, dass er es verkauft, aber ich bekomme es«, erklärte ich und wischte mir die Tränen fort.

»Wirst du es verkaufen?«, fragte er.

Ich schüttelte den Kopf, verwirrt über diese Frage.

»Hölle, nein! Ich werde dort wohnen. Ich werde bestimmt nicht wie meine Eltern nach L.A. ziehen, auch wenn meine Mutter es garantiert darauf abgesehen hat. Ich vermisse zwar meinen Dad, aber so kann er mich ja in Oceanside besuchen, wenn er möchte.«

»Klar«, antwortete Eric knapp und ich schmiegte mich wieder an ihn.

Kapitel 25

Eric

16. September 1992

Pen lag mit einer dicken Erkältung im Bett und ich war auf dem Weg in die Apotheke, um ihr etwas gegen den Husten zu holen. Sie hatte mich gebeten, ihre Postkarten auf dem Weg für sie einzuwerfen und ich konnte nicht anders, als sie zu lesen. Auch wenn ich wusste, dass ich kein Recht dazu hatte.

Danach wünschte ich mir jedoch, ich hätte es gelassen. Sie schrieb Mike, dass sie krank war, dass ihr Studium gut lief und wie gut sich ihr Gitarrenspiel entwickelte. Außerdem, wie sehr sie ihn, Tobi und deren Mutter Melinda vermisste. Doch was sich wie eine eiserne Faust um mein Herz schloss und erbarmungslos zudrückte, war der letzte Teil.

›Ich kann es kaum erwarten, dich bald wiederzusehen. Ich liebe dich. Alex‹

An dem Tag, als Pen vom Tod ihres Großvaters erzählt hatte und dass ihr Vater ihr das Haus überschrieb, hatte es sich schon abgezeichnet. Sie wollte offenbar wirklich zurück. Sie hatte danach nicht mehr davon gesprochen. Ich mied das Thema ebenfalls, denn ich wollte nicht, dass sie ging. Wollte es nicht von ihr hören. Ich wollte sie hier bei mir. Wir gehörten zusammen. Sah sie es nicht? Wollte sie es einfach nicht sehen?

Was hatte dieser Mike an sich, dass sie um alles in der Welt zu ihm zurückwollte? Selbst nach so langer Zeit. Was hatte ich nicht, dass es ihr anscheinend so leichtfiel, mir den Rücken kehren zu wollen?

Ich verstand es nicht. Wenn wir zusammen waren, schien nichts zwischen uns zu stehen. Alex schien immer ganz bei mir zu sein, genau so zu empfinden wie ich. Sie war offen, fröhlich und gab mir das Gefühl, alles für sie zu sein. Sie hatte mir noch nie gesagt, dass sie mich liebte. Aber ich glaubte, es in ihren Augen zu sehen, wenn wir uns liebten. Wenn ich sie in den Armen hielt und sich unsere Blicke trafen. Oder, wenn sie über eine meiner dummen Bemerkungen lachte.

Vielleicht war es an der Zeit, sie darauf anzusprechen. Endlich darüber zu reden, wie es weitergehen sollte. Doch das brachte ich nicht über mich. Was, wenn ich ihre Antwort nicht hören wollte? Wenn es unsere Beziehung beendete? Das würde ich nicht verkraften. Ich konnte sie nicht verlieren. Noch war Zeit.

Kapitel 26

Alex

13. April 1993

Er drückte mich mit dem Körper gegen die Wand kaum, dass wir aus dem Aufzug gestiegen waren und küsste mich. Wir waren gerade nach Hause gekommen.

»Davon werde ich nie genug bekommen«, raunte er an meinem Ohr. »Was hältst du davon, wenn wir im Sommer verreisen? In drei Monaten bist du mit dem Studium fertig. Danach könnten wir mit dem Motorrad durch Europa fahren. Nur du und ich.«

»Eric ...«

»Frankreich, Spanien, Portugal. Vielleicht Griechenland oder Italien? Was du willst.« Er nahm mein Gesicht zärtlich in seine warmen Hände und sah mich an. »Ich liebe dich, Pen.«

Ich schnappte nach Luft. »Eric, ich ...«

›Ich liebe Dich auch‹, wäre die Antwort gewesen, die er verdient hatte, doch aus meinem Mund kam etwas anderes. »Ich fliege im Sommer zurück nach Hause. Nach Oceanside«, sagte ich leise.

Er trat einen Schritt zurück und sah mich stirnrunzelnd an. »Du tust was?«

Ich griff nach seiner Hand.

»Ich muss zurück. Meine Freunde sind dort, sie sind meine Familie. Ich vermisse das Meer, die Wärme und sogar das Kleinstadtleben. Ich habe vor, dort an der Uni meinen Master zu machen. Das Haus gehört jetzt auch mir.« Ich zuckte hilflos mit den Schultern.

Mikes Brief zu meinem einundzwanzigsten Geburtstag drängte sich in meine Gedanken. Er wartete auf mich, noch immer. Seit fünf Jahren. Ich hatte ihm in all der Zeit meine Liebe versichert und ihm das Versprechen gegeben, zurückzukehren und das würde ich einhalten. Das war ich ihm schuldig. Ich hatte immer beteuert, ihn zu lieben und es war nicht gelogen. Und doch hatte ich ihm Eric vorenthalten. Hatte ihm nie meine Gefühle für ihn gestanden. Wie auch, ich hatte sie mir ja nicht mal selbst eingestanden, denn dann hätte ich zugeben müssen, dass sich alles verändert hatte.

Eric nickte langsam. »Okay, verstehe. Dann ... dann komme ich einfach mit dir. Hier hält mich nichts, das weißt du.«

Ich schluckte schwer.

»Eric, ich glaube das wäre keine gute Idee.«

Ich senkte den Blick. Er gab ein Schnauben von sich.

»Es ist wegen Mike, oder?« Sein Ton war bitter.

Ich sah auf und der Schmerz in seinen Augen brannte mir ein Loch in mein Herz.

»Eric ...«, flüsterte ich verzweifelt.

»Nein!« Er entzog sich mir. »Weiß er überhaupt etwas von uns? Außer, dass ich dein schwuler Mitbewohner bin? Oder hast du ihn die ganze Zeit in dem Glauben gelassen, dass du jungfräulich auf den Tag eures Wiedersehens wartest?«

Ich atmete tief durch. Das lief in eine Richtung, die ich nie beabsichtigt hatte.

»Es tut mir leid. Ich weiß, das alles ist kompliziert und ich hätte ihm etwas sagen müssen. Aber ich konnte es nicht. Du bedeutest mir unendlich viel, aber das tut er auch. Selbst, wenn wir uns fünf Jahre nicht gesehen haben, ist da immer noch dieses Band zwischen uns, das ich nicht ignorieren kann. Ich bin es ihm schuldig, herauszufinden, was noch von unseren Gefühlen übriggeblieben ist. Und mir auch. Wenn ich bei dir bleibe, finde ich es nie heraus und werde mich immer fragen, ob es die richtige Entscheidung war.«

Sein Blick kühlte während meiner Worte ab und nun sah er mich an wie eine Fremde.

»Dann war ich wohl nur ... Was? Ein nützlicher Zeitvertreib, eine Ablenkung? Damit dir die Zeit hier nicht zu langweilig wird? Ein Lückenfüller?«

»Eric, nein! Du verstehst das nicht ...« Tränen bahnten sich ihren Weg über mein Gesicht.

Er trat einen Schritt von mir zurück und hob abwehrend die Hände.

»Ich verstehe sehr genau.« Damit drehte er sich auf dem Absatz um und stieg in den Aufzug.

»Warte besser nicht auf mich.«

Nachdem Eric fortgegangen war, lag ich lange wach. Ich starrte an die dunkle Zimmerdecke und verfluchte mich dafür, dass ich ihn nicht zurückgehalten hatte. So waren wir noch nie auseinandergegangen. Wir hatten uns auch zuvor nie wirklich gestritten. Es war das erste Mal, dass wir das Thema so direkt angesprochen hatten.

Ehrlich gesagt, wollte ich in all der Zeit gar nicht darüber nachdenken. Ich wollte jede Minute, die mir mit Eric blieb, genießen und auskosten. Dass ich im Juli nach Oceanside zurückkehren und London verlassen würde, stand für mich immer außer Frage. Ich würde nach fünf langen Jahren endlich mein Versprechen einlösen und zu den Jungs nach Hause fliegen. Zu Mike und Tobi. Vor allem aber zu Mike. Er war meine erste Liebe gewesen. Eine Liebe, die wir nie erblühen lassen konnten und durch seine wenigen Briefe zu meinen Geburtstagen wusste ich, dass er an uns glaubte und auf mich wartete.

Vielleicht war es lächerlich oder naiv von mir nach all den Jahren noch immer daran festzuhalten, aber ich kam nicht aus meiner Haut. Die Jungs und mich verband ein ganzes Leben und ich war nicht imstande, das zu ignorieren.

Natürlich hatte ich mir vorgestellt, wie es wäre, einfach bei Eric zu bleiben. Oder ihn zu bitten, mit mir zu gehen. Diesen Gedanken verwarf ich aber immer wieder. Meine Heimkehr war etwas, das ich für mich tun musste. Allein und ungebunden, denn ich wusste nicht, was passieren würde.

Eric war nie eingeplant gewesen und doch wollte ich keine Sekunde mit ihm missen. Mehr noch, ich hatte Gefühle für ihn entwickelt. Beängstigend starke Gefühle, die mir bei meiner Heimreise im Wege stehen konnten und das durfte ich nicht zulassen. Ich musste mein Versprechen einhalten. Ich musste endlich herausfinden, was ich wirklich wollte. Eine eigene Entscheidung treffen. Ich. Nicht meine Eltern, nicht Eric oder sonst jemand.

Ich hatte mich schon viel zu sehr auf ihn eingelassen und es würde mir das Herz brechen, ihn hier zurückzulassen. Ich musste das tun, um mir über mein Leben klar zu werden und darüber, wie ich es zukünftig gestalten wollte. Zumindest redete ich mir das ein, denn sonst würde mich niemand in diesen Flieger bekommen.

Ein Geräusch weckte mich und ein Blick auf die Uhr verriet mir, dass es bereits nach Zehn am Morgen war. Eric musste aufgestanden sein. Wahrscheinlich kochte er sich einen Kaffee. Ich hatte ihn nicht einmal mehr heimkommen hören. Ich schwang mich aus dem Bett, denn ich wollte unbedingt mit ihm reden. Wie wir letzte Nacht auseinandergegangen waren, wollte ich so nicht stehen lassen. Er bedeutete mir unsagbar viel, selbst wenn ich nicht hier bei ihm blieb.

Ich trottete in die Küche, aber dort war niemand zu sehen. Vermutlich duschte er. Ich lief weiter in Richtung Bad. Das Wasser in der Dusche lief, also trat ich leise ein. Die Duschkabine war von dem heißen Dampf beschlagen. Ich schob einfach die Tür auf und erstarrte in dem Moment, in dem ich erfasste, was sich mir für ein Anblick bot. Eric war nicht allein. Ein gut gebauter, dunkelhaariger Kerl hatte eine Hand in seinem Haar vergraben und küsste seinen Hals, während

Erics Hand über seinen Arsch glitt. Er sah mich an. In seinen Augen lag eine schneidende Kälte, die mich trotz des aufgeheizten Raumes frösteln ließ.

Ein Kloß schnürte mir die Kehle zu und mein ganzer Körper fühlte sich an wie ein einziger Schmerz. Damit hatte ich nicht gerechnet. Mir wurde übel. Ich zwang meine Beine, sich zu bewegen, machte kehrt und rannte aus dem Bad. In meinem Zimmer warf ich mich aufs Bett und Tränen rannen wie von selbst über meine Wangen. *Was habe ich getan?*

Kapitel 27

Alex
5. Juli 1993

Die letzten Wochen in London vor meinem Abreisetermin waren schwerer als die ersten. Eric verbrachte die Tage mit Sam, dem dunkelhaarigen Typen aus der Dusche, in unserer Wohnung. Er war immer da.

Eines Morgens, als ich an der Frühstückstheke saß, hatte Sam sich mir vorgestellt. Er war echt nett. Eric und er kannten sich schon seit ein paar Jahren. Sie waren kurz zusammen gewesen, doch dann hatte Sam einen Platz an einer Uni in Deutschland bekommen und war für einige Jahre fort gewesen.

Vor ein paar Wochen hatten sie sich zufällig wiedergetroffen und einen Kaffee getrunken. Eric hatte es mir gegenüber nie erwähnt. Dann waren sie sich vor ein paar Nächten im Club begegnet. Dort habe es gleich wieder zwischen ihnen gefunkt und seitdem war er hier.

Seine Worte schmerzten. Doch ich versuchte, mir nichts anmerken zu lassen. Scheinbar wusste er nicht, was Eric und mich wirklich verband. Na ja, wohl eher verbunden hatte.

»Weißt du, ich habe ihn nie aus dem Kopf bekommen. Verrückt, dass wir jetzt wieder zusammengefunden haben nach all den Jahren, oder?«, Sam lächelte mich nachdenklich an und trank seinen Kaffee.

Ich nickte. »Ja, verrückt.«

Wie konnte ich ihm vorwerfen, dass er in Eric verliebt war? Es war leicht, ihn zu lieben. Ebenso wenig hatte ich das Recht, sauer auf Eric zu sein, weil er Sam mitgebracht hatte. Er war wirklich sympathisch und ihre noch frische Liebe war damals durch die plötzliche Trennung voneinander im Keim erstickt worden. Ähnlich wie bei mir und Mike. Nun, da ich Eric eröffnet hatte, dass ich nach Hause zurückkehrte, war es nachvollziehbar, wenn er sich anderweitig orientierte. Trotzdem schmerzte es, dass er mich so schnell ersetzte. Dass es ihm offenbar so leichtfiel, meinen Weggang zu akzeptieren und er sich stattdessen einen Mann ausgesucht hatte. Damit konnte ich nicht konkurrieren.

Eric redete nur noch das Nötigste mit mir, war einsilbig und kühl, wenn wir uns in der Wohnung begegneten.

Jetzt stand ich vor dem Aufzug, meine Tasche gepackt und das Taxi war unterwegs. Heute ging der Flug nach Hause. Meine Brust schmerzte vor Kummer, sodass ich kaum Luft bekam. Das sollte das Ende sein?

Ein Geräusch hinter mir ließ mich herumfahren und ich rechnete damit, Sam dort stehen zu sehen. Doch es war Eric. Sein Blick wanderte von meiner Tasche zu mir. Dunkle Ringe umgaben seine Augen, die sonst immer zu strahlen schienen, jetzt jedoch matt und erschöpft wirkten. Reglos stand er da und sah so fertig aus, wie ich mich fühlte.

»Es tut mir leid ...« Meine Finger verkrampften sich um den Griff meiner Tasche. »Ich wollte dir niemals wehtun. Du bedeutest mir mehr, als du vielleicht glaubst. Du sollst wissen, dass du niemals ein Lückenfüller warst. Das musst du mir glauben!«, platzte es aus mir heraus und ich sah ihn eindringlich an.

In seinen Augen flackerte etwas, das einen Funken Hoffnung in mir weckte. Ich schluckte hart. Meine Hand glitt zu dem Tattoo in meinem Nacken.

»Ich will nicht, dass wir so auseinander gehen, Eric. Nicht nachdem ...« Ich machte eine unbestimmte Geste.

Er schluckte und rang sichtlich mit sich. Dann trat er auf mich zu und zog mich in eine Umarmung.

Ich schnappte überrascht nach Luft, schlang die Arme um ihn und hielt ihn fest. Er drückte mir einen Kuss aufs Haar, bevor er mich mit Tränen in den Augen ansah.

»Pass auf dich auf, Pen. Ich hoffe, du findest, wonach du suchst.«

Kapitel 28

Alex
6. Juli 1993

Ich kam spät abends am Flughafen von L.A. an und brachte anschließend eine zweistündige Busfahrt hinter mich, bis ich endlich am Bahnhof meiner Heimatstadt Oceanside eintraf. An dem alten Haltestellenhäuschen um die Ecke wartete ich auf den Bus, der mich bis fast vor meine Haustür bringen würde. Es war der Letzte, der heute fuhr. Ich hätte problemlos laufen können, denn ich brauchte von hier nur gut zehn Minuten, aber der Flug war lang und ermüdend gewesen und ich hatte einfach keine Lust. Stattdessen atmete ich die angenehme Nachtluft ein, die mir frisch um die Nase wehte und sah mich um.

Auf den ersten Blick sah alles genau so aus, wie ich es in Erinnerung hatte. Als wäre die Zeit hier stehengeblieben. Ich roch das Meer und hörte sogar das leise Rauschen der Wellen, obwohl der Strand ein Stück entfernt lag. Das war einer der Gründe, warum ich diesen Ort so liebte. Das Meer war allgegenwärtig.

Gleich gegenüber auf der anderen Straßenseite lag unser Lieblings-Burgerladen. ›Lukes Burger Bar‹. Bis drei Uhr nachts geöffnet. Wie damals. Erinnerungen, wie wir früher manchmal halbe Tage hier verbracht hatten und Milchshakes tranken, blitzten vor meinem inneren Auge auf und zauberten mir ein wehmütiges Lächeln ins Gesicht.

Jetzt stand vor dem Laden eine schwarze Harley, die unter dem Schein der Laterne glänzte. Sie erinnerte mich an Erics und das versetzte mir einen kleinen Stich.

Aus dem Laden kam ein großer Kerl in einer schwarzen Lederjacke, bei dessen Anblick mein Herz für einen Moment aussetzte. Er schlenderte zu der Maschine. Ich beobachtete ihn verstohlen. Er war schlank und breitschultrig und hatte helles, kurzes Haar, was unwillkürlich ein Prickeln in mir auslöste.

Er ist es nicht! Er ist nicht hier, Alex! Wie auch? Er ist in London.

Der Typ steckte in Jeans und einem weißen T-Shirt unter seiner Jacke. Ich fuhr mir mit der Zunge über die Lippen. In diesem Moment fing ich seinen Blick auf. Einen Moment lang sahen wir uns unverwandt an, bis ich mit wild pochendem Herzen den Kopf abwandte und auf meine Schuhspitzen starrte, als wären sie das achte Weltwunder. Oh Gott, wie peinlich, ihn so anzustarren. Unauffällig hob ich den Blick und bemerkte zu meinem Schrecken, dass er die Straße überquerte und auf mich zusteuerte. Heilige Scheiße! Mein ganzer Körper begann zu kribbeln, als wäre eine Ameisenkolonie darauf unterwegs. *Was zur Hölle hat er vor?*

Etwa einen Meter von mir entfernt, blieb er stehen. Unter normalen Umständen hätte man meinen können, er wartete wie ich auf den Bus. Unbeteiligt starrte ich stur geradeaus und gab mir Mühe ihm keine Beachtung zu schenken, auch wenn es mir schwerfiel.

»So spät noch allein unterwegs? Keine Angst vor bösen Jungs?« Seine tiefe Stimme durchbrach die Stille. Sie klang angenehm. Mit einem neckenden Unterton, der das Kribbeln auf meiner Haut verstärkte.

Automatisch drehte ich mich zu ihm um und musste unwillkürlich schlucken. Aus der Nähe sah er noch besser aus. Er trug einen drei Tage Bart und das Grübchen auf seiner rechten Wange unterstrich dieses sexy Lächeln, das er mir schenkte. Sein enges T-Shirt spannte über seiner breiten Brust. Als ich in seine blauen Augen sah, errötete ich spürbar, war jedoch unfähig wegzusehen.

Cool bleiben, Alex!

»Nein. Meine Angst beschränkt sich ausschließlich auf Clowns«, antwortete ich und hob eine Augenbraue.

Sein Grinsen wurde breiter.

»Clowns also, ja? Davon soll es ja in Kleinstädten nur so wimmeln!« Er lachte leise. Das tiefe Geräusch sorgte dafür, dass mir ein Prickeln über den Körper jagte und eine Erinnerung in mir wachrief, die ich aber nicht fassen konnte. »Du bist neu in der Stadt?« Seine Augen strichen über meinen Körper, doch es war mir nicht unangenehm. Im Gegenteil.

»Kann man so sagen«, gab ich vage zurück.

Unter seinem Blick wurde mir heiß. Seine Lippen, die ich unentwegt anstarrte, wirkten so einladend.

Oh Mann! Reiß dich zusammen, Alex! Was ist nur los mit mir? Er sah mich abwartend an, ein amüsiertes Glitzern in den Augen.

Scheiße, hat er was gesagt? »Hm?«

»Ob du mir deinen Namen verrätst, habe ich gefragt.« Er sah mit einem schiefen Lächeln auf mich herunter. Gott, er war so groß!

Wenn mir noch heißer wird, kann ich gleich ein Ei auf meinem Hintern braten, schoss es mir durch den Kopf.

»Ich heiße Penny«, log ich. »Und du?«

»Chase«, stellte er sich vor und ließ mich nicht aus den Augen. Er streckte mir seine Hand entgegen, die ich reflexartig ergriff. Sie war warm und trocken und sein Griff fest. Wie elektrisiert, schnappte ich nach Luft. *Scheiße! Hat er das auch gespürt?*

Er ließ nicht los, stattdessen trat er quälend langsam näher. Eine stumme Frage in den Augen. Seine Stirn kräuselte sich leicht und seine Lippen hatten sich geöffnet. *Verdammt! Er ist echt sexy.*

Er hielt meinen Blick fest, dann legte er mir den freien Arm locker um die Taille und beugte sich leicht vor. Mein Herz hämmerte und das Blut rauschte mir in den Ohren wie ein tosender Wasserfall. Sein Geruch nach Meer, Sommer und einem herben Aftershave verdrehte mir den Kopf. Ließen in mir den Wunsch aufwallen, seine einladenden Lippen zu kosten.

Ehe ich wusste, was ich tat, kam ich ihm die wenigen Zentimeter, die zwischen uns lagen, entgegen. Ich stellte mich auf die Zehen und legte meinen Mund auf seinen, fuhr mit den Händen über seine harte Brust und schlang dann die Arme um seinen Nacken.

Ein überraschtes Stöhnen entkam ihm, dann zog er mich dichter an sich und vertiefte den Kuss. Seine Hand verirrte sich unter mein Shirt und meine Haut reagierte auf seine Berührung mit kleinen Schauern. Ich wollte mehr davon. Er schien es zu spüren, denn er umfasste meinen Hintern und hob mich hoch, sodass ich die Beine um seine Hüften schlingen konnte. So trug er mich mühelos hinter das Haltestellenhäuschen, legte mich im hohen Gras ab und war sofort über mir. Ein Stöhnen entwich meinen Lippen.

»Alles okay?«, er zögerte.

Ich schüttelte den Kopf. »Nicht, wenn du nicht sofort weitermachst!«

Seine Mundwinkel zuckten und er strich sanft über meine Schenkel bis zu meinem Hintern und zog mir dann das Höschen unter dem Rock herunter. Ich tastete nach seiner Hose, öffnete sie und streifte sie ihm weit genug herunter, bis sich mir seine eindrucksvolle Erektion entgegenstreckte. Ich umschloss sie und er zuckte erregt unter meiner Berührung.

»Verdammt, Penny!«, keuchte er rau und kramte ein Kondom aus seiner Hosentasche hervor.

Diesen Namen aus seinem Mund zu hören, gab mir den Rest. Endlich streifte er sich das Kondom über, schob meine Beine auseinander und unsere Blicke trafen sich, als er forsch in mich eindrang. Ich stieß ein Seufzen aus und suchte nach seinem Mund, der sich auf meinen presste und mich vereinnahmte.

Er nahm mich vollkommen in Besitz und ich ließ es zu. Öffnete mich für seine festen Stöße, wölbte mich ihm entgegen. Sein raues Keuchen, die Hände, die mich liebkosten und seine immer schneller werdenden Bewegungen ließen meinen ganzen Körper erzittern. Ich kam mit einem Aufschrei und riss ihn mit mir. Es war, als hätte ich all die Anspannung und den aufgestauten Schmerz der letzten Wochen mit einem Mal herausgeschrien. So etwas hatte diese alte Haltestelle wohl noch nicht erlebt und ich auch nicht.

Wie hatte es soweit kommen können? Wir kannten uns nicht mal und doch hatte er sich für mich nicht wie ein völlig Fremder angefühlt. Es war verrückt. Total irre. Was war nur in mich gefahren? Ich hatte keine Ahnung, aber ich fühlte mich ein wenig leichter. Entspannter. Ich stieß ein ungläubiges Lachen aus. Chase zupfte mir einen Grashalm aus dem Haar und grinste schief.

»Das hatte ich heute Nacht nicht auf dem Schirm«, flüsterte er schweratmend und küsste mich.

»Meine Pläne für heute waren auch weniger spektakulär«, gab ich zurück.

»Spektakulär, hm? Ich fühle mich geschmeichelt!« Ein leises Lachen entschlüpfte ihm.

Ich warf ihm einen tadelnden Blick zu.

»Ich weiß, was du meinst, Kleines«, raunte er an meinem Ohr und seine Lippen streiften die meinen. »Das war es auch für mich. Spektakulär.«

Kleines! So hatte mich schon lange keiner mehr genannt. Sein Blick glitt mit einem Anflug von Erstaunen über mein Gesicht. Er schien ebenso überrascht von dem, was hier zwischen uns geschehen war. Ich zog ihn zu einem weiteren Kuss heran.

»Ich weiß, das ist jetzt echt scheiße und ich hasse mich dafür, aber ich muss los! Es ist verdammt spät und ich muss noch rauf bis Laguna Beach.« Er strich mir eine Haarsträhne aus dem Gesicht.

Ich nickte leicht und fuhr mit den Fingern über seine harte Brust. »Ich muss auch los. Meinen Bus kann ich wohl vergessen.«

»Soll ich dich noch irgendwo absetzen?« Schuldbewusst sah er mich an. Doch ich winkte ab und hob mein Höschen vom Boden auf.

»Nein. Ich habe es nicht mehr weit.«

»Gibst du mir deine Nummer?« Er sah mich hoffnungsvoll an.

Da ich aktuell kein Telefon besaß, gab es nur eine Antwort. »Vielleicht beim nächsten Mal«, gab ich mit einem Zwinkern zurück und steckte ihm mein Höschen in die Hosentasche.

»Also sehen wir uns wieder? «

»Das bleibt in einer Kleinstadt wie dieser wahrscheinlich nicht aus, oder? Außerdem will ich irgendwann mein Höschen zurück.«

Er drückte mich lachend an sich, küsste meine Schläfe, drehte sich um und lief hinüber zu seinem Motorrad. Winkend fuhr er an mir vorbei und verschwand in der Nacht. Ich sah ihm nach. Dann nahm ich seufzend meine Tasche und machte mich zu Fuß auf den Heimweg. Müdigkeit stieg mit einem Schlag in mir auf und ich gähnte ausgiebig. Es war ein langer und absolut verrückter Tag gewesen.

Ich schloss die Tür meines Elternhauses auf und trat in den dunklen Flur. Es war ein komisches Gefühl, das Haus nach so langer Zeit wieder zu betreten. Vor allem, da es jetzt mir gehörte und meine Eltern ausgezogen waren. Ich ließ meine Tasche im Flur auf den Boden fallen, schaltete das Licht ein und trat ins Wohnzimmer. Hier war alles unverändert. Meine Eltern hatten die

Möbel, bis auf die wenigen in ihrem Schlafzimmer, hiergelassen.

Es roch frisch und keine Anzeichen von Staub waren zu erkennen. Ein warmes Gefühl breitete sich in mir aus. Ich löschte das Licht und lief im Dunkeln die Treppe zu meinem Zimmer hinauf. Rücklings warf ich mich auf das Bett. Es roch nach Weichspüler. *Melinda!* Sie musste alles für meine Ankunft vorbereitet haben. Sie hatte sich schon früher um das Haus gekümmert, wenn meine Eltern auf Geschäftsreisen waren. Zudem hatte ich Mike auf meiner letzten Karte mitgeteilt, wann ich wieder in Oceanside sein würde.

Ich kickte die Schuhe von den Füßen, streifte die Klamotten ab und kroch gähnend unter die frische Bettdecke. Ich war so fertig, dass ich es nicht einmal mehr unter die Dusche schaffte und sofort einschlief.

Mein knurrender Magen weckte mich. Ich brauchte eine Sekunde, ehe mir bewusst wurde, wo ich war. Ich reckte mich ausgiebig. Alles in mir schrie nach einer Dusche. Ein Blick aus dem Fenster verriet mir endgültig, dass ich zu Hause war. Die Sonne strahlte von einem wolkenlosen Himmel.

Auf dem Weg in die Dusche nahm ich den Geruch von Aftershave wahr, der noch immer an mir klebte und mich an mein Abenteuer der letzten Nacht mit Chase erinnerte. Während das heiße Wasser mir die Spuren vom Körper spülte, rätselte ich immer noch, wie es so weit gekommen war. Keine Frage. Er war heiß und der Sex gut gewesen, doch es war eigentlich nicht meine

Art, so schnell zur Sache zu kommen. Vor allem nicht mit einem Fremden.

Schlagartig schlich sich Mike vor mein inneres Auge und schon waren sie da. Die Gewissensbisse. Er und mein Versprechen an ihn waren der Hauptgrund für die Rückkehr nach Hause und gleich bei meiner Ankunft ließ ich mich auf einen One-Night-Stand ein. *Verdammt.* Ich presste die Lippen zusammen und hasste mich selbst dafür.

Fluchend stieg ich aus der Dusche und machte mich fertig. Bis zu meinem Treffen mit Mike und Tobi war nicht mehr viel Zeit, falls sie überhaupt da waren. Außerdem war es durchaus möglich, dass Mike doch eine Freundin hatte. Seit seinem letzten Brief waren drei, fast vier Monate vergangen und ich hatte nie verlangt, dass er wie ein Einsiedler lebte. Das hatte ich ja auch nicht. Vielleicht hatte auch er mir nicht die ganze Wahrheit geschrieben. Das lag immerhin im Bereich des Möglichen. Ich flocht mein Haar zu Zöpfen und mahnte mich zur Ruhe. In einer halben Stunde, wenn ich bei ihm klingelte, würde ich mehr wissen. Was brachten da wilde Spekulationen?

Ich schlüpfte gerade in meine Chucks, da schellte es. Stirnrunzelnd stapfte ich die Treppe hinunter. Wer konnte das sein? Ich riss die Tür auf und stutzte. Davor stand ein großer, durchtrainierter Kerl mit verstrubbeltem Haar. *Gibt es hier neuerdings irgendwo ein Nest mit sexy Typen?*

Fragend sah ich ihn an. »Ja?«

Er betrachtete mich und seine Augen weiteten sich für einen Moment. Sein Blick glitt von meinen nackten Beinen, die in Hotpants steckten, über mein bauchfreies

Shirt, bis zu meinem Gesicht. Dort trafen sich unsere Blicke und ich nahm seine hellgrünen Augen zur Kenntnis.

Ich räusperte mich.

»Sorry. Ist ... Alex da?«, stammelte er und seine Wangen verfärbten sich leicht rosa. Ich sah ihn genauer an und meine Synapsen dockten urplötzlich an den richtigen Stellen an. Dann fiel der Groschen. Aufregung durchströmte meinen Körper und ich warf mich ihm kreischend an den Hals.

»Mike!«

Er stieß einen überraschten Laut aus, stolperte einen Schritt zurück und fing mich mit festem Griff auf. Er war so groß und seine Schultern fühlten sich an, als bestünden sie nur aus Muskeln. Was zum Teufel war mit ihm passiert?

»Alex?«, fragte er zweifelnd an meinem Ohr und ich nickte lachend. Er schob mich ein Stück von sich, nahm mein Gesicht in seine Hände und schüttelte ungläubig den Kopf. »Du bist es wirklich!« Er wirbelte mich herum.

Ich kicherte und drückte ihn, so fest ich konnte. Wärme durchflutete meinen Körper. In meinen Augen brannten Tränen der Freude und der Erleichterung darüber, dass ich ihn wiederhatte. Mike war hier und er freute sich, mindestens genauso mich zu sehen. Mein Zuhause hatte mich wieder. Nach all der Zeit waren wir endlich vereint. Sein mir vertrauter Geruch nach Mike mischte sich mit der Süße eines holzigen Vanilleduftes, den ich tief einsog. Eine weitere Veränderung an ihm neben seiner krassen äußerlichen Wandlung, die ich wohlwollend zur Kenntnis nahm. Mike war in den letzten fünf Jahren vom Jungen zum Mann geworden und das stand ihm ausgezeichnet.

Sanft stellte er mich wieder auf den Boden und betrachtete mich mit Staunen. Er ließ meine Zöpfe durch seine Finger gleiten und zog neckisch daran.

»Ich habe dich vermisst, Lexi!«

Ich rollte mit den Augen. Niemand sonst nannte mich so und hätte es jemand gewagt, wäre er vermutlich eines grausamen Todes gestorben. Mike war der Einzige, dem ich es durchgehen ließ. Und das auch nur, weil es aus seinem Mund nicht lächerlich klang.

»Ich dich auch.« Ich hob die Hand an sein Kinn, das sich unter meinen Fingern weich und warm anfühlte. Lediglich auf seiner linken Wange und am Haaransatz zeugten kleine Narben von seiner ehemaligen Akne, die dort am stärksten gewesen war.

»Es ist unglaublich, dass fast alles weg ist! Du siehst so gut aus, Mike.« Meine Stimme war nur noch ein Flüstern.

Er errötete und nahm meine Hand von seinem Gesicht. »Was hältst du von einem Frühstück? Mom wartet sicher schon auf uns.«

Mein Magen gab ein lautes Knurren von sich, als wollte er ihm antworten und ich nickte hastig.

»Jede Menge!«

Mike legte den Arm um meine Schulter und zog mich mit sich zum Haus der Hastings hinüber. Kaum betraten wir die Küche, zog Melinda mich in ihre Arme und drückte mich fest an ihre Brust. Gerührt drückte sie mir einen dicken Kuss auf die Wange.

»Oh Schätzchen, endlich haben wir dich zurück! Lass dich nur ansehen. Du bist ja kaum wieder zu erkennen. Aus dir ist ja eine richtige junge Frau geworden. Wo ist nur mein kleines Mädchen geblieben?«

Es kostete mich all meine Selbstbeherrschung nicht auf der Stelle loszuheulen. Melinda gab mir schon immer das Gefühl, zur Familie zu gehören. Mir wurde deutlich bewusst, wie sehr ich Mikes Mutter vermisst hatte. Einen Arm fest um meine Schulter geschlungen, manövrierte sie mich an den reichgedeckten Frühstückstisch.

Beim Anblick der duftenden Eier mit Speck, den Pancakes mit Ahornsirup, den Cornflakes mit frischem Obst und dem herrlichen Duft nach Kaffee lief mir das Wasser im Mund zusammen.

Zwischen zwei Bissen brachte ich endlich die Frage heraus, die mir brennend auf dem Herzen lag.

»Wo ist Tobi?«

Melinda lächelte entschuldigend. »Er wäre so gern gekommen. Aber er muss arbeiten.«

»Oh, er hat schon einen Job in einer Kanzlei?«, fragte ich erstaunt und schob mir eine Erdbeere in den Mund.

Mike schüttelte den Kopf.

»Er hat schon nach einigen Monaten sein Studienfach gewechselt. Stattdessen hat er Landschaftsarchitektur studiert. Zurzeit arbeitet er draußen in Laguna Beach an dem neuen Golfplatz.«

»Er hatte keine Lust hinter staubigen Akten zu hocken und Bücher zu wälzen. Er wollte lieber draußen sein und etwas mit seinen Händen erschaffen«, führte Melinda aus und ich sah ihr an, dass sie stolz auf ihren

Sohn war. Auch wenn er nicht den Weg seines Dads eingeschlagen hatte.

»Die Firma, die ihm einen Job angeboten hat, ist ziemlich bekannt und gefragt. Er ist ganz schön beschäftigt in letzter Zeit.« Mike zuckte mit den Schultern. »Nach der Arbeit unterstützt er noch ehrenamtlich den Aufbau des Camps. Er hat dort seit einiger Zeit eine Wohnung zusammen mit Jackson.«

Ich lächelte. Das passte zu Tobi, er hatte sich schon immer um alles gekümmert und mitangepackt.

»Dann also im Camp. Die zwei Wochen halte ich auch noch aus«, versicherte ich den beiden.

Das Camp war das Sommerereignis für Schüler und Studenten in Oceanside und Umgebung. Es fand jedes Jahr in Laguna Beach auf einem riesigen Areal statt. Hier trafen sich über dreihundert Studenten verschiedener Unis, um gemeinsam ihre Semesterferien zu verbringen. Das Schülercamp, an dem wir früher jeden Sommer teilnahmen, lag nur einige hundert Meter weiter. Da ich mich bereits von London aus um einen Studienplatz in Oceanside gekümmert hatte, würde ich in diesem Jahr erstmals als Studentin dabei sein. Das Camp stand offiziell unter der Leitung der umliegenden Unis. Es war Tradition, dass die Ehemaligen das Camp begleiteten. Sei es durch Hilfe beim Auf- und Abbau, der Übernahme wichtiger Positionen, wie beispielsweise der Betreuung, Planung und Durchführung der verschiedenen Workshops oder Ähnlichem.

»Was macht ihr denn heute noch schönes?«, fragte Melinda und sah ihren Sohn an. Ich schaute von meinem Teller auf und richtete den Blick ebenfalls auf

Mike. Er sprang wie aufs Stichwort von seinem Stuhl auf und zog mich zwinkernd von meinem hoch.

»Wir haben heute noch so einiges vor!«

»Danke, Melinda, für das tolle Frühstück«, rief ich noch, ehe Mike mich aus dem Haus lotste.

Wir schlenderten Hand in Hand die Straße entlang und die Sonne knallte vom wolkenlosen Himmel. Das Gezwitscher der Vögel begleitete uns. Vor den Häusern werkelten Nachbarn an ihren Autos, mähten den Rasen und die Kinder rannten kreischend um die Rasensprenger.

Mike erzählte mir von seinem Studium und seinen Kommilitonen, mit denen er sich angefreundet hatte. Außerdem von seinem besten Freund Spencer und wie sie sich im letzten Jahr auf der Senior High näher kennengelernt hatten. Mir wurde warm ums Herz. Mike schien endlich dazuzugehören und war selbstbewusster geworden.

Ich warf ihm einen Seitenblick zu. Man sah es regelrecht. Sein Gang war aufrechter. Er machte sich nicht mehr klein, indem er die Schultern hängenließ und versteckte sein Gesicht nicht wie früher unter seinem langen Haar. Das allein steigerte seine Wirkung nach Außen schon ungemein. Gepaart mit seinem veränderten Aussehen ließ er mit Sicherheit die Frauenherzen reihenweise schmelzen.

Ehe ich bemerkte, wohin Mike mich führte, standen wir schon vor unserem alten Lieblingscomicbuchladen. Sofort nach dem Eintreten begrüßte Marten, der Besitzer, uns herzlich. Der Geruch von druckfrischem Papier und Kaffee versetzte mich in eine andere Zeit zurück. Ich war zu Hause! Wir hatten unendlich viele

Stunden in diesem Laden verbracht. Hatten in den Comics gestöbert und über unsere Lieblingshelden diskutiert.

Sofort fing ich an, die Hefte auf einem der Ständer zu durchforsten. Mike organisierte uns einen Kaffee und danach verfielen wir unweigerlich in unsere alte Debatte darüber, ob ›*Black Widow*‹ und ›*Hawkeye*‹ ein Paar werden sollten. Immerhin hatten sie in den frühen Comics mal eine Affäre.

Ich war absolut dafür, denn sie waren nicht nur beste Freunde, sondern ergänzten sich auch im Kampf hervorragend. Mike war natürlich dagegen. Seiner Meinung nach, funktionierten sie gerade deshalb so gut zusammen, weil ihnen der Sex nicht im Weg stand. *Männer.* Nach etlichen Tassen Kaffee und Wortgefechten um unsere Helden hatte ich einen beachtlichen Stapel Comichefte und ein ›Spiderman‹-Shirt erbeutet. Zufrieden trug ich meine Errungenschaften zur Kasse. Mike stand so dicht hinter mir, dass seine Wärme auf mich abstrahlte. Ich drehte den Kopf und bemerkte, wie er lächelnd auf mich herabsah.

»Was ist?« Ich zog die Stirn kraus.

»Ist das ein Penny? In deinem Nacken.« Er deutete auf mein Tattoo.

Automatisch glitt meine Hand über die Stelle und der kleine Stich in meiner Brust machte sich wieder bemerkbar. Wie immer, wenn ich an Eric dachte.

»Eine Erinnerung an London«, wich ich aus.

Was Eric wohl gerade macht?

Er nickte kurz, dann zog er an einem meiner Zöpfe.

»Du hast ja ganz schön zugeschlagen. Ich hatte schon ein bisschen Angst, du hättest für diesen Kram nichts mehr übrig.« Mike deutete auf meinen Einkauf.

Empört boxte ich ihm in die Rippen und ließ dann mein Shirt über die rechte Schulter gleiten, sodass er mein tätowiertes Schulterblatt sah. Das ›A‹ der Marvel ›Avengers‹ prangte darauf, gestochen von Eric höchstpersönlich.

»Machst du Witze?«

Mike erstarrte einen Moment, dann hob er sein Shirt an. Auf Höhe seiner Niere prangte das gleiche Tattoo. Ich sah verblüfft zu ihm auf.

»Wann ...?«

»Ich habe es mir an deinem Geburtstag stechen lassen. Es weiß niemand davon. Du bist die Erste, die es sieht«, gab er leise zurück.

Überwältigt schlang ich die Arme um ihn. Sie war da, die alte Verbindung zwischen uns. Das Tattoo war der Beweis.

»Ich habe es auch seit meinem Geburtstag.«

Für einen Moment drückte er mich enger an sich, dann rückte er verlegen von mir ab und räusperte sich.

»Hunger?«

Und wie, stellte ich erstaunt fest. Ein Blick auf die Uhr verriet, dass wir seit über vier Stunden in dem Laden waren. Die Zeit war nur so an uns vorbeigeflogen, genau wie damals. Mike legte den Arm um meine Schulter und wir schlenderten weiter zu ›Lukes Burger Bar‹. Er bestellte uns Burger, Pommes und einen großen Schokomilchshake mit zwei Strohhalmen. Auch das war eines unserer Rituale von früher. Er hatte es nicht vergessen.

Während des Essens brachte mich Mike auf den neuesten Stand, was den Klatsch und Tratsch in der Stadt betraf. Er erzählte von unserem früheren Linebacker in der High School, der gezwungen war sein Sportstipendium an den Nagel zu hängen, weil seine Freundin schwanger wurde und der jetzt im Eisenwarenladen seines Vaters arbeitete. Vom Mädchenschwarm der Schule, der ein Verhältnis mit seiner fast dreißig Jahre älteren Dozentin am College hatte und von der Schulstreberin, die wegen eines ›Schiffschaukel-Bremsers‹ vom Rummel die Uni geschmissen hatte und mit ihm durch die Städte tingelte. Ich schüttelte mich vor Lachen. So etwas gab es nur in der Kleinstadt.

Mike hielt mir seinen Arm hin.

»Können wir?«

Ich hakte mich gut gelaunt bei ihm unter.

»Aber immer!«

»Na dann, auf zum nächsten Punkt unserer Tagesordnung.«

Kapitel 29

Chase

6. Juli 1993

Mein Telefon klingelte schrill. Kaum, dass ich den Hörer abgenommen hatte, bereute ich es schon, denn eine wütende Stimme drang zu laut an mein Ohr.

»Wo zum Teufel warst du gestern Nacht? Ich habe auf dich gewartet! Du hattest nur eine einzige Aufgabe, mich abzuholen! Wir hatten das besprochen. Was sollte der Scheiß?«

Genervt schloss ich die Augen und stieß den Atem aus. *Das hat mir noch gefehlt!* »Mir ist was dazwischengekommen, also krieg dich wieder ein.«

»Ich soll ... mich einkriegen? Ist das dein Ernst? Was gab es denn so Wichtiges?«

Resigniert starrte ich an die Decke. »Was Privates.«

»Verarschst du mich? Privat? Fick dich!«

»Mit Vergnügen«, erwiderte ich schroff und keine Sekunde später war das Gespräch beendet. Aufgelegt.

Gleichgültig warf ich den Hörer auf die Gabel und ließ mich auf mein Bett fallen. Für diesen Scheiß hatte ich heute keinen Nerv. Die letzte Nacht spukte mir in Endlosschleife im Kopf herum und ließ mich auch auf der Arbeit nicht los. Es war nicht nur die beste Nacht seit langem gewesen, sie war zudem ausgesprochen kurz.

Nachdem ich endlich zu Hause angekommen war, hielt mich mein Gedankenkarussell erfolgreich von meinem wohlverdienten Schlaf ab. Zu lebhaft stand mir ihr Bild vor Augen. Jede Sekunde unserer Begegnung hatte sich in mein Gedächtnis gebrannt. So etwas hatte ich nie für möglich gehalten.

Ich fing ihren Blick an der Haltestelle auf und sofort war da diese Anziehung gewesen, die mich wie ein Magnet zu ihr zog. Diesem Drang war ich willenlos gefolgt. Ich stand ihr keine Sekunde gegenüber und da sah ich es in ihren Augen, sie spürte es ebenfalls. Es traf mich mitten ins Herz. So etwas war mir bisher nur ein einziges Mal zuvor passiert und damals hatte ich nicht den Hauch einer Chance. Das war so lange her, dass es mir wie ein Traum vorkam.

Sicher, ich hatte Frauen gehabt. Womöglich zu viele. Unbedeutenden Sex gab es ebenfalls zur Genüge. Doch ich hatte nie wieder ein Mädchen wie sie getroffen, das solche Gefühle in mir auslöste. Bis gestern Nacht. Es war, als traf mich der Blitz, während sie meine Hand schüttelte.

Jede Zelle meines Körpers sehnte sich danach, sie wieder zu halten, zu küssen. Ihren süßen Geruch nach Karamell, Pfirsich und Sommer auf ihrer Haut zu riechen wie in der letzten Nacht. Ich musste sie wiedersehen. Wenn ich dafür ganz Oceanside nach ihr durchkämmen musste, würde ich es tun.

Dieses Mal gebe ich nicht einfach auf. Sie könnte es sein. Das Mädchen meiner Träume, nach dem ich mich tief in meinem Inneren immer gesehnt hatte.

Ich ließ ihr Höschen wehmütig durch meine Finger gleiten, ehe ich es wieder in meine Hosentasche steckte und die Augen schloss.

Kapitel 30

Alex
6. Juli 1993

Mike führte mich in Richtung Skatepark, hinter dem eine riesige Wiese mit Grillplätzen und Feuerstellen lag, bevor sich dahinter der Strand erstreckte.

Es war mittlerweile früher Abend und ein Haufen alter Bekannter tummelte sich auf dem Gelände. Sie warteten alle nur auf uns. Eine Überraschungsparty. Nur für mich.

Viele unserer ehemaligen Mitschüler aus der High-School waren da. Freunde aus der Nachbarschaft und sogar ein paar alte Bekannte aus der Elementary-School. Ich wurde regelrecht belagert von Leuten, die mich den Großteil meiner Schulzeit entweder nicht beachteten oder versucht hatten, mich fertig zu machen. Jetzt waren sie überaus freundlich und überschwänglich, als litten sie an Amnesie und wüssten von all dem nichts mehr. Auch das war typisch Kleinstadt.

Ich ließ mir davon nichts anmerken, denn ich sah, wie kumpelhaft Mike empfangen wurde. Selbst von einigen der Footballspieler, die sich früher ständig über ihn lustig gemacht hatten. Es wärmte mir das Herz ihn endlich so integriert zu sehen, dass ich meine

Vorbehalte für mich behielt und mit allen redete. Nach einer gefühlten Ewigkeit des Smalltalks schwirrte mir der Kopf und ich war froh, eine Gelegenheit zu erwischen, um mich etwas zurückzuziehen. Abseits des Trubels ließ ich mich am Fuße eines Baumes nieder und lehnte mich gegen den kühlen Stamm. Ich nahm einen großen Schluck von meinem Bier und genoss die Ruhe.

Der Geruch von Sommer lag in der milden Abendluft und trug das Kichern der Mädchen, die mit den Jungs in der Dunkelheit Volleyball spielten, zu mir herüber. Es war fast so, als wäre ich nie weg gewesen. Mit dem einzigen Unterschied, dass Mike und ich auf einmal nicht mehr wie Aussätzige behandelt wurden.

Mit einigen unserer früheren Mitschülerinnen hatte ich mich sogar zu meiner Überraschung gut unterhalten, ohne das Gefühl von geheuchelter Freundlichkeit. Ich trank das Bier aus und stand auf. Doch anstatt mich wieder zu den anderen zu gesellen, zog es mich hinunter zum Strand.

Kurzerhand streifte ich die Schuhe ab und vergrub die Füße im Sand. Er war kühl und gab unter meinen Schritten nach, rieselte kitzelnd durch meine Zehen. Ich lief ans Wasser, ließ es mir um die Knöchel spülen und seufzte zufrieden. Die Brise, die mir vom Meer entgegenwehte, fuhr sanft und kühl durch mein Haar und über meinen Körper.

Eric hätte es hier gefallen. Ich vermisste ihn schon jetzt. Schnell verdrängte ich sein Bild und ging den Strand entlang. Ohne nachzudenken, hatte ich den Weg zu unserer Strandhütte eingeschlagen, die wir selbst aus Holz zusammengebaut hatten. Jedes Jahr im Sommer verbesserten Tobi, Mike und ich sie noch mehr. Ob sie noch stand? In einiger Entfernung glühte der Rest eines Lagerfeuers am Strand und ich erkannte die Silhouetten von zwei Personen in der Dunkelheit, die offenbar miteinander sprachen. Es dauerte nicht lange, bis ich Mike erkannte. Er unterhielt sich mit einem Mädchen. Sie schienen mich bemerkt zu haben, denn das Mädchen drehte sich abrupt zu mir herum.

Ein Pochen zuckte durch meine Schläfe. Mona. Mona Wade. Das kleine Miststück, das Mike früher regelrecht das Leben zur Hölle gemacht hatte. Sie war von allen, die sich über ihn lustig machten, die Schlimmste gewesen. Ich versuchte, ruhig zu bleiben und die Wut in Zaum zu halten, die in mir brodelte. *Was hat Mike mit ihr zu schaffen? Warum gibt er sich überhaupt mit ihr ab?* Ich atmete tief durch und zwang mich zu einem Lächeln.

»Störe ich?«, fragte ich betont freundlich, als ich die beiden erreichte.

Bevor Mona in der Lage war, etwas zu erwidern, sah Mike mich an.

»Nein. Überhaupt nicht. Ich wollte gerade nach dir suchen.«

Mona schien das deutlich anders zu sehen. Ihre Lippen waren zu einem dünnen Strich zusammengepresst und sie warf mir einen verächtlichen Blick zu, wodurch sich das Pochen in meinen Schläfen verstärkte.

Mike legte den Arm um mich und deutete in Richtung Strandhütte.

»Kommst du mit? Ich will dir was zeigen.« Er wirkte nervös.

Seine Wärme ließ das Pochen in meinem Kopf verschwinden und ich entspannte mich. Lächelnd schlenderten wir zu unserer Hütte, ohne Mona weitere Beachtung zu schenken. Unser Häuschen war noch da und in einem hervorragendem Zustand. Anscheinend war es kürzlich erst in einem hellen Blau gestrichen worden. Die Farbe sah noch frisch aus. Mike schob mich sanft hinein und schloss die Tür hinter uns.

In dem Moment nahm ich die unzähligen kleinen Lichter wahr, die dem Raum ein märchenhaftes Leuchten verliehen. Als wäre er von Glühwürmchen erfüllt. Die riesige Matratze, die den halben Raum ausfüllte, war über und über mit kleinen Kissen bedeckt. Rosenblätter waren auf dem Boden verstreut und auf dem Beistelltisch stand in einem Sektkühler eine Flasche Champagner und daneben zwei Gläser. Aus dem Radio drang leise Musik. Die Wände um uns herum waren quasi tapeziert mit den unzähligen Postkarten, die ich Mike in den letzten fünf Jahren geschickt hatte. Es mussten weit über 1000 gewesen sein.

Mir stockte der Atem und eine Gefühlswelle brach über mich herein, die mir die Tränen in die Augen trieb. Staunen, Rührung, Wärme, Liebe und Freude überfluteten mich und ich brachte keinen Ton mehr heraus. Es war überwältigend. Ich schlug die Hand vor den Mund und unterdrückte ein gerührtes Schluchzen. Ich drehte mich zu ihm um. »Mike ...!«

Er trat auf mich zu, umfasste mein Kinn und fuhr mit dem Daumen über meine zitternden Lippen.

»Ich muss das jetzt einfach tun, Lexi!«, brachte er heiser hervor und hielt meinen Blick einen Moment fest, bevor er sich zu mir hinunter beugte und mich küsste.

Ein vertrautes Gefühl ergoss sich über meinen Körper und hüllte mich ein wie eine warme Decke. Meine Arme schlangen sich wie von selbst um Mikes Nacken und ich erwiderte den Kuss.

Das war er. Der Moment, auf den ich fünf lange Jahre gewartet hatte. Und doch fühlte er sich merkwürdig an. Irgendwie ... *Es ist falsch!*

Die Erkenntnis traf mich wie ein Schlag in die Magengrube. Das, was ich hier gerade tat, war falsch! Vor nicht einmal vierundzwanzig Stunden hatte ich es mit einem Fremden getrieben und jetzt ließ ich mich von Mike küssen?

Doch das war nicht alles. Der Kuss war ... Ich wusste nicht, wie ich es einordnen sollte. Anders. Wenn Eric mich küsste, hatte mein ganzer Körper sich angefühlt, als würde er brennen. Selbst die Küsse und Berührungen von Chase hatten bewirkt, dass mein Magen flatterte und mein Herz raste.

Mikes Kuss, er war ... Nicht, dass er schlecht küsste, aber ... Es war, als würde man seinen Bruder küssen, stellte ich entsetzt fest. Ich beendete den Kuss sanft und zog mich von ihm zurück. Brachte die nötige Distanz zwischen uns, um wieder denken zu können.

Er sah mich an. Ich bemerkte die Unsicherheit, die Verletzlichkeit in seinem Blick und das bereitete mir Schmerzen.

»Alex, ich ...«

»Mike«, unterbrach ich ihn und atmete tief ein, bevor ich ihm in die Augen sah. »Ich kann das nicht! Nicht jetzt.«

Er nickte und war im Begriff sich von mir abzuwenden, doch ich hielt ihn fest.

»Mike, bitte! Es tut mir leid, ich habe mir das hier immer gewünscht. So oft, dass ich schon Zweifel daran hatte, es könnte je wahr werden. Ich brauche etwas Zeit, okay? Ich bin gerade erst zurück ...« Ich zuckte hilflos mit den Schultern. »Wir sollten es langsam angehen. Ich muss mich hier erst einmal wieder zurechtfinden. Ich will den neuen Mike kennenlernen.«

Ich wusste, dass ich damit das Unvermeidliche vielleicht nur vor mir herschob. Aber nach all den Karten, auf denen ich ihm meine Liebe versichert hatte, konnte ich ihm doch jetzt nicht vor den Kopf knallen, dass ich bei seinem Kuss nichts fühlte. Das würde ihn fertigmachen, vor allem nach der Mühe, die er sich mit dem heutigen Tag gegeben hatte. Vielleicht kamen die Gefühle ja wieder, wenn wir mehr Zeit miteinander verbrächten.

Seine Stirn legte sich in Falten, dann zog er mich wortlos in seine Arme und seufzte schwer.

»Du bist wieder zu Hause und wir können uns sehen. Das ist das Wichtigste! Das ... können wir doch, oder?«

Erleichtert schlang ich die Arme um ihn.

»Ich habe schon viel zu lang auf dich verzichtet. Hast du gedacht, ich verbringe auch noch einen einzigen Tag ohne dich?«

Kapitel 31

Alex
16. Juli 1993

Eine Woche später fuhr Mike mit Melinda übers Wochenende zu seiner Großmutter nach Palm Springs, was mir die Gelegenheit gab, mich endlich ein wenig, um meinen Haushalt zu kümmern. Da Mike und ich die meiste Zeit miteinander verbrachten, war vieles liegengeblieben. Mein restliches Gepäck war aus London gekommen und mit ihm meine Instrumente. Außerdem hatte sich inzwischen die Telefongesellschaft gemeldet und ich verfügte jetzt Gott sei Dank wieder über ein Telefon.

Ich hatte beschlossen, das Haus ein wenig mehr nach meinem Geschmack umzuräumen und fing damit an, im Wohnzimmer die Möbel umzustellen. Nachdem ich mit dem Ergebnis zufrieden war, begab ich mich nach oben ins ehemalige Schlafzimmer meiner Eltern. Den leerstehenden Raum erkor ich zum neuen Musik- und Arbeitszimmer aus. Ich wuchtete den Schreibtisch aus meinem Zimmer und positionierte ihn samt Bürostuhl unter dem Fenster. Hier würde ich künftig meine Musik schreiben und lernen. An der gegenüberliegenden Wand baute ich den Keyboardständer auf und platzierte das

Gerät vorsichtig darauf. Es war ziemlich schwer und ich kam gehörig ins Schwitzen. Daneben fand meine Gitarre Platz.

Zärtlich strich ich über den Bauch der Westerngitarre und meine Gedanken wanderten dabei unweigerlich zu Eric. Er hatte sie mir geschenkt. Der kleine Stich in meiner Brust machte sich wieder bemerkbar. Ohne nachzudenken, lief ich ins Wohnzimmer und hob das Telefon ab, dann wählte ich seine Nummer.

»Hier ist der Anschluss von Eric McDermott. Keiner da, also sprich jetzt oder schweig für immer!«

Ich holte tief Luft. In London war es jetzt schon mitten in der Nacht, doch Eric war eigentlich immer lange wach.

»Hey. Ich bin es, Pen. Ich wollte mich nur kurz melden. Ich bin gut angekommen. Ich hätte dich schon eher angerufen, aber mein Telefon wurde erst heute freigeschaltet. Ich musste gerade an dich denken. Ich ... ich vermisse dich! Grüß Sam ganz lieb von mir, okay? Bis dann.« Schnell legte ich den Hörer auf.

Was zum Teufel, machte ich da? *Na, was schon? Ich vermisse ihn. Er war fünf Jahre jeden Tag da und nun ist er so weit von mir weg, dass es weh tut.* Ich drängte die Gedanken zurück und zwang mich, weiter zu arbeiten.

Meinen alten Sessel und ein Beistelltischchen schob ich in eine Ecke zum Chillen. Meine Notenhefte und Notizen stapelte ich erstmal achtlos auf dem Schreibtisch, darum würde ich mich später kümmern. Nachdem ich die Wäsche gemacht und den Einkauf erledigt hatte, ließ ich mich erschöpft auf das Sofa im Wohnzimmer plumpsen. Mein Magen knurrte. Ich verdiente mir eindeutig ein bisschen Spaß, nachdem ich den halben Tag geschuftet hatte. Also sprang ich schnell unter die Dusche und holte kurzerhand meine alte Vespa aus der Garage, die Mike für mich in Schuss gehalten hatte. Ich würde mich mit einem Essen und einer kleinen Shoppingtour in Laguna Beach belohnen.

Die Rollerfahrt war genau richtig bei dem Wetter. Die Sonne schien mir warm auf die Haut und der kühle Fahrtwind zerzauste mein Haar. Viel zu schnell erreichte ich mein Ziel und parkte an einem schattigen Plätzchen. Dann steuerte ich mit hängendem Magen einen Subway-Laden an und bestellte mir ein halbes ›Honey Oat‹ mit Thunfisch, Cheddar, Gurken und Sweet-Chili-Soße, einen Schokocookie und eine große Cola. An einem der kleinen Tische vor dem Laden fand ich Platz und ließ es mir schmecken.

Hölle, ist das gut! Ich verschlang das Sandwich regelrecht. Dabei wanderte mein Blick über den ausladenden Platz, auf dem einige Cafés und Eisdielen ihre Außengastronomie betrieben. In der Mitte gab es einen großen Brunnen, auf dessen Rand einige Jugendliche saßen, Eis aßen und sich gegenseitig nassspritzten. Ein Stückchen weiter stellte ein Mädchen mit knallroten Locken und einer Gitarre auf dem Rücken ein Mikrofon mit Verstärker auf und positionierte einen alten Hut daneben.

Ich trank den Rest meiner Cola. Dann schnappte ich mir den Cookie und schlenderte über den Platz. Das Mädchen begann zu spielen und ich erkannte sofort das Intro von *Sweet Child O`Mine* von ›Guns N`Roses‹. Augenblicklich kribbelte es mir in den Fingern, ich liebte den Song. Sie spielte nicht schlecht, doch als sie anfing zu singen, stellten sich mir alle Härchen auf. Ihre Stimme war der Hammer, voll und rauchig, aber auch weich wie Samt. Ich konnte es nicht in Worte fassen, aber eins war klar: Ihre Stimme hatte mich voll eingefangen. Und nicht nur mich, immer mehr Leute verweilten und warfen Geld in ihren Hut.

Ich stand wie angewurzelt da, um ihr zuzuhören. Nur deshalb sah ich jetzt, dass einer der Jugendlichen sich dem Hut näherte, in den die Passanten fleißig Geld warfen. Im nächsten Moment sprang diese kleine dreiste Ratte vor und griff sich den Hut. Die Rothaarige schrie empört auf, doch ehe einer der umstehenden Leute reagieren konnte, war er an ihnen vorbei geprescht und kam jetzt zu meinem Entsetzen geradewegs auf mich zugerannt. Kurz bevor er an mir vorbei sprinten konnte, streckte ich reflexartig mein Bein aus und er schlug mit einem überraschten Fluch der Länge nach neben mir auf den Asphalt. Ich bückte mich, hob den Hut und ein paar Scheine auf, die herausgeflogen waren. Der kleine Arsch wälzte sich am Boden und hielt sich jammernd das aufgeschürfte Knie. Seine Freunde waren mittlerweile neben ihm aufgetaucht und halfen ihm hoch.

»Hör auf zu heulen. Sonst bekomme ich noch Lust, dich anzuzeigen! Verschwindet lieber und lasst in Zukunft so eine Scheiße«, rief ich. Die Umstehenden sahen mich mittlerweile alle an, einige nickten mir lächelnd zu. »Hier. Müsste alles noch da sein.« Ich hielt der Rothaarigen den Hut hin.

Sie machte einen Satz auf mich zu und ich fand mich völlig perplex in einer überschwänglichen Umarmung wieder. Okay? Das war ich nicht gewohnt. Andere

Frauen mochten mich für gewöhnlich nicht besonders, das schien ein unumstößliches Gesetz zu sein.

»Danke, danke, danke! Du hast mir den Tag gerettet! Ich muss mir noch neue Notenblätter und Saiten besorgen. Ohne die Kohle hätte ich das knicken können. Du weißt ja nicht, wie schwierig es ist, einen gescheiten Nebenjob zu finden ... Da spiele ich lieber auf der Straße und kann mir meine Zeit selbst einteilen. Gott, wie der geflogen ist! Das war echt irre. Hat er sich auch nichts getan? Der hatte bestimmt schon vorher Dreck am Stock! Ich bin übrigens Sheila und wie heißt du?«

Die Worte sprudelten aus ihr heraus wie ein Wasserfall. Dreck am Stock? Meine Mundwinkel verzogen sich automatisch zu einem Grinsen. Ihre Locken hüpften wild auf und ab, während sie redete und die vielen Sommersprossen, die sich um ihre Nase tummelten, erinnerten mich schwer an Pippi Langstrumpf.

»Ich heiße Alex«, gab ich zurück, »und ich glaube, du meintest ›Dreck am Stecken‹.«, Sie sah mich zerstreut an. »Du hast übrigens eine hammer Stimme! Spielst du in einer Band oder so?«

»Schön wär's!«, seufzte Sheila und fuhr sich durch die lockige Mähne. »Es wäre so cool, mal in einem Club oder so aufzutreten. Aber das ist leider nicht so einfach. Eine Band habe ich auch nicht wirklich. Nur ein paar Studienkollegen, mit denen ich an der Uni meine Songs aufnehme.«

Ich horchte auf. »Du studierst Musik?«

»Ja, in Oceanside am California College of Music and Arts. Das ist nicht weit weg. Hier mache ich nur meine Straßenmusik. Ist ertragreicher. Es lebt sich ja nicht vom Toast allein.« Sie zwinkerte.

Brot! Vom Brot allein! Egal. »Im kommenden Semester fange ich meinen Master of Music in Oceanside an«, gab ich überrascht zurück.

Sheila riss die Augen auf und packte meinen Arm. »Halt die Klappe! Echt jetzt? Was für Instrumente spielst du? Singst du auch? Wo hast du denn bisher studiert? Ich habe dich in Oceanside noch nie gesehen.« Die Worte purzelten in einer Geschwindigkeit aus ihr heraus, dass mir schwindelig wurde.

»Klavier und Gitarre. Ich bin erst vor ein paar Wochen aus London zurückgekehrt. Ich habe meinen Bachelor an der Royal Academy of Music gemacht.«

Sheila ließ sich auf die Kante des Brunnens sinken und starrte mich an, als hätte ich ihr offenbart, dass ich die Königin von England sei.

»Alles okay?«, fragte ich besorgt.

»Ist das dein Ernst? Du hast in London an einer der renommiertesten Musikschulen studiert und dann kommst du hierher? Nach Oceanside? Freiwillig? Ist dir was an die Birne geknallt?« Jetzt war sie es, die mich besorgt ansah.

Ich zog die Augenbrauen in die Höhe. »Nein, mit meiner ›Birne‹ ist alles in Ordnung. Oceanside ist meine Heimatstadt und ich war nicht ganz freiwillig in London. Aber das ist eine lange Geschichte«, winkte ich ab. »Ich wollte einfach wieder nach Hause.«

»Mhm, okay«, murmelte sie gedehnt. »Dann lass mal was hören, Superstudentin!« Sie nahm ihre Gitarre von der Schulter und drückte sie mir in die Hand, noch bevor ich protestieren konnte.

»Was? Jetzt?« Ich sah mich um.

»Klar! Oder war das nur Gequatsche mit dem Studium?« Herausfordernd sah sie zu mir hoch. »Na los, wähle einen Song und ich stimme dann mit ein. Falls ich ihn kenne ...« Sie verschränkte die Arme vor der Brust.

Aus der Nummer kam ich scheinbar nicht mehr raus. »Okay«, seufzte ich. »Dann bleiben wir doch bei Sweet Child O`Mine.«

Ich schlang mir den Gitarrengurt um, lockerte kurz meine Finger und spielte. Sheila stieg mit ein und wieder jagte mir ihr Gesang eine Gänsehaut über den Körper. So viel Spaß hatte ich beim Spielen schon lange nicht mehr gehabt. In meinem Studium hatte ich ausschließlich mit klassischer Musik zu tun. Nur zu Hause, für Eric und mich selbst, hatte ich unsere Lieblingssongs gespielt. Jetzt mit jemandem zusammen Musik zu machen, die ich liebte, war der Hammer. Eric wäre stolz.

Ich schluckte schwer. Nur dank ihm beherrschte ich das ›Fingerpicking‹ heute so gut und hatte damals nicht sofort wieder aufgegeben. Fast war ich enttäuscht, als ich das Outro spielte und den Song damit beendete. Nachdem ich die letzte Seite angeschlagen hatte, herrschte einen Moment Stille, dann brach Applaus los. Ich sah blinzelnd von dem Instrument auf und stellte erstaunt fest, dass sich der Platz um Sheila und mich gefüllt hatte.

Sie strahlte mich mit großen Augen an. »Das war der Wahnsinn! Du spielst, du spielst...« Sprachlos warf sie die Hände in die Luft. »Es war fantastisch!«

Ich zuckte verlegen mit den Schultern. »Na ja, es war ganz okay.«

»Okay? Halt die Klappe! Das war der Oberhammer. Ich kenne niemanden, der so spielen kann. Selbst an der Uni nicht.«

»Danke«, erwiderte ich leise. Ich war es nicht gewohnt von Fremden derartige Komplimente zu bekommen. Eric war bisher der Einzige in Bezug auf Rock und Pop gewesen, der mir sagte, dass ich gut war. Und er als mein Freund musste das ja sagen.

»Weißt du schon, worin du deinen Master machst?«, fragte Sheila und hob den Hut vom Boden auf, während sie dem sich langsam auflösenden Publikum zunickte.

»Ich mache auf jeden Fall den praktischen Studiengang mit Gitarre und Klavier. Ich wollte mich auf Popmusik spezialisieren. Von Klassik habe ich erstmal genug. Und du?« Ich nahm die Gitarre ab und reichte sie Sheila, die sie in ihrem Koffer verstaute.

»Cool! Dann haben wir bestimmt ein paar Vorlesungen zusammen. Ich habe mich auch für Popmusik entschieden. Bei mir ist es Gesang und Bass. Außerdem belege ich noch Komposition.«

Sie hatte recht, es war cool. Es war angenehm mit ihr zu reden, sie war echt nett und hatte außerdem was drauf. Ich freute mich schon, sie an der Uni wiederzutreffen.

Sheila sah auf ihre Armbanduhr.

»Verfluchter Mist«, murmelte sie und zog die Nase kraus. »Ich bin mit meinem Cousin verabredet, für ... jetzt.« Entschuldigend sah sie mich an. »Er wollte noch meinen Wagen durchchecken, bevor ich nächste Woche ins Camp fahre.« Sie schwang den Gitarrenkoffer über die Schulter und griff sich den Mikrofonständer. Ich nahm automatisch den Verstärker und sah sie an.

»Wo steht dein Wagen?«

Dankbar lächelte sie und blies sich eine Locke aus der Stirn. »Gleich da vorne.« Sie deutete mit dem Kinn auf einen Dodge Monaco, der wie ein alter Polizeiwagen lackiert war und mich sofort an den Wagen der Blues Brothers erinnerte. Ein Grinsen breitete sich auf meinem Gesicht aus.

»Das ist dein Wagen? Soll ich dich Jake oder Elwood Blues nennen?«

Sheila lachte und dabei strahlte ihr ganzes Gesicht. »Hey, du hast es erkannt! Die anderen fragen mich immer nur, warum ich ein Polizeiauto fahre.« Sie verdrehte die Augen und verstaute die Sachen im Kofferraum, drückte ihn zu und hielt mir dann hundert Dollar hin. »Hier, dein Anteil. Für den Auftritt gerade.«

Ich sah sie perplex an. »Was? Quatsch, dafür nehme ich doch kein Geld von dir.«

»Das ist auch nicht von mir, sondern von unserem Publikum. Du hast es dir verdient, also beleidige mich nicht und nimm es.« Sie wedelte damit vor meiner Nase herum.

Ich seufzte und nahm es ihr aus der Hand. »Danke.«

»So, jetzt muss ich mich aber sputen. Rogue rastet sonst aus. Nicht das erste Mal, das er auf mich warten muss.« Sie zog eine Grimasse und stieg in den Wagen. »Wir sehen uns ja dann ...«

»Im Camp«, rief ich und winkte zum Abschied.

Ihre Augen weiteten sich und dann grinste sie breit. »Dann bis nächste Woche, Alex.« Mit quietschenden Reifen fuhr sie los und ich sah ihr einen Moment nach.

Kapitel 32

Alex
22. Juli 1993

Die wenigen Tage bis zum Camp vergingen wie im Flug. Mike hatte mich mit Beschlag belegt. Wir nutzten jede freie Minute zusammen, gingen Rollschuhlaufen, Eis essen, zum Strand, in die Karaoke Bar, ins Kino und auf den Rummel.

Wir hatten eine Menge Spaß und zwischen uns war es ganz wie früher. Mike bemühte sich redlich, die Grenzen eines besten Freundes einzuhalten. Das rechnete ich ihm hoch an. Ich genoss es, Zeit mit ihm zu verbringen, denn ich hatte lange genug darauf verzichtet. Mit jedem Tag wurde mir bewusster, dass er sich zwar verändert hatte, aber im Kern noch immer mein Mike von früher war.

Der Junge, mit dem ich meine Hobbys teilte. Mit dem ich reden und schweigen konnte und der mir näherstand als meine eigene Familie. Die Vertrautheit von damals hatten wir durch unsere jahrelange Trennung nicht eingebüßt. Doch auf romantische Gefühle oder gar Verliebtheit wartete ich vergeblich. Stattdessen rieb mir mein nerviges Gehirn ständig die Nacht mit Chase unter die Nase.

Gegen Nachmittag fuhr uns Melinda mit Sack und Pack nach Laguna Beach. Bei unserer Ankunft war es auf dem Parkplatz des imposanten Camp-Geländes bereits brechend voll.

Etwa dreihundert Studenten tummelten sich in den nächsten Wochen hier. Das Camp glich einer riesigen Zeltstadt mit Cafés, einem großen Essenszelt, einigen Imbissständen, einem kleinen Supermarkt, Bars und verschiedenen Partyzelten. Es gab geräumige Sanitäranlagen und sogar eine eigene Krankenstation mit Krankenzimmern, falls sich jemand kleinere Blessuren zuzog oder Ähnliches. Es wurden jede Menge Workshops zu Themen wie Tanz, Musik, Malerei, Fotografie und Sport angeboten und abends lockten große Lagerfeuer, Grillabende am Strand und Partys in den Zelten. Es war ein buntes Treiben. Man traf viele Freunde und Bekannte wieder und schloss neue Freundschaften. Ich war dieses Mal extrem aufgeregt, denn heute würde ich endlich Tobi wiedersehen. Ich hatte Mühe, mich zu gedulden und nicht gleich loszupreschen. Tobi war wie der große Bruder, den ich nie hatte. Unsere Beziehung war immer etwas ganz Besonderes für mich gewesen.

Wir schnappten unser Gepäck, verabschiedeten uns von Melinda und suchten zwei nah beieinander gelegene Zelte, um unsere Klamotten unterzubringen. Wir wurden recht schnell fündig und unsere Unterkünfte waren nicht mehr als zehn Meter voneinander entfernt. Perfekt.

Mike und ich versuchten, uns zuerst zur Info vorzuarbeiten, denn dort sollte Jackson, Tobis bester Freund, arbeiten. Er konnte uns wahrscheinlich sagen, wo Tobi steckte. Doch in Anbetracht der Menschenmenge, die die Wege bevölkerte, war das leichter gesagt als getan. Wir hatten uns fast durchgekämpft, da gab Mike mir ein Zeichen schon einmal vorzugehen.

»Ich geh schnell für kleine Jungs. Ich komme dann nach«, rief er mir zu und steuerte die Sanitäranlagen an, die auf dem Weg lagen.

Vor Ort lief ich Jackson gleich in die Arme. Ihn erkannte ich sofort, denn er hatte sich kein Stück verändert. Er war groß und schlaksig, hatte rote Haare, Sommersprossen, Segelohren und mit Sicherheit immer noch die Zahnlücke zwischen den Schneidezähnen, durch die er pfeifen konnte.

»Hey, Jackson! Hast du eine Ahnung, wo Tobi ist?«

Er drehte sich um und grinste. *Ja, da ist sie, die Zahnlücke.* Dann sah er mich stirnrunzelnd an.

»Kennen wir uns?«

Ich verdrehte amüsiert die Augen. »Ich bin es. Montgomery.«

Das Grinsen trat wieder auf sein Gesicht und er umarmte mich kurz. »Wow! Das gibt's ja nicht. Was haben sie denn mit dir gemacht? Du bist ja nicht wiederzuerkennen.«

Ich stöhnte gespielt verzweifelt. »Tobi? Wo ist er?«

»Schon gut. Der belegt ein Bett auf der Krankenstation. Er hatte gestern Abend eine unfreiwillige Begegnung mit der Bühnenbeleuchtung.«

Was? Oh Gott! Als er meinen entsetzten Gesichtsausdruck bemerkte, fügte er schnell hinzu: »Keine Angst, der kommt durch. Halb so wild, die ist ihm nur leicht vor seinen Dickschädel geknallt. In ein paar Tagen ist der wieder fit.«

Ich drehte mich auf dem Absatz um und bahnte mir, so schnell wie möglich, einen Weg zur Krankenstation. Atemlos fragte ich den Kerl am Empfang nach Tobi, der gelangweilt auf ein Zimmer hinter sich deutete, ohne von seinem Comic aufzublicken.

Ich holte tief Luft und versuchte die Nervosität, die mich gerade befiel, unter Kontrolle zu bringen. Dann klopfte ich an die Tür.

»Ja?«, drang es leise aus dem Zimmer und ich trat vorsichtig ein.

Der Raum war etwas abgedunkelt. An der Wand um die Ecke stand das Bett und darin ... *Scheiße!*

»Chase«, entfuhr es mir überrascht und ich starrte ihn perplex an. *Was macht er hier?*

»Penny?« Er richtete sich etwas auf und ein verwundertes kleines Lächeln umspielte seine einladenden Lippen. »Woher wusstest du, dass ich ...?«

»Wusste ich nicht«, unterbrach ich ihn flüsternd. Eine dunkle Ahnung kroch in mir hoch. Ich hörte das Blut in meinen Ohren rauschen und mir wurde schwindelig.

»Du hast ihn also gefunden«, tönte Mikes gutgelaunte Stimme aus dem Türrahmen hinter mir. »Deinem dummen Gesichtsausdruck entnehme ich, dass du Alex auch nicht erkannt hast, Brüderchen.« Er lachte schadenfroh.

»Alex?«, fragte Chase tonlos und wurde blasser, wenn das überhaupt möglich war. Er sah mich wie erstarrt an.

Meine Eingeweide schmerzten, als hätte man mir einen Schlag in die Magengrube versetzt. Die Erkenntnis verschlug mir den Atem und ließ Übelkeit in mir aufsteigen. *Das ist unmöglich! Ich habe nicht...! Nein!*

Chase gewann seine Fassung zuerst wieder und klopfte neben sich auf die Bettkante. Auf seiner Stirn hatte sich eine steile Falte gebildet.

»Komm her, Kleines«, bat er mit brüchiger Stimme.

»Ich warte draußen, dann habt ihr einen Moment für euch.« Mike zwinkerte mir zu und eine Sekunde später hörte ich ihn mit dem Typen am Empfang reden.

Wie in Trance wankte ich zu Chase hinüber und setzte mich. Ich zitterte am ganzen Körper. Er zog mich in seine Arme und drückte mich fast verzweifelt an sich. Seine Umarmung erwidernd, entkam mir ein unterdrücktes Schluchzen, wobei sich meine Finger in seinen Rücken gruben. Ich schloss die Augen und kämpfte gegen die aufsteigenden Tränen.

»Niemand darf von uns erfahren! Hörst du? Niemand«, raunte er kaum hörbar an meinem Ohr.

Ich nickte. *Das ist alles nicht real. Bitte! Das passiert nicht wirklich.*

»Scheiße, Alex. Du hast dich so ... verändert.« Er schluckte schwer und mir riss es fast das Herz entzwei. »Versprich es mir. Niemand! Schon gar nicht Mike«, forderte er nochmals, dieses Mal eindringlicher.

»Okay«, brachte ich erstickt heraus. So leise, dass ich es selbst kaum hörte. Ich legte meine Stirn gegen seine. Zitternd atmete ich aus, bevor ich ihm einen Kuss auf die Lippen drückte und mit wackeligen Knien aufstand. Chase/Tobi sah mir nach und ich nahm die Fassungslosigkeit in seinen Augen wahr, die der meinen glich.

Mike streckte den Kopf durch die Tür.

»Kurier dich aus. Ich werde unsere neu erblühte Schönheit heute Abend abfüllen und ihr all ihre Geheimnisse entlocken«, behauptete er, als ich zu ihm trat und legte mir grinsend den Arm um die Schulter.

Tobi warf mir einen besorgten Blick zu. Ich schüttelte den Kopf.

»Das wird ein sehr öder Abend für dich, Mike.« Betont fröhlich schob ich ihn vor mir aus dem Zimmer. Innerlich zerbrach ich gerade.

Wir traten vor die Tür. Mike redete unaufhörlich von der Eröffnungsparty, die am Abend stattfinden würde und auf der ich endlich seinen besten Freund Spencer kennenlernen sollte. Seine Worte drangen nur dumpf durch den Nebel, der aufgrund des Schocks durch meine Gedanken zog.

Ich habe mit dem Bruder meines besten Freundes geschlafen! Bravo. Warum sieht er plötzlich so anders aus? So verdammt sexy? Was ist aus dem dicken Jungen geworden? Scheiße! Ist denn hier auf nichts mehr Verlass?

Um Zeit zu schinden und mich von diesem Desaster etwas zu erholen, vereinbarte ich mit Mike, dass wir uns kurz vor der Party am Imbissstand treffen würden. So hätten wir Zeit, uns einzurichten und uns frisch zu machen. Ich warf mich in meinem Zelt auf die Pritsche und ließ die Tränen laufen, die ich bis jetzt zurückgehalten hatte.

Kapitel 33

Tobi

22. Juli 1993

Der Schmerz hämmerte in meiner Stirn. Doch nicht die Gehirnerschütterung war es, die meine Schläfen pochen ließ. Der Moment, in dem Penny durch die Tür getreten war und sich binnen Minuten die brutale Wahrheit in meinen Verstand bohrte, hatte mich härter getroffen als die Bühnenbeleuchtung am Vorabend.

Das Schicksal hatte mal wieder erbarmungslos zugeschlagen und mir so richtig in die Weichteile getreten. Ich hasste mein verficktes Leben.

Warum konnte ich nicht einfach mal Glück haben? Glücklich sein. Ein Mädchen lieben, dass nicht tabu für mich war. Gerade eben, war sie mir ein zweites Mal genommen worden und es schmerzte mehr als beim ersten Mal, denn damals waren wir noch Kinder gewesen.

Ich hatte gerade meinen Abschluss in der Tasche, und es war der letzte Sommer gewesen, bevor das College für mich losging. Seitdem ich fünfzehn war, war ich bereits in Alex verknallt. Ich hatte mir geschworen, es ihr in jenem Sommer endlich zu gestehen und sie zu fragen, ob sie meine Freundin sein wollte.

Doch es kam sowas von anders. Mike rückte an unserem letzten Schultag beim Essen mit der Sprache heraus. Er würde Alex lieben. Innerlich verfluchte ich ihn dafür. Sie war seine beste Freundin. Schon seit Ewigkeiten. Und ausgerechnet jetzt fiel ihm ein, dass sie mehr für ihn war?

Verfluchte Scheiße!

Ich liebte meinen kleinen Bruder, doch ich war schon so weit, es darauf ankommen zu lassen. Für wen von uns beiden würde Alex sich entscheiden? Doch dann beschlossen ihre Eltern, sie für fünf lange Jahre fortzuschicken. Ich war nicht mehr in der Lage gewesen, klar zu denken. Sie rissen sie mir weg. Mein Herz brach. Zersprang in tausend Stücke, als sie Mike küsste. Nicht mich. Sie ihm sagte, dass sie ihn liebte. Nicht mir.

In diesem Moment starb etwas in mir. Sie war von einer Sekunde auf die andere fort und nahm mein Herz mit.

Jetzt hatte ich endlich, nach all den sinnlosen Kurzbeziehungen und unbedeutenden Sexdates, eine Frau getroffen, die etwas in mir berührte. Auch, wenn wir nur einen viel zu kurzen Moment geteilt hatten. Doch es war nicht nur dasselbe Mädchen, sie war auch immer noch das Mädchen meines Bruders. Dieses Mal würde ich mich gleich zurückziehen, denn diesen Schmerz konnte ich nicht noch einmal ertragen. Ich musste sie mir aus dem Kopf schlagen.

Kapitel 34

Alex
22. Juli 1993

Nachdem wir am Abend ein paar Hotdogs gefuttert hatten, trottete ich mit Mike zur Eröffnungsparty in eines der großen Zelte. Ich hatte mich etwas gefangen und war redlich bemüht, mir nichts anmerken zu lassen. Diese ganze Geschichte setzte mir echt zu. Vor allem, da meine Gefühle für Tobi momentan alles andere als ›geschwisterlich‹ waren.

Wenigstens Mike war in Partylaune und das wirkte ansteckend, wogegen ich absolut nichts einzuwenden hatte. Er schaffte es tatsächlich, mich von meiner Misere abzulenken. Wir tanzten ausgelassen zur lauten Musik, tranken und hatten Spaß. Sein bester Freund Spencer war zu uns gestoßen und mir war sofort klar, warum Mike ihn mochte. Er war freundlich und witzig. Seine ganze Art wirkte aufgeschlossen, ehrlich und bescheiden. Außerdem war er der Quarterback der Footballmannschaft. Kein Wunder also, dass er der beliebteste Typ am Campus zu sein schien.

Um Mitternacht wurde die Musik schlagartig leiser gedreht und vom Zelteingang ertönte ein im Chor geschmettertes ›Happy Birthday to you‹. Vor dem Zelt reihte sich eine Schlange von Gratulanten auf.

Ich stieß Mike mit dem Ellbogen in die Rippen und deutete hinüber. »Was ist denn da los?«

Er sah mich genervt an. »Bethany ist los. Es ist ihr Geburtstag.«

»Ich hol uns noch ein Bier. Die Bethany-Show muss ich mir nicht geben.« Spencer verdrehte die Augen und verschwand in Richtung Theke.

»Bethany Wade?«, fragte ich überrascht. Sie war die ältere Schwester von Mona, dem kleinen Miststück, das Mike und mich gemobbt hatte und war keinen Deut besser. Mike nickte und ich sah wieder zur Schlange hinüber. Etwa drei Gratulanten von Bethany entfernt, stand Tobi in der Reihe. In der Hand ein paar bunte Blumen mit leicht hängenden Köpfen, die er scheinbar selbst gepflückt hatte. Warum? Er sah bleich und erschöpft aus und gehörte eindeutig ins Bett.

»Was hat Tobi bei Bethanys Fanclub verloren?«

Mike verdrehte die Augen. »Wahrscheinlich gratuliert er ihr zum Geburtstag.«

»Ach nee, sag bloß«, erwiderte ich und stupste ihn mit der Schulter an.

»Das Beste weißt du ja noch gar nicht«, rief er aus. »Bethany und Tobi sind seit letztem Weihnachten ein Paar. Gruselig, oder?«

Mir blieb für einen Moment die Luft weg und ich verschluckte mich fast an meinem Bier. *Tobi und Bethany? Trotzdem hat er mit mir ...* Ich sah Mike wie vom Donner gerührt an. »Er ist ernsthaft mit ihr zusammen? Mit Bethany?«

Tobi war mittlerweile bei ihr angekommen. Doch sie würdigte ihn keines Blickes. Im Gegenteil, sie ignorierte ihn völlig und führte ihre Unterhaltung mit zwei Typen fort. Tobi sah angeschlagen und müde aus.

»Dann lässt sie ihren Freund einfach so stehen, obwohl er krank ist?«, entfuhr es mir verständnislos.

Mike grinste breit. »Die beiden haben seit zwei Wochen mächtig Zoff! Er sollte sie nachts von einem Konzert abholen. An dem Abend war er bei uns und ist pünktlich losgefahren, aber nie bei ihr angekommen.« Er warf mir einen vielsagenden Blick zu. »Niemand weiß, was er gemacht hat und er schweigt dazu. Seitdem ist Sendepause bei den beiden. Bethany ist ausgeflippt vor Wut.«

Mein Herz raste. Vor zwei Wochen. Mir wurde schlecht, denn mir war klar, wo er zu der Zeit war und mit wem. *Verdammt noch mal!*

»Und er hat echt nichts gesagt?«, fragte ich unschuldig.

»Kein Sterbenswort! Mom und ich glauben, dass ein anderes Mädchen dahintersteckt. Wer weiß? Vielleicht wurde nichts draus und jetzt macht er einen auf Versöhnung.« Mike drückte mir einen Kuss auf die Stirn und sprang auf. »Ich hol mir noch ein Bier. Spence scheint ja nicht wieder zu kommen. Willst du auch?«

Ich schüttelte den Kopf und beobachtete, wie Bethany Tobi mit einem abfälligen Blick und spitzen Fingern die Blumen aus der Hand nahm und ihn flüchtig umarmte, ehe sie sich wieder ihren Gesprächspartnern zuwandte. Tobi verschwand mit gesenktem Kopf und hängenden Schultern.

Ich sprang auf, gab Mike, der schon wieder mit Spencer auf der Tanzfläche war, ein Zeichen und verließ das Zelt. Ich atmete die kühle Nachtluft tief ein und sah mich um. Niemand zu sehen. Alles tummelte sich auf der Party.

Ich schlenderte einen dunklen, abgelegenen Weg entlang, der zu einem unbeleuchteten Spielplatz am Rande des Camps führte. Früher hatten wir uns immer hierher geschlichen, um im Schülercamp nicht beim Trinken erwischt zu werden. Eine süßliche Rauchwolke schlug mir auf dem Weg entgegen. Im fahlen Mondlicht sah ich die Silhouette, die sich auf einer der Schaukeln abzeichnete. Ich erkannte ihn sofort.

Aus der Ferne drangen Fetzen des neuen ›Red Hot Chilli Peppers‹ Songs herüber, den jemand auf der Gitarre spielte. ›*Under the Bridge*‹, wenn ich mich nicht irrte. Mein Herz schlug wild in der Brust. Fast lautlos näherte ich mich der Schaukel, da der hohe Rasen die dumpfen Schritte meiner Chucks verschluckte.

Dicht hinter ihm blieb ich stehen und lehnte wortlos meinen Körper an seinen breiten Rücken. Ohne sich umzudrehen, hob er die Hand und reichte mir den Joint. Ich nahm ihn schweigend, setzte mich auf die Schaukel neben ihn und blies eine große Wolke in den sternklaren Nachthimmel.

»Warum hast du gesagt, du heißt Chase?«

»Weil das mein Name ist. Tobi Chase Hastings. Du erinnerst dich?«, gab er müde zurück.

Nein, daran habe ich nicht gedacht. Und selbst wenn, hätte ich ihn dann erkannt? Wahrscheinlich nicht.

»Seit wann benutzt du deinen Zweitnamen?« Jetzt sah ich ihn an.

»Seit der Uni. Chase klingt einfach erwachsener. Nicht nach dem dicken Rauschgoldengel namens Tobi. Das bin ich nicht mehr, ich habe mich verändert ... Du dich offensichtlich auch. Penny.« Er sah mich an. »Was ist deine Ausrede? Hm? Ich weiß, du hast keinen Zweitnamen.«

Scheiße. Ich sah schuldbewusst auf meine Hände. »Ein Spitzname aus meiner Zeit in London. Ich ... kann doch nicht jedem Fremden gleich meinen richtigen Namen sagen«, versuchte ich mich lahm zu verteidigen.

»Aber mit ihnen schlafen schon?«, fragte er bitter.

Volltreffer. Autsch!

»Sorry«, sagte er schnell. »Es ist nur ... Das hätte nie passieren dürfen, Alex. Niemals! Wenn ich gewusst hätte, dass du das bist, dann ...« Er schüttelte den Kopf.

»Ich bin auch nicht gerade stolz darauf. Das kannst du mir glauben.« Ich nahm noch einen tiefen Zug und gab ihm dann den Joint zurück. »Wie ist das überhaupt passiert?«

»Hm?«

Ich deutete auf seine Bauchmuskeln.

Er zuckte die Achseln. »Mit dem Studienwechsel zum Landschaftsarchitekten habe ich draußen viel körperlich gearbeitet, da kam das von ganz allein. Ist ein ziemlich gutes Training.«

»Sieht so aus. Muss ich dich jetzt auch Chase nennen?«

Er sah mich kurz an, dann schüttelte er den Kopf. »Nur meine ehemaligen Kommilitonen und die Kollegen auf der Arbeit nennen mich so. Neuen Leuten stelle ich mich als Chase vor. Familie und Freunde dürfen weiterhin Tobi sagen, das wäre sonst irgendwie komisch.« Er lächelte schief.

»Es käme mir echt merkwürdig vor, dich so zu nennen.«

»Ja, mir auch.« Er räusperte sich. »Also sind wir uns einig? Das Ganze bleibt unter uns und niemand erfährt davon.«

Ich schnaubte. »Hättest du für eine Sekunde an die Tatsache gedacht, dass du eine Freundin hast, wäre es gar nicht erst passiert!« Okay, das war fies! Es war immerhin nicht allein seine Schuld.

Er lachte bitter auf. »Das habe ich wohl verdient.«

»Sorry. Das alles ist nur ....« Ich zuckte unbeholfen mit den Schultern.

» ... scheiße gelaufen!«, beendete er meinen Satz.

»Warum bist du überhaupt mit ihr zusammen, wenn es dir offenbar so leichtfällt, sie zu betrügen? Ich verstehe es nicht. Du hast früher immer betont, dass sie dich nie um den Finger wickeln würde, so wie sie es bei allen anderen getan hat«, erinnerte ich ihn.

»Das ist schwer zu erklären.«

»Ist sie plötzlich die heilige Maria geworden?«

Er lachte bitter. »Nein, weiß Gott nicht. Es ... ist kompliziert«, wich er aus, trat den Joint auf dem Boden aus und sah mich wieder an. »Ich hab' dich vermisst, Kleines!«

Ich nickte kurz und drängte die aufsteigenden Tränen zurück. »Ich dich auch.«

Er stand auf und zog mich von der Schaukel hoch.

»Komm her«, sagte er und dann fand ich mich in seiner warmen, festen Umarmung wieder, die mir früher Halt und Geborgenheit gegeben hatte. Jetzt weckte sie allerdings den Wunsch nach seinen heißen Lippen auf meinen. Ich machte mich vorsichtig los und drückte ihm einen zarten Kuss auf den Mundwinkel, der mir all meine Selbstbeherrschung abverlangte.

»Sieh zu, dass du ins Bett kommst. Du siehst fertig aus.«

Er umfasste mein Gesicht mit beiden Händen, presste seine Lippen auf meine und teilte sie zu einem Kuss, der meine Selbstkontrolle über Bord warf.

Nach einer gefühlten Ewigkeit schob Tobi mich schwer atmend von sich. »Es tut mir leid, ich ... Verflucht!« Er vergrub sein Gesicht in den Händen und fuhr sich dann fahrig durchs Haar. »Das war ein Fehler, Kleines. Ich hätte das nicht tun dürfen. Sorry.«

Er drückte mir einen sanften Kuss auf die Schläfe und verschwand ohne ein weiteres Wort in der Dunkelheit. Einen Augenblick lang stand ich wie vom Donner gerührt da. Versuchte zu begreifen, was soeben geschehen war und was es mit mir anstellte. Die Lust zum Feiern war mir für heute vergangen, also schlenderte ich den Weg zurück und ging dann weiter zu unseren Schlafzelten.

Davor ließ ich mich rücklings auf die Wiese fallen und richtete meinen Blick in den sternenreichen Himmel. Seitdem ich zurück war, lief irgendwie alles aus dem Ruder. Nun war die Situation, wie sie war und ich hatte keine Ahnung, wie es weitergehen sollte. Solange diese Gefühle für Tobi in mir rumorten und sich für Mike keine einstellten, wäre es mehr als falsch etwas mit Mike anzufangen. So viel stand fest.

Aber was fühle ich für Tobi? Mike ist mein bester Freund, soviel steht fest. Will ich das aufs Spiel setzen? Verdammt!

Das alles verwirrte mich. Meine Gefühle fuhren Achterbahn und ich hatte Mühe, sie zu ordnen. Es war so kompliziert. *Argh!*

Schlagartig schreckte ich auf, als eine feuchte Hand über meinen halbnackten Bauch glitt. Eine Übelkeit erregende Alkoholfahne und der Geruch nach altem Schweiß drangen in meine Nase und ließen alle Alarmglocken in meinem Kopf schrillen. Ich riss die Augen auf und starrte in das lüsterne Gesicht eines rotbackigen Fremden. Zwischen uns nur wenige Zentimeter. *Igitt!*

Angewidert stieß ich ihn von mir und kam blitzschnell auf die Füße. Adrenalin pumpte durch meinen Körper. Ich war schlagartig hellwach. Ich musste auf der Wiese eingeschlafen sein.

»Hey Schnecke, was'n los?« Er packte mein Handgelenk in einer Geschwindigkeit, die ich ihm in seinem Zustand gar nicht zugetraut hätte. »Wohin so eilich?« Sein Gesicht verzog sich zu einem ekelhaften Grinsen.

Ich versuchte, mich aus seinem festen Griff zu befreien. »Lass mich sofort los!«

Er machte Anstalten, mich an sich zu ziehen. »Stell dich nich' so an! Wir könn' doch 'n bisschen Spaß ham«, lachte er polternd.

Verzweifelt versuchte ich, mich loszureißen. Mit eher kläglichem Erfolg, denn der Fiesling war mindestens zwei Köpfe größer als ich und ganz schön massig. Ich hatte keine Chance.

»Lass sie los, Aaron!«, tönte es unerwartet gefährlich aus dem Dunkeln. Mike tauchte hinter mir auf. Seine Züge waren hart, als er auf uns zukam.

»Verpiss dich, Hastings«, lallte der andere aggressiv und lockerte seinen Griff für einen kurzen Augenblick, sodass ich die Chance hatte, mich zu befreien und zu Mike zu stolpern. Er zog mich schützend an seine Seite.

»Alles okay?«, fragte er und warf mir einen schnellen Blick zu.

Ich nickte und ließ mich erleichtert gegen ihn sinken. Meine Knie zitterten ein wenig. Ich war so froh, ihn zu sehen.

Aaron zog die Augenbrauen hoch. »Was willste denn mit der Schwuchtel anfangen, Schnecke? Den Loser hättste ma' vor ein paar Jahren sehen solln! Der kricht doch eh kein hoch! Nimm besser 'nen richtigen Mann!« Er lächelte süffisant.

Das war zu viel. Niemand redete so über Mike. Ein mir nur allzu bekanntes Glühen formte sich in meiner Magengrube zu einem heißen Ball und stieg mir bis in den Kopf. Meine Halsschlagader pulsierte spürbar. Meine Hände ballten sich zu Fäusten und ein wütendes Zittern lief durch meinen Körper. Außer Aaron blendete ich alles aus, dann trat ich auf ihn zu.

»Ach, wirklich? Etwa so einen volltrunkenen Penner wie dich? Der sich nachts an schlafenden Mädchen vergreift?«, schleuderte ich ihm entgegen. »Niemand kann Mike das Wasser reichen! Jedes Mädchen wäre glücklich einen Freund wie ihn zu haben. Und jetzt verpiss dich, du Arsch, bevor ich dir in deine mickrigen Eier trete!«

Aaron lachte verunsichert auf und schwankte etwas. All meine Muskeln waren zum Zerreißen angespannt. Ich holte aus, als sich wie aus dem Nichts warme Hände um meine Taille legten. Mike zog mich in seine Arme und bevor ich protestieren konnte, fingen seine Augen meinen Blick ein und ich sah wieder klar. Er legte seine warmen Lippen auf meine und die Wut und Anspannung schwand aus meinem Körper. *Was? Nein! Das ist nicht richtig, das...*

Mike löste sich von mir und sah sich um. Aaron war verschwunden. Nur das Gefühl seiner Lippen auf meinen blieb.

»Sorry dafür, aber ... Ich glaube, er hat es uns abgekauft. Er wird dich wohl nicht mehr belästigen.« Mike räusperte sich und sah betreten zu Boden.

Mein Magen krampfte sich zusammen.

»Danke«, krächzte ich. Ich hatte keine Ahnung, was ich sonst sagen sollte.

»Ich geh dann mal schlafen. Ist schon spät.« Damit drehte er sich um und schlenderte langsam zu seinem Zelt hinüber.

Meine Seele schmerzte. Ich hätte ihm nachlaufen müssen. Ihm sagen, dass er der Eine für mich war. Und zu einer anderen Zeit hätte ich genau das getan. Aber ich konnte ihm nicht geben, was er sich wünschte. Nicht jetzt. Nicht, ohne ihn am Ende zu verletzen. Vielleicht auch nie.

Kapitel 35

Alex
25. Juli 1993

Für den heutigen Tag hatten Mike und ich ausnahmsweise getrennte Pläne. Er hatte Spencer versprochen, mit ihm zu trainieren und ich war mit meiner Gitarre bewaffnet auf dem Weg zu einer Musiksession. Schon bevor ich an dem großen Pavillon ankam, schallte mir eine bekannte Melodie durch die Lautsprecher der Bühne entgegen. Diese Sandpapierstimme, die einen alten ›Janis Joplin‹-Song sang, gehörte unverkennbar Sheila. Ich fand mich bei einigen anderen Musikern im Zuschauerraum ein, als das Stück gerade zu Ende war und Sheila von der Bühne stieg. Sie schien mich gleich entdeckt zu haben und kam direkt auf mich zu. Ein Strahlen erhellte ihr Gesicht.

»Hey, du bist ja wirklich hier! Ich dachte schon, das war nur ein Spruch.« Ehe ich mich versah, umarmte sie mich herzlich. Okay, das war wohl ihr Ding.

»Wir müssen unbedingt was zusammen spielen. Dieses Mal habe ich meinen Bass mit und Milo ist ein super Schlagzeuger, das wird garantiert klasse.« Sie deutete auf einen Latino mit kurzen schwarzen Locken, einem leichten Bart und einem Blick, der Eisblöcke schmelzen ließ. Er hob lässig die Hand zur Begrüßung.

»Hola, chica!«

Ich nickte ihm zu und schon zog Sheila mich mit sich hinter die Bühne.

»Sorry, wenn ich dich volltexte. Aber ehrlich gesagt, bist du hier in Oceanside die Erste, bei der ich das Gefühl habe, wir könnten uns verstehen. Ich dachte, ich würde hier schneller eine Freundin finden. Willst du bitte meine Freundin sein? Klingt das irgendwie verzweifelt?« Sie zog eine Grimasse.

Ich verdrehte die Augen und ließ mich auf eine Kiste plumpsen. »Oh Gott, wenn dir das schon verzweifelt vorkommt ... Ich bin hier aufgewachsen und hatte kaum eine weibliche Freundin. Du bist quasi die Erste, die mich nicht anspuckt und aus dem Dorf jagt. Ich sollte dir sofort ein Freundschaftsbändchen knüpfen und mich an dich ketten, bevor du doch noch ein anderes Mädchen findest.«

Sheila sah mich an, dann prustete sie los und ich stimmte mit ein. Nachdem wir uns wieder etwas beruhigt hatten, warf ich ihr einen verunsicherten Blick zu. »Ernsthaft, ich könnte eine Freundin gebrauchen«, gab ich zu.

»Dito! Kommst du mit einen Kaffee trinken?« Ich ließ mich von ihr hochziehen.

»Hört sich perfekt an.«

Einträchtig schlenderten wir zu einem der Cafés und suchten uns ein ruhiges Plätzchen.

»Lass mal hören. Ich will alles über meine neue Freundin wissen.« Sheila rührte in ihrem Kaffee und sah mich auffordernd an, also erzählte ich. Allerdings ließ ich ein paar Details aus. Die sexuelle Beziehung zu Eric und die Nacht mit Tobi waren etwas, das einem vertrauteren Verhältnis bedurfte. Dafür kannte ich sie zu kurz. Drei Stunden saßen wir zusammen und redeten. Ja, Sheila quatschte wie ein Wasserfall, aber mindestens genauso gut war sie im Zuhören. Ich hatte das Gefühl, noch nie so viel an einem Stück gesprochen zu haben.

Nachdem ich mit meiner Geschichte fertig war, erfuhr ich, dass sie aus Santa Barbara kam und gleich nach der Schule ihr Musikstudium in Oceanside angefangen hatte. Sie hatte keine Geschwister und tat sich wie ich nicht leicht Freunde zu finden. Sie war froh, dass ihr Cousin Rogue in Oceanside lebte, der eine eigene Autowerkstatt besaß. Sängerin zu werden, war schon immer ihr großer Traum gewesen und mit ihrer Stimme stand ihr da nichts im Wege. Da war ich mir sicher. Sie wohnte auf dem Campus und teilte sich ein Zimmer im Studentenwohnheim, was sie ziemlich nervte. Eine eigene Wohnung war aber finanziell nicht drin.

»Wow. So viel habe ich noch nie jemandem über mich erzählt, seit ich aus Santa Barbara weg bin.«

»Geht mir genauso. Auf die Freundschaft!« Ich hob grinsend meinen Kaffeepott und sie stieß mit ihrem dagegen.

»Hier steckst du also!« Eine warme Hand legte sich auf meine Schulter und gleich darauf drückte Mike mir einen Kuss auf die Schläfe. Er war schweißnass und hatte Spencer im Schlepptau, der ebenfalls durchgeschwitzt war und grüßend in die Runde nickte.

»Wollt ihr auch was trinken? Sheila, das sind Mike und Spencer«, ich deutete auf die Beiden, »und das ist Sheila! Meine neue Freundin.« Ich lächelte zufrieden.

Kapitel 36

Alex

31. Juli 1993

In der zweiten Woche fand die traditionelle Singleparty statt, an der wir bisher in jedem Jahr teilgenommen hatten. Die Partys waren immer extrem spaßig. Jeder Teilnehmer füllte einen Fragebogen aus, bei dem er Angaben zu sich selbst und zu seinem Traumpartner machte. Gefragt wurden Dinge wie: Größe, Haarfarbe, Augenfarbe, Körperbau, bevorzugte Eigenschaften und Hobbys. Anhand der Antworten stellten die Partyplaner dann Pärchen mit den besten Übereinstimmungen zusammen. Auf der Party wurden sie enthüllt und jedes Paar, das sich auf der Bühne bereitwillig küsste, bekam einen Picknickkorb für ein gemeinsames Date überreicht.

Die Party war schon in vollem Gange, als Mike, Spence, Sheila und ich uns einen Weg zur Bühne bahnten. Die ersten Verkupplungen waren bereits gelaufen, wodurch die Menge vor Begeisterung johlte.

Sheila und ich fanden uns hinter der Bühne ein, wo sich die teilnehmenden Mädchen versammelten, um kurz darauf ihrem ›Traumtypen‹ zugeführt zu werden.

»Gott, ich bin total nervös«, sagte ich. In der Vergangenheit hatte man immer Mike und mich zusammengebracht, wahrscheinlich, weil sie uns niemand anderem zumuten wollten. Sheila sah mich gequält an.

»Ich mache bei dem Scheiß nur mit, weil ihr mich quasi gezwungen habt! Wenn ich irgend so einen Arsch bekomme, rede ich nie wieder mit euch. Außerdem steht mir nicht der Sinn danach irgendeinen x-beliebigen Typen zu küssen. Nicht mal für Essen«, protestierte sie und ein Glucksen entkam meiner Kehle.

»Schön, dass wenigstens du das witzig findest.« Sie streckte mir die Zunge heraus, doch in ihren Augen sah ich ein amüsiertes Blitzen.

»Alex Montgomery?« Ein Mädchen mit blondem Pferdeschwanz und einem Klemmbrett schaute fragend in unsere Runde.

»Showtime!«, rief ich aus und hob die Hand, dann folgte ich dem Mädchen auf die Bühne, wo ich hinter einem dicken Vorhang postiert wurde. Sie setzte mir einen Kopfhörer auf, aus dem laute Musik dröhnte. Nach ein paar Minuten nahm sie ihn mir wieder ab und ein Trommelwirbel erklang. Der Vorhang öffnete sich und auf der anderen Seite stand ... Tobi!

Verdammte Scheiße, was ...?

Das Publikum johlte. Tobi und ich starrten uns einen Moment entsetzt an. Mein Blick glitt über die Menge und blieb an Mike hängen, der die Daumen nach oben reckte und grinste.

Unsicher trat ich einen Schritt auf Tobi zu, derweil grölte die Menge. »Küssen, Küssen, Küssen!«

»Jetzt fällt die Entscheidung. Wir warten auf euren Kuss!«, skandierte der Moderator.

Ich beschloss, dem Ganzen ein schnelles Ende zu setzen, überwand den letzten Schritt zwischen uns, stellte mich auf die Zehen und küsste ihn. Im ersten Moment befürchtete ich, er würde zurückweichen. Doch das tat er nicht. Er legte die Hand an meine Hüfte und drückte mich kurz an sich, bevor er sich schnell von mir löste. Wieder ein Jubeln aus der Menge, dann übergab man uns den Fresskorb.

Wir verließen die Bühne, um uns zu Mike und Spencer zu gesellen. Ein paar Minuten später wurde auch Spencer nach oben geholt. Er wurde witzigerweise Sheila zugeordnet. Die beiden tauschten einen flüchtigen Kuss und sackten ebenfalls ihr Körbchen ein. Als Letzter in der Runde war Mike an der Reihe.

Der Trommelwirbel ertönte und Mike sah gebannt auf den Vorhang, wie wir alle. Dann öffnete er sich und ... Mona? *Ausgerechnet Mona Wade? Was zur Hölle?*

»Ach, du Scheiße!«, hörte ich Spencer neben mir sagen und warf ihm einen zustimmenden Blick zu.

Die Menge johlte und wartete auf den Kuss. Mona trat auf Mike zu und ich hielt den Atem an. Mike zuckte entschuldigend mit den Schultern und trat einen Schritt zurück.

»Sorry Leute!« Er winkte ins Publikum und ließ eine hochrot angelaufene Mona auf der Bühne stehen, um sich einen Weg zu uns zu bahnen.

»Sehr gut, Alter. Ich dachte schon, du wirst weich«, rief Spencer und klatschte ihn ab. Ich sah wie Mona mit wutverzerrtem Gesicht zu ihrer Schwester hinübereilte.

»Ist das echt okay für dich? Ich meine, Tobi ist bestimmt nicht sauer, wenn ich ...«

»Quatsch, du gehst mit ihm auf das Date. Vielleicht kannst du ihn zur Vernunft bringen, was Bethany betrifft. Auf dich hat er früher schließlich immer gehört«, raunte Mike mir zu.

»Okay, wenn du meinst.«, gab ich unbehaglich zurück.

»Wie wäre es, wenn du dich mit Spence über den Fresskorb hermachst?« Sheila sah Mike auffordernd an. »Macht euch einen Männerabend. Ich stehe eh nicht so auf Picknick. Außerdem habe ich Milo versprochen, dass wir noch eine kleine Jamsession starten.«

Spencer griff sich theatralisch ans Herz. »Du gibst mir einen Korb? Wie kann ein so kleines Geschöpf einem Mann so viel Schmerz bereiten?«

Sheila grinste. »Na ja, eigentlich gebe ich ihm den Korb.« Sie drückte Mike den Picknickkorb in die Hand. Dann umarmte sie mich kurz und flüsterte an meinem Ohr: »Viel Spaß! Da hast du ja den Volltreffer gezogen.«

Ich verdrehte die Augen. Wenn sie wüsste.

Tobi und ich spazierten schweigend Richtung Steg, vorbei an den vielen kleinen Hütten, die den Weg dorthin säumten. Im nächsten Augenblick packte er meinen Arm und zog mich zwischen die Häuschen. Ich unterdrückte einen Aufschrei.

Er drängte mich gegen die kühle Wand und sein schwerer Körper presste sich an meinen. Der Picknickkorb glitt mir aus der Hand und landete neben uns auf dem Boden. Sofort stieg mir der Duft seines vertrauten Aftershaves in die Nase. Ich hielt den Atem an. Zärtlich fuhren seine Daumen über meine bebenden Lippen.

Meine Knie wurden weich und ich schlang haltsuchend die Arme um seinen Nacken. Seine Muskeln spannten sich unter der Berührung an und ich nahm jede Regung seines Körpers wahr, der sich eng an meinen schmiegte. Er beugte sich vor und legte atemlos seine Lippen auf meine. Bereitwillig öffnete ich sie und ließ ihn ein. *Gott, er macht mich verrückt! Ist ihm das klar?* Seine Hände glitten an den Seiten meines Körpers hinauf, schlüpften unter das Top und strichen leicht über meine Brüste. *Verdammt!*

Ich rieb die Hüften an seinen, dachte nur noch an unsere Nacht zurück und wie sehr ich mich nach einer Wiederholung sehnte.

Keuchend löste er sich von mir und legte seine Stirn an meine. »Scheiße, Kleines, das geht nicht! Wir dürfen das hier nicht. Es ist nicht richtig.«

Ich schluckte gegen den Kloß an, der sich in meinem Hals formte. Er zog die Bremse. »Okay, verstehe schon«, gab ich heiser zurück. »Du hast eine Freundin. Das mit uns hat nichts bedeutet ... Ist angekommen.«

Verdammt, warum küsst er mich? Warum gibt er mir das Gefühl, dass da mehr zwischen uns ist?

Er schlug mit der Faust gegen die Wand dicht neben mir. Vor Schreck fuhr ich zusammen.

»Bullshit, Alex! Ich habe seit unserer ersten Begegnung jede verdammte Sekunde an dich gedacht! Es war alles perfekt. Ich kann den Gedanken kaum ertragen, dass wir das nie wieder haben werden.«

Es fiel mir schwer, meine Gedanken zu ordnen.

Warum ist er noch mit Bethany zusammen, wenn er wirklich so empfindet?

Er stahl mir einen weiteren Kuss, der mich an seinen Lippen aufstöhnen ließ.

»Warum? Warum können wir das nicht? Wegen ihr? Wenn es stimmt, was du gerade gesagt hast, wie kannst du dann weiterhin mit ihr zusammen sein?«

Er schüttelte den Kopf. »Es ist wegen Mike. Das kann ich ihm nicht antun. Was für ein Bruder wäre ich, wenn ...«

»Aber Mike und ich sind nicht zusammen!« Ich runzelte verwirrt die Stirn.

»Das solltet ihr aber sein. Er liebt dich, Kleines! Und du liebst ihn. Das hast du ihm damals gesagt und ihm immer wieder geschrieben.«

»Dinge ändern sich.« Herausfordernd sah ich ihn an.

Abrupt trat er von mir zurück. »Du solltest jetzt besser gehen«, antwortete er tonlos und senkte den Blick.

Mit unbewegter Miene wandte ich mich von ihm ab und setzte mich in Bewegung, jedoch nicht, ohne noch einmal zurückzublicken.

»Du solltest trotzdem deine Beziehung zu Bethany überdenken. Damit scheint es ja nicht weit her zu sein, wenn es dir so leicht fällt, sie zu betrügen. «, sagte ich ernst, »Keiner weiß besser als du, dass ich sie und ihre Schwester hasse. Aber selbst sie hat die Wahrheit verdient.«

Ich drehte mich um und lief schnellen Schrittes den Weg zurück, den wir gekommen waren.

Kapitel 37

Tobi

31. Juli 1993

Ich sah Alex nach, wie sie in der Dunkelheit verschwand. Sofort stellte sich die Leere in mir ein, die mir nur allzu bekannt war. Für gewöhnlich füllte ich sie mit einem unbedeutenden Fick, etwas Alkohol und einem Joint, doch diesmal lagen die Dinge anders.

Meine alten Gefühle für Alex kochten wieder hoch, die ich tief in mir vergraben und ausgemerzt geglaubt hatte. Ich durfte mich nicht auf sie einlassen. Nicht nur wegen Mike. Ich würde es nicht ertragen, sie ein zweites Mal an jemand anderen zu verlieren. Wütend trat ich gegen eine der Hauswände und fluchte leise.

Ich hätte glücklich sein sollen darüber, dass sie mich wollte. Dass sie etwas für mich empfand. Dass ich sie nach all den Jahren endlich in den Armen halten und küssen konnte. Dass ich mit ihr den besten Sex seit Ewigkeiten hatte. All das hatte ich mir viel zu lang gewünscht, um es jetzt nicht haben zu dürfen.

Stattdessen hatte ich Bethany. Sie war das Dümmste, was ich je getan hatte. Ich war ziemlich zugedröhnt, als ich mich letztes Jahr auf einer Party von ihr hatte abschleppen lassen. Danach hatte sie mich am Haken.

Keinen Tag später kursierte in der halben Stadt das Gerücht, dass Bethany einen neuen Freund hatte und der war zu meinem Entsetzen ... ich. Kaum wieder klar im Kopf fand ich mich bei einem Essen mit ihren Eltern wieder und wurde ihnen als Bethanys neuer fester Freund serviert.

Verfluchte Scheiße.

Mir blieb nichts anderes übrig, als mitzuspielen. Es wäre denkbar schlecht angekommen, ihrem Dad zu sagen: »Hey, sorry. Aber deine Tochter war nur ein einmaliger Partyfick. Ich war so zugedröhnt, dass ich es mit jeder getrieben hätte.«

Schon gar nicht, da ihr Vater unser amtierender Bürgermeister war.

Ich nahm mir vor, diese Scharade ein paar Wochen durchzuziehen und sie dann gepflegt abzuservieren. Aber sie war nicht so leicht abzuschütteln wie gedacht und verminderte durch ihr ständiges Aufkreuzen zudem meine Chancen bei anderen Frauen. Sie klebte an mir wie eine verdammte Klette. Also ließ ich mich dazu hinreißen, dem durchtriebenen Töchterchen des Bürgermeisters eine Zeit lang das Hirn raus zu vögeln.

Jetzt hatte ich sie seit mittlerweile sechs Monaten am Hals ... In den letzten dreien hatte ich tunlichst meine Finger von ihr gelassen und mir hier und da eine andere ins Bett geholt, in der Hoffnung, sie würde es endlich kapieren und das Interesse an mir verlieren. Trotzdem weigerte sie sich noch immer zu akzeptieren, dass es zwischen uns aus war. Erzählte jedem, der es nicht hören wollte von unserer angeblich glücklichen Beziehung. Sie versuchte mich unter Druck zu setzen, indem sie mir mit ihrem Vaters drohte, der mich meinen Job kosten könnte. Normalerweise ließ ich mich von solchen Drohungen nicht beeindrucken. Ich hätte mir auch woanders einen Job suchen können. Doch wenn sie es darauf anlegte, war sie imstande mein Berufsleben komplett zu ruinieren, denn der Einfluss der Wades reichte weit über Oceanside hinaus und Bethany konnte mit einem ›Nein‹ nicht sonderlich gut umgehen.

Es war dämlich gewesen an ihrem Geburtstag wieder zu Kreuze zu kriechen, nur weil mich die Sache mit Alex so aus der Bahn geworfen hatte. Vielleicht wurde es Zeit, dass ich mein Liebesleben wieder auf die Reihe bekam. Dazu gehörte wohl, mich ein für alle Mal von Bethany zu lösen. Auch, wenn ich noch nicht wusste, wie ich das bewerkstelligen sollte.

Kapitel 38

Alex
5. August 1993

Mike hatte Spencer zugesichert an einem Footballspiel teilzunehmen und ich war mit Melinda verabredet, die versprochen hatte, uns ein paar Sachen von zu Hause vorbeizubringen.

Also schlenderte ich über den sonnengefluteten Parkplatz und setzte mich dort auf ein Geländer im Schatten eines Schalterhäuschens. Es war brütend heiß. Von weitem erkannte ich Tobi, der sein Motorrad ansteuerte. Er sah wie immer sexy aus und ich schluckte schwer. Es fiel mir nicht leicht, ihn anzusehen, ohne an unsere gemeinsamen Stunden zu denken oder seine Hände auf meinem Körper zu vermissen. Es war jetzt fünf Tage her, dass wir so unschön auseinandergegangen waren.

Hinter ihm näherte sich ein Wagen, der immer schneller wurde und genau auf ihn zuhielt. Was macht der denn da? Mein Magen krampfte sich panisch zusammen und ich sprang auf.

»Tobi! Hinter dir!«, schrie ich und er drehte sich ruckartig um. Der Wagen, jetzt dicht vor ihm, bremste hart ab. Doch zu spät.

Tobi stützte sich blitzschnell auf der Motorhaube ab, setzte einen Fuß darauf, glitt mit dem Körper über das Autodach, rutschte am Heck hinunter und fiel zu Boden.

Ich wurde von blanker Angst erfasst und rannte los.

»Tobi!«, hörte ich mich schreien und ging ein paar Sekunden später neben ihm auf die Knie. Vorsichtig berührte ich seine Wange. Er bewegte sich nicht und hatte die Augen geschlossen. Sein rechter Arm war aufgeschürft und Tränen der Angst stiegen in mir auf. »Tobi, sag was! Bitte!«, forderte ich mit zittriger Stimme.

Ächzend öffnete er die Augen und stützte sich mühsam auf einem Arm ab. »Das sieht im Kino weniger schmerzhaft aus!«

Ich lachte erleichtert auf und drückte meine Lippen an seine Stirn. Dann öffnete sich schwungvoll die Fahrertür des Wagens und Bethany stapfte mit verzerrtem Gesicht auf uns zu.

»Du mieses Schwein! Du glaubst doch nicht ernsthaft, dass du das mit mir machen kannst?«

Glühende Hitze bahnte sich ihren Weg durch meinen Körper und ließ meine Halsschlagader spürbar hervortreten. *Echt jetzt? Ihr Ernst?*

Ich kam zittrig auf die Füße und das Rauschen in den Ohren schwoll an. Dann war da nur noch Bethany, alles andere verschwamm. Ich trat einen Schritt auf sie zu und meine Hand schnellte vor. Ich verpasste ihr eine schallende Ohrfeige.

»Du krankes Miststück hättest ihn umbringen können! Du gehörst in die Klappsmühle, du Gestörte«, schrie ich sie an. »Setz dich in deine scheiß Karre und mach das du wegkommst, bevor ich den Sheriff anrufe und dich anzeige.«

Meine Fingernägel gruben sich schmerzhaft in die Handflächen, so fest hatte ich die Hände zu Fäusten geballt. Mit Genugtuung beobachtete ich, wie sich ihre Wange rot färbte. Sie starrte mich mit offenem Mund an und fuhr über die Stelle, die ich getroffen hatte.

»Niemand wird ihn mir wegnehmen«, zischte sie mir kaum hörbar zu.

Ich glaubte wirklich, Tränen in ihren Augen glänzen zu sehen, bevor sie sich auf dem Absatz umdrehte, in den Wagen stieg und davon sauste. Mit rasendem Herzen stand ich da und mein Blick klärte sich wieder.

»Alles okay?« Tobi hatte sich wohl aufgerappelt, denn seine Hände umfassten meine Taille und er drehte mich zu sich herum. Das Rauschen in den Ohren ließ nach und wich einem Zittern, das mir durch den Körper fuhr. *Was habe ich getan?* Mir wurde übel.

»Hey, alles ist gut.«, er umarmte mich fest.

Erschöpft sank ich gegen ihn. Ich hörte das Herz in seiner Brust schlagen und es hämmerte ebenso sehr wie meines. Mike lief auf uns zu und Tobi löste sich sofort von mir.

»Was ist denn hier los? Alles in Ordnung?« Sein Blick fiel auf Tobis aufgeschürften Arm.

»Alex hat mir gerade ein paar Knochenbrüche oder Schlimmeres erspart«, erklärte Tobi seinem Bruder und erzählte ihm, was vorgefallen war.

»Tickt die noch ganz sauber? Warum macht man sowas?«, stieß Mike ungläubig hervor und zog mich an seine Seite. Ich war etwas wackelig auf den Beinen. Der Schreck steckte mir noch in den Knochen.

Tobi warf mir einen vielsagenden Blick zu. »Ich habe ihr gestern den Laufpass gegeben.«

Das Herz zersprang mir fast in der Brust. Ich versuchte krampfhaft, mir nichts anmerken zu lassen.

»Das wurde aber auch echt Zeit.« Mike nickte. »Mom kommt übrigens nicht, sie muss länger arbeiten«, fügte er an mich gewandt hinzu. »Sie hat eine Nachricht an der Info hinterlassen.«

Tobi sah fluchend auf seine Uhr, die Arbeit rief. Er klopfte Mike auf die Schulter, drückte mir einen Kuss auf die Stirn, wie er es schon immer getan hatte und schwang sich auf sein Motorrad.

Er hat echt mit ihr Schluss gemacht.

Kapitel 39

Alex

16. September 1993

Die ersten anderthalb Wochen des neuen Semesters waren vorbei und zu meiner Freude belegten Sheila und ich einige Seminare zusammen. Im Camp hatten wir abends oft mit Mike und Spencer am Strand gesessen und Musik gemacht. Es war mir immer noch unbegreiflich, dass wir uns so super verstanden. Wir fuhren auf die gleichen Bands ab, waren kaffeesüchtig, liebten Schokocookies ... *Ja okay, wer liebt sie nicht?...* und waren ganz wild auf die Serie Akte X.

Jetzt lag ich gelangweilt zu Hause auf dem Sofa und starrte die Wand an. Mike und Spencer waren seit vier Tagen mit ihrer Studiengruppe in New York und würden erst am Samstag zurückkommen. Sheila war bei ihrem Cousin und hatte im Anschluss einen Babysitterjob. Mir fiel allmählich die Decke auf den Kopf.

Zuvor hatte ich immer genug Ablenkung, um den Gedanken an Tobi mit schöner Regelmäßigkeit beiseitezuschieben. Seit der Geschichte mit Bethany hatte ich ihn nicht mehr gesehen. Er hatte mich mit der Information, dass er sich getrennt hatte, einfach so im

Regen stehen lassen. Ohne, dass ich wusste, was mir das sagen sollte. *Ich werde noch verrückt.*

Ich sprang auf. Ich brauchte Ablenkung. Musik. Bier. Irgendwas. Im ›Maxdon‹, einem angesagten Club in der Stadt, fand heute Abend ein Live Konzert statt und ich beschloss kurzerhand hinzufahren. Ich hübschte mich auf und nahm dann den Bus.

Es war schon dunkel, als ich eintraf. Vor dem Gebäude tummelten sich viele junge Frauen mit ihren Drinks unter bunten Lichterketten. Die Kerle standen an ihren Motorrädern und Autos, rauchten und genossen ihr Bier. In London war ich oft mit Eric in Clubs gegangen und hatte auf seinen Schultern sitzend die Bands bejubelt, schoss es mir durch den Kopf. Wehmut überkam mich, doch ich drängte den Schmerz und die Sehnsucht nach ihm hinter die Mauer zurück zu all den anderen Gefühlen, die Eric in mir ausgelöst hatte.

Ich schlenderte durch den langen Eingangsbereich an den Toiletten vorbei und bahnte mir einen Weg zur Bar, um ein Bier zu bestellen. Vor der Theke angekommen schnappte ich nach Luft wie ein Fisch auf dem Trockenen. Hinter dem Tresen stand er. Tobi. Ich gab mir alle Mühe gelassen zu bleiben, doch mein blödes Herz war nicht gewillt mitzuspielen und schlug wie wild in meiner Brust. Mike hatte mal erwähnt, dass Tobi öfters in verschiedenen Clubs arbeitete.

Aber ausgerechnet hier? Heute? Okay, Alex, cool bleiben! Ich bekomm das hin!

Ich legte ein breites Grinsen auf und stützte mich betont locker mit dem Ellbogen auf der Theke ab. »Ein Heineken, bitte.«

Tobi sah zu mir auf und sein Gesicht versteinerte. Wortlos zog er eine Flasche aus dem Kühlschrank, öffnete sie und stellte sie etwas zu schwungvoll vor mir ab. Das Bier schäumte und von ihm kam kein Wort, im Gegenteil. Er wandte sich ab. *Echt jetzt?*

Frustriert knallte ich das Geld auf die Theke, schnappte mir das Bier und stapfte verärgert wieder nach draußen. Er hätte sich wenigstens ein ›Hallo‹ abringen können. Trotz dem ganzen Scheiß waren wir doch zumindest Freunde, oder nicht?

Vor der Tür bog ich auf einen schmalen Weg neben dem Club ein, der in einer kleinen Grünanlage mündete und trat durch eine Lücke zwischen zwei mannshohen Hecken. Die von Büschen umschlossene Nische mit der Parkbank gab es also noch, stellte ich zufrieden fest. Ich setzte mich auf die Lehne der Bank, postierte meine Füße auf der Sitzfläche und nahm einen großen Schluck. Die Musik der Band drang aus dem Club und erfüllte die Nachtluft. Früher hatten wir oft hier gesessen, der Musik gelauscht und unsere eigene kleine Party gefeiert. Ich weiß nicht, wie oft wir uns abends rausschlichen, um uns an diesem Ort zu treffen. Traurigkeit überfiel mich. Damals war alles leichter.

Ein Rascheln, riss mich aus meinen Gedanken und ich sah auf. Da stand er. Mit diesem Blick, der mir weiche Knie bereitete, die Hände tief in den Hosentaschen vergraben. Ich stellte bei dem Anblick fest, dass ich ihn schmerzlich vermisst hatte. Mein Herzschlag wurde wieder zu diesem wilden Hämmern, wie bei unserer Begegnung am Tag meiner Rückkehr.

»Ich habe dich gesucht.«

So einfach kam er mir nicht davon. Mein Magen hüpfte nervös und ich war bemüht das Pokerface aufrechtzuerhalten.

»Tja, dann hast du mich wohl gefunden. Herzlichen Glückwunsch.«

Tobi verringerte die Distanz zwischen uns. Die Hitze, die uns umgab, schien nahezu zu knistern.

»Warum will ich immer mit dir schlafen, wenn ich dich sehe?«, raunte er heiser wie zu sich selbst und kam noch näher.

Verdammt! Das Einzige, das uns trennte, war die Sitzfläche der Bank und das war eindeutig zu viel.

»Weil du es kannst«, flüsterte ich kaum hörbar.

Hastig nahm er mir das Bier ab und stellte es zur Seite. Er zog mich von der Bank hoch und ich warf mich ihm entgegen. Seine muskulösen Arme fingen mich auf, pressten mich an seinen festen Körper und sein Mund nahm mich mit einem tiefen Knurren ein.

Er kam über mich wie ein Sturm, der über dem Land wütete und alles mit sich fortriss, was ihm im Weg stand. Entlud sich in einem gewaltigen Gewitter und strich dann wie eine leichte Brise durch die Täler. *Poetisch, oder?* Eigentlich hatte er mich an den Hüften gepackt, meinen Rock hochgeschoben und mir regelrecht den Verstand herausgevögelt, bis er mit einem gewaltigen Stöhnen kam und sich dann erschöpft auf die Bank gleiten ließ.

Matt saß ich auf seinem Schoß und legte mein heißes Gesicht an seine Brust. Er küsste meine Stirn, fischte eine Zigarette aus seiner Hose und zündete sie an. Sanft strich er mit der Hand über meinen Rücken und rauchte schweigend.

Dann durchbrach er die Stille und fing leise an zu sprechen. »Wir dürfen das hier nicht mehr tun, Kleines. Als mir klar wurde, dass wir beide ... Ich meine, dass du es die ganze Zeit warst ...« Er stockte. »Das dürfen wir Mike nicht antun.«

Ich schüttelte den Kopf. »Aber Mike und ich sind nicht einmal zusammen. Wir sind Freunde!«

Zugegeben, ich habe Mike in dem Glauben gelassen, dass aus uns ein Paar wird, aber ich kann es ihm erklären. Mit ihm reden. Er wird nicht begeistert sein, aber irgendwann wird er es verstehen.

»Das spielt keine Rolle, Kleines. Weißt du, warum er heute so super aussieht? Nachdem du fort warst, hat er jeden verdammten Tag trainiert. Er hat seine Ernährung umgestellt, um an Masse zuzulegen. Hat etliche, teils schmerzhafte Prozeduren bei verschiedenen Ärzten über sich ergehen lassen, um die Akne loszuwerden. Hat sich umgestylt und an seinem Selbstbewusstsein gearbeitet. Jede einzelne deiner Karten hat ihn bestärkt, nicht aufzugeben. Er hat etwas aus sich gemacht. Deinetwegen!«

»Meinetwegen?«, echote ich perplex und richtete mich auf.

Tobi nickte zustimmend. »Seit du ihm damals gesagt hast, dass du ihn liebst, war das seine Motivation. Er wollte die Chance mit dir. Wollte dir die bestmögliche Version seiner selbst an die Seite stellen, wenn du zurückkehrst. Damit du dich nie für ihn schämen musst. Es war hart für ihn, als du fort warst. Ich kann ihm das jetzt nicht wegnehmen.«

Ein dicker Kloß schnürte mir den Hals zu.

»Aber ich habe mich nie für ihn geschämt! Ich habe ihn immer so geliebt, wie er war«, sagte ich leise.

»Ich weiß. Aber er war wie besessen davon, gut für dich auszusehen. Er hätte nach seiner Verwandlung viele Dates haben können ... Er hat immer abgelehnt!«, erzählte er weiter.

»Das wusste ich nicht.«

»Woher solltest du auch.« Er zog mich an sich und vergrub sein Gesicht in meiner Halsbeuge. »Es war nicht vorgesehen, dass ich mich in eine geheimnisvolle Fremde verliebe, die sich als meine ›kleine Schwester‹ entpuppt. Es würde ihn umbringen, wenn er es wüsste. Das würde er uns nie verzeihen, Alex. Das weißt du! Ich bin sein scheiß Bruder ...«

Ich wollte etwas erwidern, protestieren, aber Tobi legte mir eine Hand an die Lippen.

»Ich weiß, du liebst ihn, Kleines. Und er liebt dich. Besser kann es doch nicht sein. Ich werde euch nicht mehr dazwischenfunken.« Seine Lippen fuhren zärtlich über meine, ehe er sich von mir löste.

Ich hielt ihn fest und sah ihn eindringlich an.

»Ja, es stimmt. Ich liebe Mike, er ist mein bester Freund. Aber das, was ich für dich empfinde, ist mehr als das!« Sanft berührte ich seine Wange. »Aus Mike und mir wird kein Paar, selbst wenn du dich zurückziehst. In den letzten fünf Jahren ist viel passiert und wir sind nicht mehr dieselben. Du nicht, Mike nicht und ich auch nicht. Es wäre falsch mit Mike eine Beziehung einzugehen, nur um ihn nicht zu enttäuschen. Das muss dir doch klar sein?«

Jetzt, da ich es laut aussprach, wurde mir deutlich, dass es stimmte. Mike und ich, das war ein Traum der sechzehnjährigen Alex gewesen, an dem ich mit aller Gewalt festgehalten hatte. Seitdem war viel geschehen.

Ein Seufzen entkam ihm. »Wenn er erfährt, dass du und ich ...« Seine Hand legte sich in meinen Nacken und er schüttelte den Kopf.

»Er muss es nicht erfahren«, flüsterte ich. »Noch nicht. Irgendwann wird sich der passende Zeitpunkt ergeben.«

Würde er das wirklich? Bestimmt! Wir werden es ihm bald erklären und er wird es irgendwie verstehen. Das muss er einfach.

»Okay.«

Die Antwort kam so leise, dass ich nicht sicher war, ob ich richtig gehört hatte. Doch dann zog er mich wieder fest in die Arme und küsste mich.

Kapitel 40

Alex
18. September 1993

Heute würde Mike von seiner Studienfahrt zurückkommen. Ich lief in der Küche herum und bereitete alles vor. Wir hatten uns zum Essen bei mir verabredet und ich hatte schon den Tisch gedeckt, den Wein kaltgestellt und die Lasagne stand zum Warmhalten im Ofen.

Ich war nervös. Tobi und ich hatten uns entschieden, es miteinander zu versuchen. Damit hielt ich etwas Elementares vor Mike geheim und so richtig wohl war mir dabei nicht. Mir war klar, dass ich den geeigneten Zeitpunkt erwischen musste, um ihm die Wahrheit zu sagen, wenn ich unsere Freundschaft nicht verspielen wollte. Außerdem war es nicht allein meine Entscheidung. Tobi hatte auch ein Wörtchen mitzureden.

Es klopfte an der Tür und ich öffnete mit pochendem Herzen. Mike kam mit einem großen Schritt auf mich zu und wirbelte mich herum, wobei er die Tür hinter sich zuwarf. Ich lachte und drückte ihn an mich.

»Ich habe dich vermisst!«, raunte er an meinem Ohr. Sein Atem kitzelte.

»Ich dich auch«, gab ich zurück und vergrub mein Gesicht an seiner Schulter.

Seine Lippen fuhren von meinem Ohr über meinen Hals und seine Hände wanderten zu meinem Hintern.

Was wird denn das? Hallo?

Ich hob den Kopf und sah ihn prüfend an. Ich stand mit dem Rücken zur Tür und Unbehagen breitete sich in mir aus. Seine grünen Augen schienen sich verdunkelt zu haben und sein Mund war halb geöffnet. Ich schluckte nervös und ehe ich in der Lage war zu reagieren, legte er seine Lippen fest auf meine. Er schob seine Zunge fordernd in meinen Mund und presste mich mit seinem Körper gegen die Tür. Nichts daran war sanft oder liebevoll. Es war übergriffig.

Was soll das?

Ich drehte den Kopf zur Seite und drückte mit den Händen gegen seine Brust, um ihn auf Abstand zu bringen.

»Mike!«, brachte ich nach Luft ringend heraus.

»Komm schon«, raunte er. Seine Hand schob sich unter mein Shirt und griff unsanft nach meiner Brust. So, als hätte ich ihn angespornt. Sein Unterleib presste sich schmerzhaft gegen mich und er stöhnte an meinem Hals auf, bevor er wieder versuchte, mich zu küssen. Beklemmung stieg in mir auf.

Die Situation lähmte mich regelrecht, verwirrte mich. Was war los mit ihm?

Das ist nicht okay! Er muss aufhören! Ich will das nicht! Verdammt!

Mit aller Kraft stieß ich ihn von mir. »Hör auf damit, Mike! Was soll der Scheiß?« Ich zitterte.

Sein Blick hatte etwas Forderndes, Trotziges. Er trat auf mich zu und packte meine Oberarme.

»Du willst es doch genauso wie ich, Alex«, stieß er ungeduldig hervor und machte Anstalten mich wieder zu küssen.

Reflexartig riss ich meine Hand nach oben und ohrfeigte ihn mit voller Wucht, dann befreite ich mich und brachte Abstand zwischen uns.

»Raus, sofort! Verschwinde!«, schrie ich den Tränen nahe. Mein Herz schlug so schnell, dass ich überzeugt war, kurz vor einem Kollaps zu stehen. Meine Hände zitterten unkontrolliert.

Mike sah mich wie vom Donner gerührt an. Als hätte ich ihn soeben aus einer Trance gerissen. Dann verließ er fluchtartig mein Haus. Die Tür flog krachend hinter ihm zu. Ich schluchzte auf und sank auf die Knie. Vergrub mein Gesicht in den Händen und heulte.

»Alex, was ist passiert? Du hast mir am Telefon Angst gemacht.« Sheilas Tasche fiel geräuschvoll zu Boden und sie zog mich sofort in eine feste Umarmung.

Neue Tränen liefen über meine Wangen und ich klammerte mich zitternd an sie. Ich hatte Sheila vor einer halben Stunde angerufen und sie gebeten zu kommen. Ich musste mit jemandem reden und wollte im Moment auf keinen Fall allein sein. Die Situation mit Mike hatte mich überfordert und verletzt. Ich fühlte mich benutzt. Tobi konnte ich nicht anrufen. Er war genau der Falsche in diesem Moment. Mike war sein Bruder und das hätte alles noch komplizierter gemacht. Sheila löste sich von mir und schob mich sanft ins Wohnzimmer, wo sie mich aufs Sofa bugsierte.

»Was ist los? Bist du okay?« Besorgnis zeichnete sich auf ihrem Gesicht ab.

Ich schüttelte den Kopf. »Nicht wirklich.«

Dann erzählte ich ihr, was zwischen Mike und mir vorgefallen war sowie alles andere. Es sprudelte aus mir heraus wie aus einer Limoflasche, die man zu lange geschüttelt hatte. Ich berichtete ihr von London und meiner Beziehung zu Eric, wie ich Tobi hier wieder getroffen hatte und mit ihm schlief, ohne zu wissen, dass er es war. Wie wir es im Camp herausfanden und uns schlussendlich entschlossen, es miteinander zu versuchen. Aber auch, was Tobi mir über Mike erzählt hatte.

»Das Schlimmste ist, dass ich ihn bis heute in dem Glauben gelassen habe, wir beide hätten eine Chance. Ich bin also selbst schuld an allem.« Verzweifelt wischte ich mir die Tränen von den Wangen.

Sheila schüttelte ihre roten Locken und umfasste meine Schultern. »Bullshit! Nichts davon gibt ihm das Recht, einfach über dich herzufallen. Wir sind doch nicht in der Steinzeit, wo man Frauen eins überbrät und sie in eine Höhle schleift. Es ist nicht deine Schuld, Alex! Okay? Das hat Mike ganz allein verbockt.«

Mir war immer noch übel, wenn ich daran dachte, wie aufdringlich er geworden war.

»Ich weiß, aber ich frage mich, wo das so plötzlich herkommt. Er ist überhaupt nicht der Typ für so eine Aktion. Mike kann eigentlich keiner Fliege etwas zu leide tun und er ist mehr der Verständnisvolle und Zurückhaltende. Kein Aufschneider oder Draufgänger.«

»Ich weiß es nicht. Auf mich hat er auch nicht den Eindruck gemacht, dass er zu so etwas fähig wäre. Aber ich kenne ihn auch nicht so gut wie du.«

Ich wischte mir mit dem Ärmel über die Augen, dann atmete ich tief durch. »Ich hab keine Ahnung, was ich jetzt machen soll.«

»Wirst du es Tobi sagen?«

Bei dem Gedanken daran wurde mir schlecht.

»Auf keinen Fall! Sie sind Brüder. Das gäbe eine Katastrophe ...«

»Dann bleibt nur, ihm aus dem Weg zu gehen.«

Ja, das war das Beste. Ich musste versuchen, es zu vergessen und ihn von mir fernhalten.

»Was riecht hier eigentlich so gut?« Sheila sah sich um.

Die Lasagne! Sie war immer noch im Ofen.

»Oh Gott!« Ich sprang auf und lief in die Küche, Sheila folgte mir auf dem Fuße.

Ich holte die Auflaufform aus dem Ofen und stellte sie auf den gedeckten Küchentisch. Die Lasagne sah gut aus und roch fantastisch. Sofort machte sich mein Magen bemerkbar, denn ich hatte über den Tag nichts gegessen.

»Wie sieht's aus? Hast du Hunger?«

»Ich dachte schon, du fragst nie!« Sie setzte sich an den Tisch und schaufelte uns jeweils eine große Portion auf den Teller. Ich holte den Wein und wir ließen es uns schmecken.

»Sag mal, hast du eigentlich Fotos von deiner Zeit in London?« Sheila sah neugierig von ihrem leergeputzten Teller auf und nahm einen Schluck Wein.

Ich überlegte einen Moment, wo ich sie verstaut hatte und nickte dann. »Klar, einen ganzen Haufen. Willst du sie sehen?«

»Sonst hätte ich nicht gefragt oder?«

Ich bedeutete ihr, mir zu folgen. »Ich hab alles in meinem Musikzimmer verstaut.«

Sheila schnappte sich Weinflasche nebst Gläser und trottete hinter mir die Treppe rauf. Sie ließ sich in einen meiner Sessel plumpsen, während ich die Fotoumschläge herauskramte. Bisher war ich nicht dazu gekommen, Fotoalben dafür anzulegen. Daher legte ich ihr einen riesigen Packen Fototaschen auf den Tisch und griff zu meinem Glas.

»Hier, tob dich aus.«

Ihre Augen weiteten sich. »Wow, da ist aber was zusammengekommen!« Sie öffnete den ersten Umschlag und zog einen Stapel heraus. Dann pfiff sie anerkennend durch die Zähne.

»Was?« Ich beugte mich vor, um einen Blick auf das Bild zu erhaschen, da drehte sie es schon zu mir um.

»Wer zum Henker ist denn dieses heiße Exemplar von einem Kerl?«

Auf dem Foto war der Zebrastreifen auf der Abby Road zu sehen, der auf einem der bekannten Beatles Cover verewigt war. Breitbeinig, in Lederjacke, mit zerzaustem blonden Haar und dem sexy Strahlemann-Lächeln stand Eric auf der Straße. Ein kleiner Stich fuhr mir durchs Herz und ich schluckte schwer. Das Foto war drei Monate vor meiner Heimreise entstanden. An diesem Tag waren wir mit seiner Harley unterwegs gewesen. Nach der Fotosession auf der Abby Road hatte es angefangen, wie aus Eimern zu regnen und wir flüchteten klatschnass in einen halb überdachten Hinterhof.

Eric hatte mich geküsst. »Ich liebe Dich Pen.«

Seine stahlblauen Augen ließen mich nicht los und mein Herz hatte tausend kleine Salti geschlagen vor Glück. Und dennoch war ich ihm die einzig wahre Antwort schuldig geblieben.

Kurz darauf war es zu unserem Streit gekommen und er kam mit Sam zusammen. Mein Herz blutete, wenn ich an diesen Tag zurückdachte. In mir erwachte der Wunsch, ihn rückgängig machen zu können.

»Erde an Alex!«, riss Sheila mich aus den Erinnerungen. »Was ist los? Du siehst aus wie ein Huhn, wenn es donnert.«

»Kuh«, gab ich automatisch zurück.

»Was?« Irritiert sah sie mich an.

Ich lachte. »Wie eine Kuh, wenn es donnert.«

»Bist du sicher?«. Sie betrachtete mich skeptisch. »Egal. Wer ist dieser Typ?« Sie wedelte mit dem Foto vor meiner Nase herum.

Ich seufzte. »Das ist Eric.«

»Halt die Klappe! Im Ernst? Das ist der Kerl, mit dem du zusammengewohnt hast? Mit dem du dein erstes Mal hattest? Mit dem du über zwei Jahre ... du weißt schon! Der Eric?«

Ich nickte stumm.

»Warum zum Teufel bist du zurückgekommen? Ich glaube, dir ist doch was vor die Birne geknallt.« Verständnislos schüttelte sie den Kopf. »Der Mann ist ein Adonis und den lässt du zurück?«

Eric war noch so viel mehr, aber Sheilas Frage war berechtigt. Jetzt, da er einen Kontinent von mir entfernt war, fand ich keine vernünftige Antwort darauf. Ja, ich hatte Jahre zuvor ein Versprechen gegeben, das ich mit meiner Rückkehr eingehalten hatte. Doch das kam selbst mir mittlerweile dumm vor.

»Jedenfalls ist mir jetzt klar, warum dich Tobi so anmacht«, erklärte sie und trank ihren Wein aus.

Ich runzelte die Stirn. »Ach ja?«

»Klar, sieh doch hin! Tobi ist eine Oceanside-Version von Eric. Das blonde Haar, der Bikerlook, die Harley und der definierte Body. Wenn Tobi jetzt noch Tattoos hätte ...« Sie zuckte mit den Schultern. »Die beiden würden eher als Brüder durchgehen als Mike und Tobi.«

Ich nahm ihr das Foto aus der Hand und betrachtete es. Wieder dieser Stich in meinem Herzen.

Hat Sheila recht? Nein. Die beiden sind total verschieden. Obwohl äußerlich – nein, da ist Eric viel ... Und wenn schon! Das ist nicht der Grund, warum ich mit Tobi zusammen bin. Ist er nicht. Oder? Nein. Verdammt!

»Hier ist der Anschluss von Eric McDermott. Keiner da, also sprich jetzt oder schweig für immer!«

Ich starrte unschlüssig den Telefonhörer in meiner Hand an, dann räusperte ich mich.

»Hey! Ich bin es, Pen. Ich wollte nur mal deine Stimme hören und fragen, wie es dir geht. Ich musste an dich denken. Ich vermisse dich, Eric. Vielleicht erwische ich dich ja ein anderes Mal. Ich ... hab dich lieb!«

Ich legte den Hörer auf und schlagartig breitete sich eine schmerzende Leere in mir aus. Am liebsten hätte ich sofort wieder angerufen, nur um seine Stimme noch einmal zu hören. Ich schluckte hart, denn ich vermisste ihn wirklich. Auch, wenn ich das in den letzten Wochen immer wieder verdrängen konnte.

Das Foto hatte mich doch mehr aus der Bahn geworfen, als ich Sheila gegenüber hatte zugeben wollen. Ich fragte mich, ob ich Eric eine Antwort schuldig geblieben wäre, wenn ich vorher gewusst hätte, dass aus Mike und mir nichts werden würde. Womöglich hätte ich ihn dann gebeten, mich zu begleiten. Einfach mit mir zu kommen.

Nein! So durfte ich nicht denken, das war Tobi gegenüber nicht fair. Sheila hatte mich mit ihrem Vergleich der beiden völlig durcheinandergebracht. Ich war jetzt mit Tobi zusammen. Es war nicht einfach, aber ich wollte es mit ihm versuchen. Zwischen uns hatte es in jener Nacht gefunkt, auch wenn ich da noch nicht wusste, wer er war. Außerdem hatte Eric jetzt Sam und das musste ich akzeptieren.

Selbst, wenn es mir schwerfiel.

Kapitel 41

Alex
20. September 1993

»Das war so cool! Die Aufnahme wird der Hammer«, schwärmte Sheila, als wir zwei Tage später in ihrem Auto saßen. Wir waren zusammen mit Milo im Aufnahmestudio auf dem Campus gewesen, um Sheilas neuen Song aufzunehmen. Es war spät geworden und sie hatte darauf bestanden, mich nach Hause zu fahren. Es hatte wahnsinnigen Spaß gemacht mit den beiden.

»Dein Song ist ja auch echt spitze. Das wird garantiert ein Hit.«

»Halt die Klappe! Du machst mich noch verlegen. Ohne euch wäre er nur halb so gut.« Sie hielt den Wagen an der Bordsteinkante und eine steile Falte erschien auf ihrer Stirn. »Scheint, als hättest du Besuch.«, sie deutete mit dem Kinn zu meinem Haus.

Ich folgte ihrem Blick. Tatsächlich saß dort jemand in der Dunkelheit auf den Stufen meiner Veranda. Ich erkannte ihn gleich und ein nervöser Knoten bildete sich in meinem Magen.

»Soll ich mitkommen? Oder hier warten?«, bot sie leise an.

Ich atmete tief durch und sah sie dankbar an. »Schon gut. Fahr ruhig heim, ich schaffe das.«

Sie musterte mich skeptisch, dann nickte sie. »Gut, aber wenn irgendetwas ist, ruf mich an. Egal, wie spät es ist.«

»Danke.« Ich umarmte sie und stieg dann hastig aus dem Auto, bevor ich es mir anders überlegte.

Langsam ging ich über den Rasen zu meiner Veranda. Sofort sprang die Lampe mit dem Bewegungsmelder an und tauchte den Vorgarten in ein helles Licht. Mike stand auf und sah mir schuldbewusst entgegen, in der Hand eine einzelne Sonnenblume. Meine Lieblingsblumen.

Ich blieb in sicherer Entfernung vor ihm stehen und verschränkte die Arme vor der Brust. »Was willst du hier?« Mein Herz schlug mir bis zum Hals.

Mikes Gesichtsausdruck glich dem eines getretenen Hundes. Mit hängenden Schultern trat er einen Schritt auf mich zu. Ich hatte Mühe, nicht zurückzuweichen.

»Lexi, ich ... es tut mir so leid! Ehrlich. Ich weiß nicht, was in mich gefahren ist.« Er hob in einer verzweifelten Geste die Hände.

Ich schüttelte den Kopf. »Du hast mich bedrängt und du hast mir Angst gemacht, Mike!«

»Ich weiß. Ich war nicht ich selbst. Du weißt, dass ich sonst nicht so bin, du kennst mich! Besser als sonst jemand.« Er suchte meinen Blick und ich sah die Qual, die Schuldgefühle in seinen Augen. Die Tränen, die sich unaufhaltsam ihren Weg über seine Wangen bahnten.

Ein Kloß bildete sich in meinem Hals und meine innere Abwehr bröckelte. Er hatte ja recht. Ich wusste, dass er nicht so war und sein Verhalten war mir ebenso unerklärlich gewesen wie ihm selbst.

»Es tut mir wirklich von Herzen leid! Das musst du mir glauben, Lexi«, flehte er. »Ich kann verstehen, wenn du mich jetzt hasst und nichts mehr mit mir zu tun haben willst. Ich wollte dir das nur sagen. Es tut mir leid!« Er legte die Sonnenblume auf das Geländer der Veranda und war gerade im Begriff an mir vorbeizugehen, da hielt ich es nicht länger aus. Ich griff nach seinem Handgelenk.

»Ich hasse dich nicht«, flüsterte ich und es war die Wahrheit. Ich könnte ihn niemals hassen.

Mikes geröteter Blick schnellte hoffnungsvoll zu mir und offenbarte den verletzlichen Jungen von früher, der auch jetzt noch in ihm steckte. Ich schluckte gegen die aufsteigenden Tränen an und zog ihn sanft in die Arme. Ein Schluchzen erschütterte seinen Körper und ich drückte ihn etwas fester.

»Mach das nie wieder, okay?«, krächzte ich an seinem Ohr.

»Versprochen!«, kam seine erstickte Antwort und ich wusste, er meinte es ernst.

Kapitel 42

Alex
22. Oktober 1993

Dafür, dass wir so ein großes Geheimnis daraus machten, sah ich Tobi verdammt selten. Wahrscheinlich wäre es niemandem komisch vorgekommen, wenn er jedes zweite Wochenende einfach bei mir geklingelt hätte, anstatt sich wie ein Dieb durch die Hintertür zu schleichen. Früher hatten wir uns weitaus öfter gesehen und waren nur Freunde gewesen.

So hatte ich mir meine ›Beziehung‹ mit ihm nicht vorgestellt. Tobi arbeitete lange und unter der Woche war er danach so fertig, dass er gar nicht mehr nach Oceanside kam, sondern in der WG bei Jackson blieb. Ein Telefonat war dann das Höchste der Gefühle. An jedem zweiten Wochenende jobbte er weiterhin in verschiedenen Clubs. Immer häufiger kam ich mir vor wie sein kleines schmutziges Geheimnis und das war ich wohl letztlich auch. Zumindest solange wir Mike nicht endlich die Wahrheit sagten.

»Gehen wir nach oben?« Tobis Arme legten sich von hinten um meine Mitte und seine Lippen fuhren über die empfindliche Stelle hinter meinem Ohr. Ich seufzte und stellte den Teller ab, den ich gerade abtrocknete.

»Meinst du nicht, wir sollten es ihm langsam sagen?«, wagte ich, das Thema erneut anzusprechen. Er stöhnte und rückte von mir ab.

»Wir haben uns fast zwei Wochen nicht gesehen und du willst jetzt darüber reden?« Er klang genervt.

Das ärgerte mich. Es war immer das Gleiche.

»Das sagst du jedes Mal, Tobi! Irgendwann müssen wir darüber sprechen. Das Thema ist nicht vom Tisch, nur weil wir vögeln.«

»Ich habe dir gesagt, es ist noch zu früh«, gab er bockig zurück und nahm sich ein Bier aus dem Kühlschrank.

Ich atmete tief durch. Dieses Gespräch schien immer wieder dasselbe zu sein und es ermüdete mich.

»Wann ist denn deiner Meinung nach der richtige Zeitpunkt? An unserem ersten Jahrestag? Wenn Mike mit dem College fertig ist? Wenn du für dich entschieden hast, dass ich es dir überhaupt wert bin?« Wütend warf ich das Geschirrtuch auf den Tisch.

Er sah abrupt von seinem Bier auf und seine Miene wurde weicher. »Natürlich bist du es mir wert, Kleines.« Er zog mich an seine Brust. »Aber ich weiß auch, dass er es nicht gut aufnehmen wird. Davor habe ich Angst. Du weißt selbst, wie sensibel er ist.« Er strich mir über die Wange und sah mich eindringlich an.

Ja, das weiß ich. Verdammt.

Ich schüttelte frustriert den Kopf. Das war doch alles scheiße. Diese ganze Situation war eine Zumutung.

»Es wird doch nur schlimmer, je länger wir damit warten. Was meinst du, wie er sich fühlt, wenn er begreift, wie lange das mit uns schon geht? Du bist ja so gut wie nie hier. Ich bin diejenige, die ihm jeden Tag in die Augen sehen muss und nichts sagen darf, obwohl ich seine beste Freundin bin und wir nie Geheimnisse voreinander hatten. Weißt du, wie schwer das für mich ist?«

»Du hast ja recht! Ich mute dir wirklich viel zu und es tut mir leid, Kleines. Wir werden es ihm bald sagen. Wie wäre es in den Weihnachtsferien? Dann haben wir einige freie Tage zusammen und können alles in Ruhe klären.« Sein Blick wirkte aufrichtig.

Ein Anflug von Erleichterung überkam mich und ich nickte zustimmend. Bis dahin waren es etwa neun Wochen. Das würde ich irgendwie hinbekommen, wenn dann endlich alles vorbei war.

»Das klingt vernünftig«, willigte ich ein.

Kapitel 43

Tobi

20. November 1993

Ich lag rücklings auf Alex Bett und genoss ihren Anblick. Sie saß nackt auf mir, die Lippen leicht geöffnet. Ihre Haut war von einem dünnen Schweißfilm überzogen und ihre erhitzten Wangen leuchteten rosa. Gott, wie mich das anmachte. Sie hob ihr Becken und ließ mich unter Stöhnen ein weiteres Mal tief in sie eindringen, was mich bis an den Rand meines Höhepunktes brachte. Nur noch ein Stoß und …

»Lexi? Bist du da?«

Wir erstarrten zeitgleich in der Bewegung und sahen uns mit weit aufgerissenen Augen an.

»Die Hintertür stand offen. Bist du schon zu Hause? Lexi?«

Verfluchte Scheiße! Ich schob sie ruckartig von mir und sprang auf. Panisch sah ich mich nach meinen Sachen um und überlegte fieberhaft, was ich tun sollte. Alex stand auf, wickelte sich in ein Handtuch und gab mir ein unmissverständliches Handzeichen, mich nicht vom Fleck zu rühren. Dann schlenderte sie auf den Flur und schloss die Tür hinter sich.

»Hey Mike, ich bin oben. Ich wollte gerade unter die Dusche. Ist irgendwas?« Sie schien am Treppenabsatz zu stehen.

»Ich dachte schon, du hättest ungebetenen Besuch. Weil die Hintertür offenstand. Ich wollte nur nach dem Rechten sehen.«

»Ach, diese blöde Tür schließt manchmal nicht richtig. Ich habe nicht darauf geachtet, als ich wiedergekommen bin. Danke, dass du nachgesehen hast!«

»Seid ihr schon durch mit der Probe? Dann kannst du ja doch noch mit ins ›Maxdon‹ kommen. Du kannst ja Sheila anrufen, Spencer kommt auch.«

Hoffnung lag in seiner Stimme und mir drehte sich der Magen um. Nicht auszudenken, wenn er uns erwischt hätte.

»Ich gehe jetzt duschen und danach rufe ich Sheila an. Ich gebe dir dann später Bescheid«, gab sie diplomatisch zurück. Sie schien so abgeklärt zu sein. Ich war innerlich ein Wrack, wenn ich daran dachte, dass er um ein Haar hier heraufspaziert wäre.

»Okay, bis später«, rief er gutgelaunt.

Ich ließ mich auf der Bettkante nieder und versuchte, mein rasendes Herz unter Kontrolle zu bekommen. Die tiefe Entspannung, in der ich mich vor fünf Minuten noch befunden hatte, war dahin. Einen Augenblick später kam Alex ins Zimmer zurück und warf mir einen vorwurfsvollen Blick zu.

»Du hast die Hintertür offengelassen!«

»Das ist es, was dir Sorgen bereitet? Mike hätte uns fast ...«

»Eben«, fuhr sie dazwischen. »Hättest du die Tür richtig verschlossen, wäre er nicht einfach hier hereinmarschiert. Ich habe dir gesagt, wir müssen ihm die Wahrheit sagen. Dann gäbe es dieses Theater überhaupt nicht!«

Sie sah wütend aus, doch erst jetzt bemerkte ich, wie ihre eben noch so coole Fassade bröckelte. Sie zitterte.

Ich trat auf sie zu und zog sie in meine Arme.

»Hey, es tut mir leid. Nächste Woche ist schon Thanksgiving, dann sind es nur noch vier Wochen. Ich passe ab jetzt besser auf.«, versuchte ich sie zu beruhigen.

Ehrlich gesagt hatte ich noch immer keine Ahnung, wie wir Mike die ganze Geschichte beibringen sollten. Am liebsten hätte ich es ihm überhaupt nicht gebeichtet. Alex bedeutete mir viel, keine Frage. Aber auch genug, um mich mit meinem Bruder zu überwerfen? War es das wert?

Wenn es jemand wert ist, dann Alex. Aber mal ehrlich, wir sehen uns kaum. Alle zwei Wochenenden, an denen wir es treiben wie die Karnickel ... Das kann man wohl nicht wirklich als Beziehung definieren. Oder? Verflucht, Alex hat etwas Besseres verdient als das hier.

Sie nahm mein Gesicht in ihre Hände. »Ich rufe Mike gleich an und sage ihm, dass ich müde bin und nicht mitgehe. Du bleibst doch noch?«

Hoffnung lag in ihren großen Augen. Ihr Daumen fuhr sanft über meine Unterlippe. Ich küsste zuerst ihn und dann sie.

Verflucht! Wir werden zusammen untergehen.

Kapitel 44

Alex

24. November 1993

Am Mittwoch vor Thanksgiving fand auf dem Campus der traditionelle Herbstball statt. Da ich dort leider nicht mit Tobi aufkreuzen konnte, hatte ich Mikes Einladung angenommen. Mir wäre es lieber gewesen, wir hätten ihm die Wahrheit gesagt. Vor allem, nachdem er uns beinahe erwischt hatte, doch Tobi hielt immer noch an seinem Plan fest, es ihm in den Weihnachtsferien beizubringen. Ich widersprach ihm nicht mehr. Die wenige Zeit, die wir aufgrund seines Jobs füreinander hatten, wollte ich nicht mit Diskussionen vertun. Auch wenn mir diese Heimlichtuerei zuwider war. Gott sei Dank waren es bis Weihnachten nur noch vier Wochen. Dann hatte der Spuk endlich ein Ende.

Mike trug einen schwarzen Smoking, der echt heiß an ihm aussah, derweil hatte ich mich für ein schwarzrotes Kleid mit verführerischer Korsage und einem bauschigen Tüllrock entschieden. Dazu trug ich mein langes Haar offen und hatte bloß ein paar Strähnen mit Haarklammern fixiert, damit sie mir nicht ins Gesicht fielen.

Wir waren kaum angekommen, schon packte uns die ausgelassene Stimmung, die in der festlich dekorierten Sporthalle herrschte. Die Musik war laut und tanzbar und es war rappelvoll. Gutgelaunt gaben wir unsere Wertsachen und Jacken an der Garderobe ab und mischten uns unters Volk. Wir tanzten, tranken und unterhielten uns großartig. Sheila war mit Milo gekommen und die beiden richteten sich an der Bar häuslich ein. Spencer tanzte mit einer kleinen Blondine, die sich als Melanie vorgestellt hatte.

»Willst du noch etwas trinken? Ich hol uns was«, rief Mike, um ›Lenny Kravitz‹ zu übertönen, dessen ›Are you gonna go my way‹ durch den Saal schallte.

Ich hüpfte nervös von einem Bein aufs andere.

»Gern, aber ich muss erst für kleine Mädchen.«

»Ich warte an der Bar auf dich«, gab er lachend zurück.

Eilig bahnte ich mir einen Weg zu den Toiletten und stellte ärgerlich fest, dass die Schlange schier endlos war. Ich stöhnte genervt. Auch das noch. Missmutig reihte ich mich ein und versuchte, den Druck auf meiner Blase zu ignorieren.

Vor mir stand Sandy, eine große Brünette mit Zahnspange, die mit Sheila und mir die Vorlesung für Musikgeschichte besuchte. Sie sah mich gequält an.

»Ich hoffe, du musst nicht dringend. Ich stehe hier schon seit zwanzig Minuten.«

»Das ist nicht dein Ernst! Ich pinkle mich gleich ein.« Ich zog eine Grimasse.

Sandy verdrehte die Augen. »Ich halte es auch kaum noch aus.«

Ein großes, sportliches Mädchen kam an uns vorbei, sah Sandy und flüsterte ihr etwas ins Ohr. Sandys Gesichtszüge hellten sich auf. Als die Dunkelhaarige weiterging, sah ich ihr kurz nach. Sie kam mir flüchtig bekannt vor.

Dann griff Sandy grinsend nach meinem Arm und zog mich mit sich. »Komm mit.«

»Was? Nein! Ich muss pinkeln!«, protestierte ich, doch sie zog mich unbeirrt weiter hinter sich her.

Im Gehen erklärte sie verschwörerisch: »In der zweiten Etage haben sie vergessen, die Personaltoiletten zu verschließen.«

Erleichtert folgte ich ihr unauffällig die Treppen hinauf. Tatsächlich waren die Toiletten geöffnet und frei. Wir waren allein.

»Ein Hoch auf den Hausmeister, der uns durch seine Vergesslichkeit, das Pinkeln ermöglicht hat.«

Sandy lachte und ich hörte, dass sie sich schon die Hände wusch. Kurz darauf fiel die Tür zu. Die war ja schnell fertig, wunderte ich mich und trat dann ebenfalls aus der Kabine und benutzte das Waschbecken. Ich sah in den Spiegel, strich mein Kleid glatt und richtete mein Haar ein wenig.

Zufrieden trat ich auf die Tür zu und zog am Türknauf. Nichts. Verschlossen. Ich rüttelte ein wenig fester am Türgriff. Vergeblich. *Echt jetzt?*

Ich stieß ein genervtes Stöhnen aus, stand ratlos im Waschraum und sah mich um. Nach Hilfe zu rufen war sinnlos, bei der lauten Musik, die von der Sporthalle bis zu mir dröhnte, würde mich niemand hören.

Gerade lief ›*With or without you*‹ von ›U2‹ und ich hatte das Gefühl, als wollte mich irgendeine höhere Macht verhöhnen.

Vor drei Jahren hatte ich bei diesem Song in Erics Armen gelegen und den unvergesslichsten Abend meines Lebens verbracht. Nun stand ich hier wieder in einem Ballkleid und dieser Abend würde wohl ebenfalls unvergesslich werden, aber sicherlich aus einem anderen Grund.

Ich sehnte mich in Erics Arme zurück. Wenn ich die Augen schloss, war es beinahe, als könnte ich seinen Duft wahrnehmen. Ich drängte den Kloß in meinem Hals zurück und straffte die Schultern, während Bono unerbittlich weitersang.

Frustriert sah ich aus dem Fenster. Die Toiletten lagen nach hinten raus zu den Grünflächen und dort war weit und breit keine Menschenseele zu sehen. Unmotiviert zog ich mir eine Klammer aus dem Haar und versuchte damit mein Glück an dem Türschloss. Im Kino sah das immer so easy aus. Nachdem ich eine gefühlte Ewigkeit in dem Schloss herumgestochert hatte, gab ich es auf. Wütend schlug ich gegen die Tür, rüttelte daran, schrie und trat zornig dagegen. Nichts davon brachte mich weiter, es steigerte nur meine Wut und meinen Frust.

Welcher blöde, blöde Arsch hat diese doofe Tür abgeschlossen?! Argh!

Ich setzte mich auf einen der Klodeckel, atmete tief durch und wog meine Möglichkeiten ab. Nach einer Weile musste ich feststellen, dass es lediglich zwei Optionen gab. Entweder ich würde hier sitzen und warten bis die Reinigungskräfte am Morgen auftauchten oder ich nahm das Fenster.

Gefrustet stand ich auf, öffnete es und sah eine gefühlte Ewigkeit unschlüssig hinunter. Ich befand mich im zweiten Stock eines Gebäudes mit hohen Decken. Sieben Meter, schätzte ich und das war nicht ohne. Unter dem Fenster verlief eine mannshohe breite Hecke. Rechts neben mir führte ein dickes Abflussrohr nach unten.

Mein Kleid und die hohen Hacken waren nicht unbedingt das perfekte Kletteroutfit ... Entschlossen stieg ich aus meinen High Heels, streifte mir die Nylonstrümpfe ab und stand Barfuß auf dem kühlen Fliesenboden. Ich schälte mich aus meinem Kleid und hatte nur noch Unterwäsche an.

Zu meinem Glück herrschten in Oceanside auch im November milde Temperaturen. In London hätte ich mich jetzt nicht entkleidet, ich fröstelte allein bei dem Gedanken an die kalten Winter in Europa.

Ich steckte die Schuhe in einen der Strümpfe, damit sie nicht verkratzen, wickelte mein Kleid darum und verschnürte das Bündel mit dem zweiten Strumpf zu einem Päckchen, das ich vorsichtig aus dem Fenster auf die Hecke warf.

Dann bin ich jetzt wohl an der Reihe.

Entschlossen setzte ich mich auf die Fensterbank und schwang die Beine über den Rand hinaus. *Hoffentlich hält dieses scheiß Rohr mein Gewicht! Oh Gott, nicht zu viel nachdenken, Alex!*

Mit klopfendem Herzen und einem mulmigen Gefühl in der Magengegend schwang ich mich hinüber zum Rohr und klammerte mich wie ein Äffchen mit

Händen, Knien und Füßen daran fest. Stück für Stück nahm ich den mühseligen Abstieg in Angriff.

Schon nach weniger als der Hälfte der Strecke, bereute ich diese selten dämliche Idee.

Wer wollte, dass ich dieses beknackte Rohr runter klettere? Ach ja, ich!

Das wäre eine super Vorlage für eine von Erics Zeichnungen. Er hätte seine helle Freude daran. Meine Arme und Beine schmerzten höllisch und zitterten unter der Kraftanstrengung, außerdem war ich völlig außer Atem. Mein Herz raste.

Reiß dich zusammen, Montgomery, versuchte ich mir selbst zuzureden. ›Black Widow‹ wäre schon längst unten und zwar mit hohen Hacken und Ballkleid.

Unendlich langsam kletterte ich weiter hinab, bis ich endlich die rettende Hecke unter meinen Füßen ertastete. Erleichtert ließ ich mich hineingleiten und es war mir egal, dass die Äste mir die Haut zerkratzten. Ich fischte nach meinem Kleid, befreite mich aus dem Geäst und ließ mich auf die kühle Wiese fallen. Mein Herz schlug mir bis zum Hals und ich hörte das Blut durch meinen Körper rauschen. Arme und Beine waren wie aus Pudding und ich war von Kopf bis Fuß schweißgebadet. Wahrscheinlich wäre zukünftig etwas Sport doch nicht das schlechteste. Völlig erledigt rang ich nach Luft.

Nachdem ich mich etwas erholt hatte, stand ich mit zittrigen Knien auf und zog mein Kleid wieder an. Ich schlüpfte in die Schuhe und warf die lädierten Nylons in einen der Mülleimer.

Sofort, als ich die Aula betrat, hielt ich nach Mike Ausschau. Doch er war nirgendwo zu sehen. Ich brauchte unbedingt etwas zu trinken. Mit schmerzenden Gliedern stakste ich zur Bar, wo Sheila und Milo sich immer noch nicht vom Fleck gerührt hatten.

»Einen Tequila!«, rief ich und stützte mich auf Sheilas Barhocker auf.

Sie wirbelte zu mir herum und sah mich mit großen Augen an. »Scheiße, da bist du ja! Wo zum Teufel hast du gesteckt? Wir haben dich schon überall gesucht. Mike war echt sauer, dass du einfach abgehauen bist.«

Ich verzog das Gesicht zu einer Grimasse und kippte den Tequila runter, den der Barkeeper gerade vor mir abgestellt hatte.

»Lange Geschichte«, stöhnte ich müde.

»Wie siehst du überhaupt aus? Hast du es in den Rabatten getrieben?« Sie zog mir ein Blatt aus den Haaren und sah mich vorwurfsvoll an.

Gott, ich bin echt am Arsch.

»Schön wär's. Wo ist Mike?«

»Der hat sich von Mona rausschleifen lassen, nachdem er ein paar gekippt hatte.« Sie fing meinen verärgerten Blick auf und zuckte mit den Schultern. »Guck mich nicht so an. Ich konnte ihn nicht davon abhalten, er war echt angepisst. Immerhin warst du fast zwei Stunden weg!«

Bitte was? Zwei Stunden?

So lang war mir diese unsägliche Aktion überhaupt nicht vorgekommen. »Echt jetzt?«

»Ja, echt jetzt. Er ist mit ihr nach draußen. Komm, wir gehen ihn suchen.« Sie hakte sich bei mir unter. Draußen angekommen, liefen wir in eine Truppe Studenten. In einem von ihnen erkannte ich Spencer.

»Hey Alex, da steckst du ja! Mike hat dich schon gesucht! Hi Sheila.«, er lächelte.

»Weißt du vielleicht, wo er ist?«

»Er ist vorhin mit seiner Ex zum Pavillon rübergegangen. Kann noch nicht allzu lang her sein«, gab er bereitwillig Auskunft. »Er war ganz schön voll.« Spencer wirkte besorgt.

»Seiner Ex?« Sheila und ich wechselten einen Blick.

»Ja. Mona.« Er stutzte, als meine Gesichtszüge entgleisten. »Oh scheiße! Du wusstest es nicht, oder? Das ging nicht lange. Sie waren zusammen beim Abschlussball und dann war nach ein paar Tagen Schluss. Nicht der Rede wert, ehrlich«, erklärte er und sah mich zerknirscht an. Ich schüttelte den Kopf.

»Nein, das wusste ich nicht.«

»Oh Mann ... Ich habe auch nie verstanden, warum er sich überhaupt auf sie eingelassen hat. Na ja, es ist schon zwei Jahre her.«

»Danke, Spencer«, murmelte ich und wandte mich ab, um die Wiese in Richtung Pavillon zu überqueren. Sheila folgte mir.

Ich begreife es nicht. Mike und Mona? Igitt! Davon hat er nie etwas erwähnt.

Scheinbar hatte Mona ihn noch nicht abgehakt. Der Abend am Lagerfeuer, die Nummer im Camp, als Mike auf die Bühne gerufen wurde und dass sie ihn jetzt zum Pavillon geschleppt hatte, sprachen eine deutliche Sprache. Empfand Mike etwa genauso für Mona? Wenn das so war, hätte er es mir doch gesagt, oder?

Wir näherten uns dem Baldachin, der fast komplett im Dunkeln lag. Zwei Personen standen dort eng umschlungen und es dauerte nicht lange, bis ich Mike und Mona erkannte.

»Mike?« Langsam stieg ich die Stufen hinauf.

Mit einem Ruck löste er sich von Mona und wirbelte zu mir herum. Er sah aus, als hätte er geweint.

Was zum Teufel ist hier los?

»Ist es wahr?«, schrie er mir entgegen und ich zuckte vor Schreck zusammen.

Hilflos sah ich Sheila an, die mit den Schultern zuckte. »Was? Ich verstehe nicht ...«

Er starrte mich bebend vor Zorn an.

»Du hast die ganze Zeit was mit Tobi gehabt?«

Ich erstarrte und hatte das Gefühl, nicht mehr atmen zu können. Mein Blick fiel auf Mona, die mit einem selbstgefälligen Grinsen neben ihm stand und über seinen Rücken strich.

»Ich wollte es dir sagen, ich ...«, mir versagte die Stimme.

»Es ist also wahr? Nicht, dass du mich die ganze Zeit nur hingehalten hast, du hast auch noch mit meinem Bruder gefickt? Habt ihr euch schön den Arsch über mich weggelacht, als ihr es getrieben habt?« Er lachte verächtlich.

Mir wurde übel und wieder fiel mein Blick auf Monas zufriedenes Gesicht. Da wurde es mir klar. Sie hatte es ihm gesagt. Aus irgendeinem Grund wusste sie es. Nach all den Jahren in der Schule, die sie Mike und mir das Leben zur Hölle gemacht hatte, fing sie, kaum dass ich zurück war, von vorne an? Was war nur los mit ihr? War das ihr krankes Hobby? Sich in unser Leben einzumischen? Eine nur allzu bekannte Hitze stieg in mir auf. Mein Sichtfeld fokussierte sich auf Mona. Alles andere verschwamm und jegliches Geräusch drang nur noch gedämpft zu mir durch, als wäre ich unter Wasser. Meine Hände ballten sich zu Fäusten und ich stürzte auf sie zu. Doch bevor meine Faust ihr Gesicht erreichte, riss etwas hart an meinem Handgelenk und mit einem Schlag sah ich wieder klar.

»Du wirst sie nicht noch einmal schlagen!«, brüllte Mike mir entgegen. »Bekomm endlich diese Scheiße in den Griff, deinetwegen hatten wir früher schon keine Freunde!«

Er ließ mich abrupt los und ich taumelte einen Schritt zurück. Der Schmerz, der mir bei seinen Worten durch den Körper fuhr, wäre nicht brutaler gewesen, wenn er mich geschlagen hätte.

Er nahm Mona am Arm und zog sie mit sich fort. Schluchzend sackte ich in mir zusammen. Am Rande bemerkte ich, wie Sheila sich an meine Seite setzte und ihre Arme tröstend um mich schlang.

Kapitel 45

Eric

24. November 1993

»Hey Alter, mach mal halblang. Was geht denn mit dir ab?« Lenny nahm mir das Whiskeyglas aus der Hand und sah mich stirnrunzelnd an. *Wen interessiert's?*

Ich winkte genervt ab und griff wieder nach dem Glas, doch er gab dem Barkeeper ein Zeichen und der ließ es verschwinden.

»Damn, Lenny, was soll der Scheiß? Ich will meinen Whiskey!« Es fiel mir nicht leicht, vernünftig zu sprechen. Der Alkohol bewirkte, dass sich meine Zunge zu schwer dafür anfühlte.

Lenny griff unsanft nach meinen Schultern und zwang mich, ihn anzusehen.

»Vergiss es, Ric! Du hattest in letzter Zeit genug. Du musst mit der Scheiße endlich aufhören.«

Ich wand mich, denn ich wollte den Bullshit nicht hören. *Damnit!*

»Ich weiß nicht was du meinst«, wich ich aus.

Er schüttelte mich leicht und ich sah ihn aus zusammengekniffenen Augen an.

»Alter, seitdem sie weg ist, flippst du aus und es wird jeden Tag schlimmer. Die Sache mit Sam war auch nicht gerade eine deiner Sternstunden. Du wusstest, er fährt auf dich ab und dennoch benutzt du ihn, um Penny eifersüchtig zu machen. War dir nicht klar, dass du ihm damit das Herz brichst und Penny erst recht einen Grund gibst, zu gehen?«

Meine Brust schmerzte. Ich stieß ein humorloses Lachen aus. Ich hasste es, wenn er Recht hatte.

»Es war eine scheiß Idee, das weiß ich jetzt auch. Aber was soll ich deiner Meinung nach tun? Hm? Sie vergessen?« Ich fuhr mir mit der Hand fahrig durchs Haar. Meine Stimme war nur noch ein Flüstern. »Als hätte ich das nicht versucht.«

»Beweg endlich deinen Arsch und tu etwas dagegen, anstatt dir hier jede Nacht dein Hirn wegzupusten.« Er boxte auffordernd gegen meine Schulter. »Flieg zu ihr. Hol sie dir verdammt nochmal zurück! Was hält dich hier noch? Du wolltest doch immer schon weg.«

Ich schüttelte hoffnungslos den Kopf, wovon mir schwindelig wurde. »Ich glaube nicht, dass ich eine Chance habe, Lenny. Ganz ehrlich.«

Er schnaubte ungehalten und packte mich am Kragen. Sein Blick fand meinen. »Crap! Ich habe euch zusammen gesehen, Alter. Ihr seid wie füreinander gemacht. Du weißt es und sie weiß es auch. Glaub mir, sie liebt dich! Das konnte jeder sehen.«

Er seufzte, seine Stimme wurde weicher. »Flieg zu ihr. Wenn sie dann noch ernsthaft mit diesem Typen von früher rumhängen will, kannst du wenigstens damit abschließen. Dich hier jede Nacht vollaufen zu lassen, ist jedenfalls keine Lösung, Mann.«

Kapitel 46

Alex
25. November 1993

Erstaunlicherweise hatte Sheila es irgendwie geschafft, mich nach Hause zu bringen und flößte mir nun heißen Tee ein. Ich trank ihn, obwohl ich amerikanischen Tee nicht sonderlich mochte. Doch gerade hatte er etwas Tröstliches. *Mike weiß es. Oh Gott!*

»Ich muss Tobi anrufen«, krächzte ich und Sheila reichte mir wortlos den Telefonhörer. Ich wählte mit zittrigen Fingern, doch mich begrüßte nur die Ansage des Anrufbeantworters. *Verdammter Mist!* Ich sprach ihm eine kurze Nachricht auf, dass ich dringend mit ihm reden musste, dann legte ich auf.

Sheila sah mich besorgt an.

»Was war das da vorhin? Ich meine, du hättest Mona fast deine Faust ins Gesicht geschlagen, wenn Mike nicht dazwischen gegangen wäre. Du sahst aus, als wärst du weggetreten«, sagte sie.

Willkommen in meiner kranken Welt. Die Psychotante ist wieder da. Mit meiner Scheiße habe ich dann wohl meine einzige Freundin auch noch vergrault.

Ich fuhr mir mit der Hand durchs Haar.

»Ich werde manchmal wütend«, gab ich leise zu und überlegte, wie ich es beschreiben sollte. »Richtig wütend. Es ist, als hätte ich Lava in meinem Magen, die in mir hochsteigt. Dann sehe ich nur noch einen Tunnel, alles andere verschwimmt irgendwie. Als hätte ich dann keine Kontrolle mehr und dann schlage ich zu oder zerstöre etwas.« Hilflos zuckte ich mit den Schultern. »Direkt danach ist alles wieder wie immer und es kommt mir vor, als hätte ich nur geträumt. Als wäre das nicht ich selbst gewesen.«

Sheila nickte und griff nach meiner Hand.

»Hast du schon mal mit jemandem darüber geredet? Mit jemandem, der sich damit auskennt?«

»Mit einem Psychiater?« Ein humorloses Lachen entkam mir.

»So in der Art. Ich könnte dir eine gute Psychotherapeutin empfehlen. Sie hat mir auch schon geholfen, als ich Stress wegen der Uni hatte. Sie ist echt nett und kann dir bestimmt ein paar Tipps geben, die Sache zu kontrollieren«, schlug sie vor.

Ich sah sie entgeistert an. »Du meinst das ernst, oder?«

»Einen Versuch ist es wert oder nicht?«

War es das? War es eine Option? Ich hatte keine Ahnung. »Vielleicht«, antwortete ich matt.

»Du musst das ja auch nicht sofort entscheiden. Wir sollten schlafen, es ist verdammt spät. Na komm.«

Sie zog mich vom Sofa hoch.

»Du bleibst hier?«

»Ich lass dich doch jetzt nicht alleine! Also los, hopp hopp!«

Wärme flutete mein Herz. Ich war unendlich dankbar, dass mir jemand diese sagenhafte Freundin an meine Seite gestellt hatte.

Sheila drückte mir einen Zettel in die Hand, auf der eine Telefonnummer notiert war.

»Das ist die Nummer von Dr. Ferguson. Überleg es dir, okay? Sie ist echt in Ordnung.«

Sie umarmte mich fest und ich brachte sie noch zur Tür. Die ganze Nacht war sie bei mir geblieben und hatte mir heute Morgen sogar Kaffee ans Bett gebracht. Ich rechnete ihr das hoch an. Es rührte mich, dass sie so zu mir hielt, obwohl wir uns erst ein paar Monate kannten.

»Bis später«, rief sie munter und winkte, dann stieg sie ins Auto und düste los.

Ich hatte gerade die Tür geschlossen, da drang das vertraute Geräusch eines Motorrads an mein Ohr und ich spähte aus dem schmalen Fenster neben dem Eingang. Tobi. Mein Magen krampfte sich schon wieder zusammen. Mir war nur allzu bewusst, dass ich nicht umhinkam, mit ihm über Mike zu reden. Und das so schnell wie möglich. Ich beobachtete, wie er seine Harley parkte und auf die Veranda der Hastings zumarschierte. Genau in dem Moment kam Mike in seinen Laufklamotten aus dem Haus.

Ich hielt entsetzt die Luft an. Tobi hob grüßend die Hand, doch Mike stürzte sich mit wutverzerrtem Gesicht auf seinen Bruder.

»Du Wixer!« Ich riss die Haustür auf und rannte Barfuß und nur mit meinem knielangen Schlafshirt bekleidet über die Straße. Doch zu spät. Mikes Faust donnerte in Tobis überraschtes Gesicht, der durch die Wucht des plötzlichen Schlages zurückstolperte und auf den Rasen stürzte.

Mike sah feindselig auf ihn herab.

»Wir sind fertig. Du bist nicht mehr mein Bruder! Und du ...«, er deutete auf mich, die ich mittlerweile hinter Tobi stand und die Hände vor den Mund geschlagen hatte, »... fick dich, Alex!« Damit drehte er sich um und rannte die Straße hinunter.

»Mike!«, schrie ich. Das war ein Alptraum. Ich ließ mich neben Tobi auf die Knie sinken, der immer noch mit blutiger Nase auf der Wiese saß und Mike ausdruckslos nachsah.

Ich berührte seinen Arm.

»Tobi? Ist alles in Ordnung? Ich wollte es dir sagen, aber du bist nicht ans Telefon gegangen. Mona hat es ihm gestern auf dem Ball erzählt. Sie wusste es irgendwoher. Es war schrecklich ...«, quollen die Worte unkontrolliert aus mir hervor.

»Halt den Mund!« Er rappelte sich auf und wischte sich mit dem Handrücken über die blutige Nase. Meine Brust zog sich schmerzlich zusammen. Dieser feindselige Ton in seiner Stimme verwirrte mich. »Überhaupt nichts ist in Ordnung. Das mit uns ist vorbei!«, schleuderte er mir eiskalt entgegen. »Es wäre sowieso nicht gutgegangen.«

Was sagt er da?

»Ich verstehe nicht ... ich ...«

Er sah mich wie versteinert an.

»Ich kann das nicht mehr! Es ist aus, Alex. Das alles hätte nie passieren dürfen. Halte dich einfach von mir fern.« Damit drehte er sich um, und fuhr auf seinem Motorrad davon, ohne sich noch einmal umzudrehen. Einfach so.

Wie betäubt kniete ich auf dem Rasen und sah ihm hinterher. Ich hatte das Gefühl, als hätte man mir jegliche Luft aus den Lungen gepresst. Nach einer Ewigkeit schaffte ich es endlich über die Straße und stolperte ins Haus. Auf dem Sofa rollte ich mich zusammen und weinte. Um meine Freundschaft zu Mike, um die zu Tobi und um alles wegen dem ich nach Hause zurückgekehrt war.

Kapitel 47

Tobi
25. November 1993

Ich warf wahllos ein paar Klamotten in meinen Armeerucksack und holte die nötigsten Dinge aus dem Bad. Vor dem Spiegel hielt ich inne. Mein Gesicht war blutverschmiert von dem Schlag, mit dem Mike mich getroffen hatte. Meine Nase schien, Gott sei Dank, nicht gebrochen zu sein. Trotzdem schmerzte sie höllisch. Der Kleine hatte einen ziemlichen ›Bumms‹. Ich griff mir einen Waschlappen und wischte das Blut von meinem ansonsten aschfahlen Gesicht.

Verficktes scheiß Leben. Das hätte nie passieren dürfen! Ich bin so ein dämliches Arschloch. Wie konnte ich jemals glauben, eine Zukunft mit Alex zu haben? Ich muss hier raus. Einfach weg!

Ich schrieb eine kurze Notiz für Jackson und heftete sie an unseren Kühlschrank. Dann nahm ich mein Zeug, steckte Geld sowie Schlüssel ein und verließ die Wohnung.

Ich stieg auf die Harley und fuhr los. Ein Ziel hatte ich nicht. Weg aus dieser Stadt war das Einzige, das ich im Sinn hatte. Ich brauchte Abstand. Von Mike, von Alex, von Bethany. Ich musste den Kopf freikriegen und das war mir hier, wo mich jeder finden konnte, nicht möglich. Ich brauchte Zeit, um meine Wunden zu lecken. Um den Schmerz zu betäuben, der mich quälte, wenn ich an Mikes hasserfüllten Gesichtsausdruck dachte. Und Alex' fassungslose Miene, als ihr klar wurde, dass ich sie verließ.

Keiner von beiden ahnte auch nur im Entferntesten, dass ich bereits seit Jahren einen Schmerz in mir trug, der nie aufgehört hatte. Er war hin und wieder von einem anderen abgelöst worden, doch nie verklungen. Er war der einzig konstante Begleiter in meinem Leben. Trotzdem hätte ich problemlos auf ihn verzichten können! Doch offenbar hielt mein beschissenes Dasein keine Liebe für mich bereit.

War ich es nicht wert? Hatte ich es nicht verdient? Ich wusste keine Antwort darauf.

Kapitel 48

Alex
25. November 1993

Ich saß nur da und starrte die Wand an. Versuchte zu begreifen, was geschehen war. Tobi. Er war einfach gegangen, hatte mich eiskalt stehen lassen. Er ließ mich mit dem Gefühl zurück, dass alles nur meine Schuld war. War es das am Ende sogar? Hatte er es ernst gemeint, als er sagte, es wäre vorbei? Er war geschockt, überfordert gewesen. So musste es sein. Sein Bruder hatte ihn geschlagen, das hatte ihn überrumpelt. Wenn wir noch einmal in Ruhe darüber reden würden, ließe sich bestimmt alles klären. So gefühllos war er nicht. Ich bedeutete ihm doch etwas. Oder nicht? War ich tatsächlich nur ein willkommener Zeitvertreib für ihn gewesen, dass es jetzt so leicht für ihn war, mir den Rücken zu kehren? Nein! So ist er nicht. Oder doch? Ich wusste es nicht. Diese Seite an ihm war mir fremd.

Der Drang, mit jemandem zu reden, wurde immer stärker. Doch die einzige Person, deren Stimme ich jetzt mehr als jede andere hören wollte, war meilenweit entfernt.

Ich griff zum Telefon und wählte. Mit klopfendem Herzen lauschte ich dem regelmäßigen Tuten aus dem Hörer und hoffte inständig, er würde abnehmen.

»Hier ist der Anschluss von Eric McDermott. Keiner da, also sprich jetzt oder schweig für immer!«, klang Erics vertraute Stimme vom Anrufbeantworter. Ich seufzte. Wieder niemand da.

»Hey.« Ich zögerte. »Ich wollte einfach nur deine Stimme hören. Ich versinke gerade in einem beschissenen Chaos.« Ein humorloses Lachen entkam mir. »Seit ich aus London weg bin, läuft alles aus der Bahn. Es ist, als würde ich ohne dich nichts mehr auf die Reihe kriegen. Ich … ich vermisse dich. Vielleicht kannst du ja mal zurückrufen, wenn … Schon okay, vergiss es! Ich komm schon klar. Du hast sicher viel zu tun. Hab dich lieb, bye.«

Ich warf den Hörer auf die Gabel und vergrub mein Gesicht in den Händen. Es war nicht fair, Eric mit meinem Scheiß zu belästigen. Nicht, nachdem ich ihn so mies behandelt hatte. Ich hatte meine Chance gehabt und wie fast alles in meinem Leben, was mir etwas bedeutete, hatte ich es versaut. Und jetzt erwog ich, ihm die Ohren wegen Tobi und Mike voll zu heulen? Nein!

Ich hatte Glück, dass wir einigermaßen im Guten auseinandergegangen waren. Ich hätte es nicht ertragen, London in dem Wissen zu verlassen, dass Eric mich hasste. Meine Hand strich über das Tattoo in meinem Nacken und ich schluckte schwer. Dieser kleine Penny, den Eric an der gleichen Stelle trug wie ich, war die einzige Verbindung, die momentan zwischen uns bestand und mich daran erinnerte, was ich an ihm verloren hatte.

Kapitel 49

Eric

25. November 1993

Träge lag ich auf dem Sofa und starrte auf den Fernseher, ohne etwas zu sehen. Ich hatte den Ton abgestellt und es lief irgendeine BBC Dokumentation über einen Typen, der allein die Mongolei durchquerte. So viel hatte ich gerade noch mitbekommen. Es war zu früh, um in einer Bar rumzuhängen und wenn ich ehrlich war, stand mir auch nicht der Sinn danach.

Das Telefon drang schrill in meinen Verstand. Ich zuckte vor Schreck zusammen, war jedoch nicht in der Stimmung ranzugehen. Auf einen Anruf meiner Eltern oder irgendeiner Tochter ihrer Geschäftspartner, die mich ständig belästigten seit Pen fort war, konnte ich echt verzichten. *Nein danke. Kein Bedarf.* Falls es Lenny war, wollte er mir nur wieder eine Predigt halten. Ebenfalls kein Bedarf.

Das Piepen des Anrufbeantworters forderte den Anrufer zum Sprechen auf und beim Klang der Stimme, die zu reden begann, zog sich meine Brust schmerzlich zusammen.

»Hey. ... Ich wollte einfach nur deine Stimme hören. Ich versinke gerade in einem beschissenen Chaos!« Sie lachte bitter.

Die Starre, in die ich verfallen war, löste sich langsam. Unbewusst hatte ich die Luft angehalten, während sie sprach. Ich stieß sie hörbar aus und starrte das Telefon an wie ein Idiot. Ich spielte die Nachricht noch einmal ab. Und noch ein zweites Mal. Sie zu hören, brachte mich noch immer aus der Fassung. Es weckte den Wunsch in mir, bei ihr zu sein und sie zu halten.

Ich fuhr mir mit der Hand über den Nacken, ertastete unser gemeinsames Tattoo und schloss seufzend die Augen. Ich konnte sie nicht anrufen. Ihre Stimme zu hören und sie doch nicht berühren zu können ... Nicht ihre Wärme zu spüren. Nicht in ihre grauen Augen zu sehen, die in der Sonne wirkten wie flüssiges Silber, brachte ich nicht über mich. Dabei wünschte ich mir nichts sehnlicher.

Aber nicht so!

Kapitel 50

Alex
9. Dezember 1993

Ein paar Tage hatte ich nur zu Hause gesessen, selbst Sheila konnte mich nicht zum Rausgehen bewegen. Dafür hatte ich Zeit nachzudenken. Über all meine hässlichen Fehler, die ich begangen hatte, seitdem ich wieder zu Hause war.

Der überstürzte Sex mit Tobi an der Haltestelle und die Beziehung zu ihm. *Kann man überhaupt von Beziehung sprechen?* Wir hatten uns ein paar Mal zum Vögeln getroffen und das auch noch heimlich. Affäre passte da wohl deutlich besser.

Ich hatte Mike hingehalten. Ihm die Wahrheit verschwiegen, dass aus uns nie ein Paar werden würde. Ich war ausgerastet, hatte Bethany geschlagen und Mona beinahe wieder. Das Ergebnis lag auf der Hand. Ich hatte meine beiden besten Freunde vergrault und meine Wutausbrüche nicht im Griff.

Letzteres beschäftigte mich am meisten. Kreiste mir doch immer dieser eine Satz von Mike im Kopf herum, der mich so schwer getroffen hatte.

›Deinetwegen hatten wir schon früher keine Freunde!‹ Hatte er damit recht? War ich allein dafür verantwortlich? Hatte ich ihn der Chance beraubt, Freundschaften zu schließen, indem ich Mona damals verprügelte? Wäre er ohne mich gar besser dran gewesen? Allein der Gedanke daran, machte mich krank.

Ich hätte in London bleiben sollen, bei Eric. Wahrscheinlich war das wohl mein größter Fehler. Ihn zu verlassen. Hierher zurückzukehren ohne ihn. Seit ich wieder hier war, ging alles den Bach runter. Der einzige Lichtblick am Horizont war meine Freundschaft zu Sheila. Ohne sie hätte ich niemanden mehr.

»Wann treten diese Wutausbrüche genau auf?«, drang die freundliche Stimme von Dr. Ferguson in meine Gedanken.

Sie hatte kurzes schwarzes Haar und ein Nasenpiercing. Das war mir sofort aufgefallen und hatte dafür gesorgt, dass ich mich etwas entspannte. Sie schien so normal und irgendwie cool zu sein. Ich hatte sie vorgestern angerufen und gleich für heute einen Termin bekommen. Ich musste endlich etwas tun und wenn mir das helfen konnte, dann würde ich es versuchen.

Nun saß ich hier, drehte nervös an dem Ring an meinem kleinen Finger und dachte über ihre Frage nach. Bilder tauchten vor meinem inneren Auge auf. Mona, die Mike in der Siebten aufs Übelste getroffen hatte und meine Faust zu spüren bekam. Der Ausraster in London, bei dem ich den Inhalt meines Koffers schreiend im Zimmer verteilt hatte. Mein Ausbruch im Camp, weil Aaron Mike beleidigte. Der Moment, in dem ich Bethany geohrfeigt hatte, weil sie Tobi fast überfuhr und zuletzt der Ausraster, bei dem ich Mona beinahe wieder geschlagen hätte. Ich räusperte mich.

»Wenn ich mich provoziert oder hilflos fühle, denke ich. Oder wenn jemand angegriffen wird, der mir wichtig ist.«

»Spürst du es, wenn sich so ein Ausbruch anbahnt?«

Und ob ich es spüre. Ich nickte langsam.

»Ja.« Ich hob den Blick von meinen Händen. Dr. Ferguson sah mich auffordernd an.

»Es ist, als würde sich in meinem Magen ein heißer Ball formen, der dann in mir hochsteigt. Ich spüre die Hitze bis in meinen Hals. Um mich herum verschwimmt alles. Da ist nur noch die Person oder das, worauf ich wütend bin. Es ist, als würde alles von selbst geschehen und ich bin nur noch ein Zuschauer.«

Ich schluckte schwer. »Wenn ich zugeschlagen habe oder jemand dazwischen geht, ist es schlagartig vorbei.«

Sie schrieb etwas auf ihren Notizblock.

»Wie fühlst du dich danach?«

Tränen stiegen in mir auf und ich atmete tief durch, um sie zurückzudrängen. »Müde, ausgelaugt und ...«, ich stockte, »beschämt.«

»Wie oft passieren dir diese, ich nenne es mal Ausraster?«

Ich überlegte kurz. »Seit ich wieder in Oceanside bin, ich glaube dreimal.«

»Und davor?«

»In der Siebten habe ich ein Mädchen verprügelt. Und vor fünf Jahren, kurz nachdem ich in London angekommen war, hatte ich einen kleinen Ausraster. Da habe ich aber niemanden geschlagen«, erzählte ich wahrheitsgemäß und drehte wieder an meinem Ring.

»Es ist also mehr geworden, seitdem du aus London zurück bist«, stellte sie fest.

Sie hat recht. Außer dem kleinen Wutausbruch zu Anfang ist in London nie irgendetwas passiert. Erst seit ich wieder hier bin.

Ich nickte langsam.

Dr. Ferguson legte ihren Block beiseite und sah mich an. »Alex, bei diesen Wutausbrüchen sprechen wir noch von Jähzorn. Nach dem, was du mir erzählt hast und der Häufigkeit, mit der du bisher solche Ausbrüche hattest, ist das noch nicht krankhaft.«

Erleichterung durchflutete mich.

»Allerdings sind drei Ausbrüche in den letzten sechs Monaten Anlass zur Sorge. Vor allem, da es davor fast fünf Jahre keine Probleme gab. Was im Umkehrschluss bedeuten würde, dass es hier Auslöser gibt, die dich extrem stressen. Ist das so?«

»Kann sein«, antwortete ich vage.

»Es gibt Möglichkeiten, wie du das in den Griff bekommen kannst. Aber du musst es wollen.«

Sie sah mich prüfend an.

Natürlich will ich! Ich hasse diese Hilflosigkeit.

»Was kann ich tun?«

»Du solltest den Schritt wagen und deine Freunde miteinbeziehen. Gehe möglichst offen mit dem Thema um. Weise die Menschen in deinem Umfeld auf dein Problem hin und sage ihnen, dass du daran arbeitest. Vielleicht kannst du ein Zeichen mit ihnen vereinbaren, wenn du das Gefühl hast, ein Wutanfall bahnt sich an. Du kannst solche Situationen auch entschärfen, indem du bis zehn zählst, um dich herunterzufahren oder die Situation ganz verlässt, sobald du bemerkst, dass es losgeht. Finde ein Ventil, um Spannungen abzubauen. Sport kann dabei helfen, aber auch Musik oder etwas anderes Kreatives. Vor allem, solltest du dich aber mit Menschen umgeben, die dir ein positives Gefühl vermitteln. Die dich glücklich machen.«

Sie lächelte zuversichtlich. »Diese Dinge kannst nur du selbst in die Hand nehmen. Versuche an dir zu arbeiten, Alex. Du kannst natürlich jederzeit gerne zu mir kommen, wenn du reden möchtest. Das wird aber nicht nötig sein, wenn du versuchst zumindest einige dieser Dinge zu beherzigen.«

Kapitel 51

Alex
17. Dezember 1993

Sheila umarmte mich. »Ich bin so stolz auf dich!«

Verlegen sah ich auf meine Schuhspitzen. Ich hatte eine Zeit gebraucht, um mich mit dem, was Dr. Ferguson mir geraten hatte, auseinanderzusetzen. Aber heute hatte ich Sheila endlich von meinem Termin bei ihr erzählt.

»Danke, jetzt muss ich das Ganze nur noch in den Griff bekommen.«

»Kopf hoch, das schaffen wir schon. Du bist nicht allein.« Sie legte mir den Arm um die Schulter und drückte mich an sich. »Ich habe dir doch gesagt, Dr. Ferguson ist spitze. Jetzt weißt du, was du tun kannst, um die Wut in den Griff zu bekommen. Und ich werde dir dabei helfen, okay?«

Sheila war die beste Freundin, die ich mir hätte wünschen können. Ich lächelte dankbar.

»Okay.«

Wir ließen uns auf der Fensterbank neben den Spinden nieder. Sie warf mir einen forschenden Blick zu.

»Hast du schon versucht, nochmal mit Tobi zu reden?«, fragte sie mit gedämpfter Stimme.

»Bis jetzt noch nicht. Das heißt, ich habe ihn noch nicht erreicht. Es geht niemand ans Telefon. Ehrlich gesagt, weiß ich gar nicht, ob ich das noch will. Ich habe seit drei Wochen nichts von ihm gehört. Das sagt doch alles, oder?« Ich atmete tief durch. »Mit Mike konnte ich auch noch nicht sprechen. Er wird ständig von seiner neuen besten Freundin Mona belagert.«

Sheila schüttelte ihren roten Lockenkopf.

»Dieses Mädchen ist die reinste Pest! Dass Mike sich mit so einer überhaupt abgibt, verstehe ich echt nicht. Ich habe vorhin Spencer getroffen. Er hat sich wegen dieser Kuh auch schon mit Mike gestritten und sieht ihn kaum noch. Er war richtig geknickt.«

Meine Brust zog sich unangenehm zusammen. Jetzt verdarb er es sich schon mit seinem besten Freund wegen dieser Schlange.

»Sie will ihn für sich allein«, murmelte ich, »und er lässt sich von ihr einwickeln. Dabei sollte er es besser wissen, nach dem, was sie ihm schon alles zugemutet hat.«

Sie seufzte und wir standen auf.

»Jungs können echt ganz schöne Idioten sein.«

Ich nickte zustimmend.

»Fährst du über Weihnachten nach Hause?«, wechselte ich das Thema und stopfte meine Bücher in den Spind.

Sie rümpfte die Nase. »Nein, dieses Jahr zum Glück nicht. Ich feiere mit meinem Cousin. Das wird cool.« Sie sah mich prüfend an. »Was ist mit dir? Besuchst du deine Eltern?«

Oh Gott! Nicht in diesem Leben!

Ich warf ihr einen entsetzten Blick zu.

»Zur Hölle, nein! Ganz bestimmt nicht. Ich kann jetzt nicht auch noch meine Mutter ertragen. Ich ... werde es mir wohl gemütlich machen, Eggnog trinken und mir alte Weihnachtsschinken reinziehen«, erklärte ich.

»Warum feierst du nicht einfach mit uns? Je mehr, desto lustiger! Wir machen unseren ersten eigenen Truthahn. Das wird ein geschichtsträchtiges Ereignis.« Sie lachte. »Und wenn ich mich jetzt nicht sofort beeile und Rogue auf dem Parkplatz treffe, werde ich dieses Weihnachten nicht erleben. Wir suchen gleich den Truthahn aus. Also was ist, kommst du?«

Ich zögerte. Mir stand momentan nicht der Sinn nach Gesellschaft, auch wenn ich Sheila liebte. Außerdem wäre es mir falsch vorgekommen, mich in das Weihnachtsessen mit ihrem Cousin einzuklinken.

»Überleg es dir einfach.« Sie zwinkerte mir zu. »Ruf mich einfach an, wenn du kommst Es wird reichlich zu Essen da sein.«

Ich nickte und winkte ihr hinterher. Dann kramte ich meine Wertsachen aus dem Spind und verließ ebenfalls das Unigebäude. In einer Woche war Weihnachten und Einkaufen stand bei mir auch noch auf dem Programm, aber so richtig aufraffen konnte ich mich nicht. *Wofür auch? Ich bin allein.*

Auf halbem Weg zum Parkplatz, auf dem meine Vespa abgestellt war, entdeckte ich Mona und Mike, die an einem der Stromkästen standen, an denen mein Weg vorbeiführte. *War ja klar.*

Sie hingen seit dem Ball dauernd zusammen und rieben es mir bei jeder Gelegenheit unter die Nase. Zumindest kam es mir so vor. Von Mona hatte ich nichts anderes erwartet. Aber von Mike ... auch wenn er jedes Recht hatte, auf mich sauer zu sein, war es nicht seine Art.

Deprimiert versuchte ich mit gesenktem Kopf einen Weg zu finden, ungesehen an ihnen vorbeizukommen. Da rief jemand von der anderen Straßenseite etwas zu mir herüber.

»Du kannst dich nicht verstecken!« Die Stimme klang amüsiert.

Die Stimme. Ich schluckte schwer. Jetzt sah ich schon Gespenster, besser gesagt, hörte sie. Ich atmete durch und lief langsam weiter.

»Penny!«

Meine Füße versagten ihren Dienst und ich blieb wie angewurzelt stehen. Mein Herz beschleunigte sich und eine Gänsehaut breitete sich auf meinem Rücken aus. *Das ist nicht möglich! Mein Verstand spielt mir einen gemeinen Streich.*

»Pen!« Die Stimme klang jetzt rauer, eindringlicher und näher.

Ich kniff die Augen zusammen, dann drehte ich mich langsam um. Ein erstickter Laut entkam mir. Ungläubig starrte ich den gutaussehenden, nordischen Kerl an, der nur ein paar Meter hinter mir stand. Mit seinem hellblonden, zerzausten Haar, dem breiten Strahlemann-Grinsen und den stahlblauen Augen. Ich schluckte trocken gegen den Kloß in meinem Hals an, aber die Tränen ließen sich nicht mehr zurückhalten.

Ich rannte auf ihn zu, um mich stürmisch in seine ausgebreiteten Arme zu werfen. Schluchzend klammerte ich mich an ihn in der Angst, er würde sich sofort wieder in Luft auflösen wie eine Seifenblase.

»Eric!«

Seine Umarmung hüllte mich in das Gefühl, nach Hause zu kommen. Sein vertrauter Duft nach Minze, Sandelholz und Moschus holte all die unterdrückten Emotionen und Erinnerungen an die beste Zeit meines Lebens mit einem Schlag zurück. An eine Zeit, in der ich glücklich war. Auch wenn ich es lange nicht hatte wahrhaben wollen. Ich war in London glücklich gewesen.

Nein, das ist nicht richtig. Nicht ganz.

Ich war mit Eric glücklich.

Seine Arme schlossen sich fester um mich und seine Lippen fuhren über meine Schläfe.

»Damn, du hast mir gefehlt!«

Seine raue Stimme ließ das Blut schneller durch meine Adern fließen und stellte mir sämtliche Härchen an meinem Körper auf. Ich hob den Kopf von seiner Schulter und sah in seine Augen, die mir immer das Gefühl gaben, als könne er damit tief in meine Seele blicken. Ich gab dem inneren Drang nach und legte meine Lippen auf seinen warmen Mund, den er nach einem überraschten Keuchen ein wenig für mich öffnete. Unsere Zungen berührten sich nur kurz und schüchtern, bevor er sich von mir löste. Und doch schien die Luft zwischen uns so aufgeladen wie kurz vor einem Gewitter.

»Du bist hier!«, kommentierte ich das Offensichtliche, um der Hitze, die mich erfasst hatte, Herr zu werden.

»Dein Anruf. Ich musste dich sehen«, gab er zurück und seine große Hand fuhr sanft über meine Wange. Dabei musterte er mich so genau, als wollte er sicherstellen, dass ich noch heil war.

»Woher wusstest du, wo ich ...«, setzte ich an.

»Es gibt hier nur eine Uni.«

»Aber wie bist du ...«, versuchte ich erneut.

»Mit dem Taxi.« Er grinste.

»Aber du hast gar kein ...«

»Mein Gepäck ist schon in deinem Haus und bevor du fragst, du hast mir mal von dem Ersatzschlüssel über der Hintertür erzählt.« Amüsiert zwinkerte er mir zu.

Ich schüttelte entgeistert den Kopf. Dieser Kerl ist unglaublich!

Eric nahm meine Hand, verschränkte seine Finger so selbstverständlich mit meinen, als wären sie dafür gemacht und wir schlenderten zu der Stelle, an der Mike und Mona standen.

Sie sah mich und drängte sich mehr als auffällig an Mikes Seite. Legte einen Arm um seine Taille, wobei sie mich provozierend musterte. Sie drückte den Rücken durch und warf ihr blondes Haar in einer Geste, die scheinbar sexy wirken sollte, über ihre Schulter nach hinten. Mit einem aufgesetzten Lächeln sah sie uns unter ihren falschen Wimpern an.

»Du solltest besser schnell weitergehen, Montgomery«, bemerkte sie in meine Richtung und ließ dann ihren Blick über Eric wandern.

Ich zählte innerlich bis zehn. Dieses Mädchen schaffte es immer wieder, mich auf die Palme zu bringen. Eric drückte meine Hand und sofort entspannte ich mich.

Mike stand reglos und stumm neben ihr wie ein Unbeteiligter. Er musterte Eric eingehend und eine leichte Röte überzog seine Wangen, doch ich konnte seine Reaktion nicht so recht deuten.

Eric sah Mona an, zog eine Augenbraue hoch und rümpfte die Nase, als hätte man ihm eine stinkende Sportsocke davor gehalten. Er musterte sie von oben bis unten mit gelangweilter Miene und ihre selbstbewusste Fassade schien zu bröckeln. Ihr Lächeln löste sich gerade in einen zusammengepressten Strich auf.

Erics Blick richtete sich wieder auf mich.

»Wer ist das?«

Ich unterdrückte ein Kichern.

Er kann so ein Arsch sein, wenn er will.

»Niemand«, antwortete ich und lächelte betont freundlich.

Er legte den Arm um meine Schulter und zog mich weiter. »Gut, ich dachte schon, ich muss nett sein.«

Kapitel 52

Eric

17. Dezember 1993

Alex zu sehen, sie zu berühren und jetzt hier in den Armen zu halten, kam mir vor wie ein Traum. Wir lagen angezogen auf ihrem Bett und sie hatte ihren Kopf auf meine Brust gebettet. Ihr Haar kitzelte mich am Kinn. Ihr Arm lag auf meiner Hüfte und ihre Finger strichen bedächtig die Konturen meiner Bauchmuskeln nach, während sie mir erzählte, was in den letzten Monaten passiert war.

Ich hatte den Arm um ihre Taille geschlungen und meine Finger fuhren über ihre warme, nackte Haut zwischen Hosenbund und Shirt.

Damnit, sie fühlt sich so gut an.

Ich hatte ihren süßen Duft vermisst. Das leichte Aroma von Karamell und Pfirsich, das sich jetzt mit dem Geruch von Strand und Meer mischte. Doch noch mehr fehlte mir, wie sie nach dem Sex duftete.

Meine Hose wurde enger.

Fuck! Denk an etwas anderes, Eric!

»Oder findest du das normal?«, Pen hatte den Kopf gehoben und sah mich mit ihren großen Augen an.

Damnit! Was hat sie gesagt?

»Hm?« Ich warf ihr ein schuldbewusstes Lächeln zu.

Das unterdrückte Zucken ihrer Mundwinkel enttarnte ihren vorwurfsvollen Blick.

»Bis wohin hast du zugehört?«

Ich überlegte einen Moment. Gute Frage. Mike hatte Tobi geschlagen. Tobi hatte Schluss gemacht und dann, dann ...?

»Tobi, dieser Idiot, hat dich sitzenlassen?« Es killte mich beinahe, ihr dabei zuzuhören, wie sie über diesen Tobi sprach. Mir von ihrem Verhältnis erzählte. Doch ich biss die Zähne zusammen. Der Typ war von der Bildfläche verschwunden und ich war froh hier zu sein. Bei ihr. Ein versöhnlicher Ausdruck legte sich auf ihre Züge.

»Mike hängt seitdem ständig mit dieser falschen Kuh rum. Sogar mit seinem besten Freund hat er sich verkracht deswegen«, missmutig zupfte sie an einem losen Faden am Kragen meines Shirts.

Ich versuchte, mir seine Situation vor Augen zu führen. Das Mädchen seiner Träume war nach Jahren der Trennung endlich zurückgekehrt. Jahrelang hatte er sich ins Zeug gelegt, um ihr zu gefallen und dann hatte sie es hinter seinem Rücken mit einem anderen getrieben. Damit nicht genug, war der andere auch noch sein Bruder. Und er war der arme Teufel, der es zuletzt erfahren hatte – ausgerechnet von dem Mädchen, das ihn früher mobbte.

Würde ich mich an seiner Stelle verraten fühlen? Auf jeden Fall! Würde ich meinen Bruder dafür schlagen? Definitiv, wenn ich einen hätte. Würde ich Alex zum Teufel schicken? Erstmal ja. Aber würde ich mich ausgerechnet mit dem Mädchen rumtreiben, das mich jahrelang fertiggemacht hat? Keine Chance!

Ich seufzte und strich ihr eine Strähne hinters Ohr.

»Er ist verletzt. Das ist schon ganz schön hart, was er sich da geben musste. Das ist dir klar oder?«

Sie senkte schuldbewusst die Lider.

»Ich weiß und ich wollte es ihm sagen. Ehrlich! Tobi meinte, Mike würde es nicht verkraften, also hab ich den Mund gehalten.

Was für ein feiger Idiot ist dieser Tobi eigentlich?

Ich gab ein missbilligendes Grunzen von mir.

»Tja, das hat ja wohl nicht so gut funktioniert. Ich glaube, dass ihr es ihm verschwiegen habt, wiegt schwerer, als dass ihr es getrieben habt.«

Ein bitterer Geschmack legte sich auf meine Zunge. Allein der Gedanke, dass dieser Typ sie angefasst und Gott weiß was, mit ihr getrieben hatte.

»Ich weiß nicht, was ich machen soll. Mike ist mir echt wichtig! Er ist mein bester Freund und es macht mich fertig, dass er mich jetzt hasst.«

Es tat mir in der Seele weh, sie so zu sehen. Seit sie wieder zu Hause war, schien bei ihr alles schiefzulaufen. Sie hätte bei mir bleiben sollen. In London war sie nie so traurig gewesen. Nur zu Beginn, aber das hatte sich schnell gelegt.

»Er hasst dich nicht, Pen. Nicht grundsätzlich. Er braucht einfach etwas Zeit, um das alles zu verarbeiten«, tröstete ich sie.

»Ich muss dir noch was erzählen.« Ihr Blick war unsicher. »Du erinnerst dich noch an meinen Ausraster? In meiner ersten Nacht in London?«

Ich runzelte amüsiert die Stirn.

»Die Kleiderorgie, bei der deine armen Koffer dran glauben mussten und du mich in der Früh wach geschrien hast?«

»Ja«, gab sie leise zurück. »Seit ich zurück bin, hatte ich wieder welche. Ich war bei einer Therapeutin deswegen. Sheila hat sie mir empfohlen.«

Ich richtete mich auf und nahm besorgt ihr Gesicht in meine Hände. »Was für Ausraster? Ist alles in Ordnung? Was hat sie gesagt?«

Sie umschlang mit ihren kühlen Fingern meine Handgelenke. »Ich habe fast einen Typen geschlagen, Bethany eine Ohrfeige verpasst und wollte Mona angreifen!«

Meine Miene verdüsterte sich.

»Meine Therapeutin hat mir erklärt, das sei noch Jähzorn. Ich kann und muss das in den Griff bekommen. Aber sie hat mir ein paar Tipps gegeben, wie ich damit umgehen kann und einer davon ist es, meinen Freunden von meinem Problem zu erzählen. Das habe ich hiermit.«

Die Liebe zu ihr und die Sorge pressten mein Herz schmerzhaft zusammen, als drückte eine Faust immer stärker zu. Ich zog sie in meine Arme und vergrub mein Gesicht an ihrem Hals.

»Ich bin da, okay? Immer! Du kannst auf mich zählen.«

Sie entspannte sich spürbar in meiner Umarmung.

Nach einer Weile sah sie mich an.

»Jetzt du. Was ist mit dir?«

»Was soll mit mir sein?«

Sie legte den Kopf schief.

»Wie läuft es mit Sam? Geht es ihm gut? Wie hat er darauf reagiert, dass du mich besuchst? Wollte er dich nicht begleiten?«

Ich hob die Hand, um ihren Redefluss zu stoppen.

»Pen. Sam und ich, wir sind nicht mehr zusammen. Das Ganze hat nicht lange gehalten.«

Okay nicht ganz die Wahrheit, aber auch keine Lüge.

»Oh, das tut mir leid, ich wollte nicht ...«

»Schon gut. Nicht der Rede wert«, winkte ich ab. »Wir wollten einfach nicht das Gleiche.«

Ja, er wollte eine feste Beziehung und ich wollte Pen. Ich hatte eine echte Arschlochnummer mit ihm abgezogen. Darauf war ich nicht gerade stolz.

»Und? Gibt es jemand Neuen?«

Ihre Frage wirkte beiläufig, doch die kleine Stimme der Hoffnung versicherte mir, dass sie es nicht war.

»Nein, gibt es nicht. Jemand Neues hat momentan keinen Platz in meinem Leben.«

Kapitel 53

Alex
25. Dezember 1993

Eric war erst eine Woche bei mir in Oceanside und ich wusste schon jetzt nicht mehr, wie ich es nur einen Tag ohne ihn ausgehalten hatte. Es war merkwürdig, dass er neben mir im Bett schlief und nichts zwischen uns lief außer Kuscheln und Gespräche.

Seine Nähe weckte Gefühle in mir, die ich tief in mir vergraben glaubte. Sein Geruch brachte mich noch immer aus dem Konzept, vielleicht sogar mehr als zuvor. Und doch hielt mich etwas davon ab, meinen alten Gefühlen einfach nachzugeben. Es war zu früh.

Es gab noch einiges zu klären und Eric war mir zu wichtig, um als Lückenbüßer herzuhalten. Ich würde ihn unter keinen Umständen noch einmal so enttäuschen, wie ich es in London getan hatte. Ich hatte ihn verlassen, ohne ihm je gesagt zu haben, was ich wirklich für ihn empfand. Das war der größte Fehler meines Lebens gewesen. In dem Moment, als er vor mir stand, war es mir klar. Kein Mann würde je das für mich tun, was Eric bereits für mich getan hatte. Ich hatte ihn schlecht behandelt und das hatte er, weiß Gott, nicht verdient.

Trotzdem war er jetzt hier und gab mir Halt. Da war er wieder, der kleine Stich in meinem Herzen, der mich stetig begleitete, seitdem ich London verlassen hatte.

Ich musste meine Probleme mit Mike und Tobi klären. Wie auch immer ich das bewerkstelligen sollte. Erst, wenn meine Probleme gelöst waren, würde ich Eric ehrlich gegenübertreten und mir meiner Gefühle sicher sein können.

Jetzt war es an der Zeit, an etwas Anderes zu denken! Heute war Weihnachten und wir waren bei Sheila und ihrem Cousin zum Essen eingeladen. Sie war außer sich gewesen vor Aufregung, als sie gehört hatte, dass Eric gekommen war. Sie hatte mich geradezu genötigt, ja gezwungen, mit ihm zu erscheinen.

Also standen wir nun hier vor der Tür des kleinen, weißgestrichenen Hauses. Bewaffnet mit einer teuren Flasche Whiskey, die Eric ausgesucht hatte. Er sah sexy aus in seinen engen Jeans, dem schwarzen Shirt, dass sich perfekt an seine Muskeln schmiegte und der Lederjacke. Mein Herz schlug einen Purzelbaum und ich hatte alle Mühe, mir nichts anmerken zu lassen.

Die Tür wurde so ruckartig aufgerissen, dass mir vor Schreck ein kleiner Schrei entwich. Sheila strahlte uns entgegen. Sie trug eine knallrote Santa-Mütze und drückte mich quietschend an sich.

»Da seid ihr ja! Der Vogel ist fast fertig. Ich hoffe, ihr habt Hunger.« Sie ließ mich los und umarmte den überrumpelten Eric ebenso ausgelassen, während sie munter weiter plapperte. »Das Ding ist riesig und der Eggnock hat es ganz schön in sich. Mir ist schon total heiß von dem Zeug. Ich bin Sheila. Du musst Eric sein.«

Er warf mir über ihre Schulter einen amüsierten Blick zu. »Muss ich wohl.«

Aufgekratzt schob Sheila Eric ins Haus und hakte sich bei mir unter. Sie warf mir aus weitaufgerissenen Augen einen Blick zu und auf ihren Lippen formten sich die stummen Worte: »Oh mein Gott!«

Ich unterdrückte ein Kichern. Sie war nicht die Erste, bei der Eric diese Reaktion auslöste und würde sicher nicht die Letzte sein. Sheila stellte uns ihren Cousin vor, bevor wir mit einem Eggnog bewaffnet am Esstisch Platz nahmen.

Rogue war groß und dunkelhaarig mit auffallend hellen, bernsteinfarbenen Augen, die wie von Gold durchzogen wirkten. Er besaß mehrere Tattoos und wirkte äußerst trainiert. Er war ohne Zweifel ein attraktiver Mann und hatte sicher einen Haufen Verehrerinnen, auch wenn er etwas verschlossen wirkte. Er und Eric schienen jedoch gleich einen Draht zueinander zu haben und tauschten sich über ihre Tattoos aus. Sheila rutschte hibbelig auf ihrem Stuhl hin und her.

»Der sieht ja noch besser aus als auf den Fotos«, raunte sie mir zu und stieß mir feixend den Ellbogen in die Rippen. »Habt ihr schon? Du weißt schon ...«

Gott, wie peinlich. Ich sah sie augenrollend an.

»Nein«, gab ich ebenso leise zurück.

Eric sah immer wieder zu mir, während er sich mit Rogue unterhielt und ich befürchtete schon, er verstand jedes Wort, das wir sprachen.

»Und? Werdet ihr noch?« Sheila grinste breit.

Ich stieß ihr in die Seite. »Sheila!«

»Autsch. Ist ja schon gut.« Sie gluckste und ließ das Thema dann fallen.

Nach dem leckeren Essen und dem tödlichen Eggnog bei Sheila waren Eric und ich nach Hause gelaufen. Alles, was ich jetzt ersehnte, war eine heiße Dusche und mich an ihn gekuschelt ins Bett zu werfen.

Wir standen in meinem Schlafzimmer und ich beobachtete verstohlen, wie Eric sich auszog. Sein Muskelspiel, als er sich das Shirt über den Kopf zog und sich seine Schultern und Rückenmuskeln anspannten, ließ mich schneller atmen. Sein blanker Hintern, der sich aus der Jeans schälte und von dem sich die Boxershorts herunterschoben, entflammte die Hitze, die jetzt durch meinen Körper schoss. Der Eggnog war echt stark.

Eric drehte sich zu mir herum.

»Ist dir heiß, Pen? Du bist ganz rot im Gesicht.«

Ich hob ertappt den Blick.

»Was? Ja ... der Eggnog hat ziemlich reingehauen. Ich geh schnell duschen.«

Eilig verließ ich das Zimmer und flüchtete mich ins Bad. Ich stützte mich auf dem Waschbecken ab und warf mir im Spiegel einen vorwurfsvollen Blick zu. Es war nicht zu leugnen. Mein verräterischer Körper reagierte auf Eric und zwar mit voller Wucht. Niemand hatte je ein ähnliches Gefühl in mir ausgelöst, selbst Tobi nicht. Das bekam ich jeden Tag zu spüren, den ich Eric wieder um mich hatte.

War Tobi am Ende nur der Lückenfüller für Eric gewesen? Weil er, wie Sheila mal gesagt hatte, die Oceanside-Version von Eric war? Seufzend stieg ich unter die Dusche, drehte das heiße Wasser auf und genoss das Prasseln der Tropfen auf meiner Haut. Ich wandte mich um.

Hinter mir in der Kabine stand Eric, er betrachtete mich schweigend. Mein Puls beschleunigte sich so deutlich wie meine Atmung. Er trat näher, umfasste meine Taille und presste sich an mich. Seine Härte lag an meiner Hüfte, was die Lust zwischen meine Beine schießen ließ. Er beugte sich zu mir hinunter, wobei er seine Hände über meinen feuchten Körper wandern ließ. Dann küsste er mich. Erst zart, dann fordernder. Seine Zunge glitt besitzergreifend in meinen geöffneten Mund. Wie selbstverständlich schloss ich die Arme um ihn. Meine Finger fuhren über die Konturen seines muskulösen Rückens und griffen nach seinem festen Hintern. Er presste mich stöhnend gegen die Wand, hob mich an und stieß in mich …

»Brauchst du noch lange, Pen? Ich muss auch mal ins Bad!«, drang Erics Stimme durch die Badezimmertür und ich riss erschrocken die Augen auf.

Was zur Hölle?

Hastig stieg ich aus der Dusche. In der Hektik rutschte ich aus, fing mich gerade noch und griff zitternd nach einem Handtuch.

»Ich komme«, rief ich krächzend, wickelte mich in das Tuch und schob mich mit geröteten Wangen an ihm vorbei ins Schlafzimmer.

Verdammt, was war das denn?

Kapitel 54

Alex
28. Dezember 1993

Weihnachten war vorbei und ich hatte mir vorgenommen, ein Gespräch mit Mike zu suchen, noch bevor das alte Jahr zu Ende war. Ich musste den Versuch wagen, mit ihm ins Reine zu kommen. Zumindest aber war ich ihm eine Erklärung schuldig.

Ich gab Eric Bescheid und stand ein paar Minuten darauf mit klopfendem Herzen vor der Tür der Hastings, nahm all meinen Mut zusammen und klingelte. Es dauerte einen Moment, dann wurde mir geöffnet und Mona baute sich im Türrahmen auf. Mir sank das Herz. Was hatte sie schon wieder hier zu suchen? Und warum ging sie an die Tür?

Sie maß mich von oben bis unten mit ihrem Blick, wie einen Sack Müll.

»Was willst du? Du hast Nerven hier aufzukreuzen.«

Ich atmete tief durch.

Lass dich nicht provozieren! Bleib ruhig!

Ich sammelte mich.

»Ich würde gerne mit Mike sprechen. Ist er da?« Meine Stimme klang sicherer, als ich mich fühlte. Immerhin.

Ich erntete ein spöttisches Lachen.

»Er will dich aber nicht sehen. Nicht mit dir sprechen und nicht mal an dich denken.«

21, 22, 23 ... atmen!

»Würdest du ihn bitte herholen? Ich möchte es von ihm selbst hören«, forderte ich sie auf.

»Und wenn nicht? Rastest du dann wieder aus? So eine Gestörte wie dich braucht er nicht!«

Ich spürte die Hitze in meinem Magen.

24, 25, 26 ... atmen!

»Gut, dann eben nicht! Ach und ich wollte mich dafür entschuldigen, dass ich dich in der Siebten verprügelt habe. Und es neulich beinahe wieder getan hätte. Sorry. Ich arbeite daran, meine Wut in den Griff zu bekommen«, erklärte ich.

Es kostete mich einiges an Überwindung das auszusprechen. Sie hob eine Augenbraue und verzog das Gesicht.

»Das wird dir auch nicht helfen! Du wirst immer der Schulpsycho sein und daran werde ich alle erinnern, falls sie es vergessen sollten«, setzte sie nach.

27, 28, 29 ... atmen!

Ich lächelte milde.

»Wie auch immer. Ich habe vielleicht nicht so viele Freunde wie du, aber die muss ich wenigstens nicht dafür bezahlen, dass sie mich mögen. Grüß Mike von mir! Ich komme ein anderes Mal wieder. Du wirst ja nicht immer hier sein ... Schönen Tag noch!«

Damit drehte ich mich um und ging den Weg zu meinem Haus zurück. Hinter mir hörte ich die Tür ins Schloss knallen und stieß den Atem aus.

Ich hatte es geschafft. Ich hatte zwar nicht mit Mike geredet, aber ich hatte mich nicht von Mona provozieren lassen. Ich hatte sie nicht geschlagen und konnte die Wut zurückdrängen. Dr. Ferguson hatte recht, es funktionierte.

Kapitel 55

Alex
31. Dezember 1993

»Da vorne sind Sheila und Rogue«, schrie ich gegen die laute Musik im ›Maxdon‹ an und zog Eric durch den überfüllten Club hinter mir her. Es war Silvester und wir hatten uns hier verabredet. Die beiden hatten scheinbar einen Tisch für uns ergattert. Sheila winkte uns wild heran. Bei ihr und Rogue angekommen, ließen wir uns erstmal auf die Sitze plumpsen. Ich rückte neben Sheila, um sie zu umarmen.

»Spencer kommt gleich auch noch. Er holt gerade etwas zu trinken«, rief sie an meinem Ohr und ich erstarrte. *Spencer? Dann ist Mike mit Sicherheit auch hier. Heute war nicht unbedingt der richtige Abend für eine Konfrontation.*

»Er ist allein hier. Hat wohl immer noch Zoff mit Mike wegen Mona.« Sie sah mich mit einem bedauernden Schulterzucken an.

Das beruhigte mich nicht wirklich.

»Was wollt ihr trinken? Rogue und ich gehen die Bar unsicher machen«, unterbrach Eric uns.

»Schampus natürlich«, rief Sheila lachend. Erics Blick glitt zu mir. Ich grinste breit.

»Tequila, Baby! Am besten eine Flasche und vergiss Salz und Zitronen nicht.«

Er zwinkerte mir zu und verschwand mit Rogue im Schlepptau in der Menge.

»Das kann Stunden dauern, bis die wiederkommen. Hast du gesehen, wie voll es an der Bar ist?« Traurig sah sie auf den letzten Rest Wein in ihrem Glas.

»Da kennst du Eric McDermott aber schlecht! Gib ihm fünf Minuten.«

Sie warf mir einen misstrauischen Blick zu.

»Ich gebe ja zu, der Kerl ist der Hammer, aber nimmst du den Mund da nicht etwas zu voll?«

Ich nahm ihr unter Protest das Glas aus der Hand und trank den Rest ihres Weines aus. Dann streckte ich ihr die Zunge raus.

»Warts nur ab. Ungläubige. Du wirst hier heute nur noch zum Pinkeln aufstehen müssen.«

Sie warf mir einen gespielt bösen Blick zu und starrte ihr leeres Glas an.

»Wer hat den Schampus bestellt?« Spencer tauchte an unserem Tisch auf, beladen mit drei Flaschen Champagner und einem Sektkühler, die er nun gut gelaunt vor uns auf den Tisch stellte. »Ich habe die Jungs an der Bar getroffen. Mann, dieser Eric hat echt den Dreh raus! Gleich kommt der Rest.«

Er schob sich neben die entgeisterte Sheila auf die Bank und schenkte ihr ein Glas ein. Kurz darauf kamen Eric und Rogue zurück. Mit einem kleinen Fass Bier, zwei Flaschen Tequila, einem Netz Zitronen und einem Salzstreuer. Im Schlepptau hatten sie Nancy, die hinter der Theke arbeitete und ein Tablett mit allen möglichen

Gläsern für unsere diversen Getränke auf dem Tisch abstellte inklusive zweier Flaschen Wasser.

Ich sah Sheila triumphierend an und sie kniff die Augen zusammen.

»Wenn du diesen Typen je wieder gehen lässt, gehört er mir! Damit das klar ist«, drohte sie mir mit erhobenem Zeigefinger.

Die beiden Jungs ließen sich nun ebenfalls am Tisch nieder und Eric rückte dicht neben mich, den Arm lässig auf der Rückenlehne hinter mir abgelegt. Es wurde eine feuchtfröhliche Runde und alle waren bester Laune, der Alkohol floss und der Abend schritt voran. Von Spencer hatte ich in einem kurzen Gespräch erfahren, dass er Mike mehrfach vor Mona gewarnt hatte. Eine Bekannte erzählte ihm zudem, dass Mona mich auf dem Ball in der Toilette hatte einschließen lassen. Ich hätte es mir denken können. Er wollte es Mike sagen, doch Mona hielt ihn so geschickt von Spencer fern, dass er bisher nicht mit ihm reden konnte. Es war frustrierend.

Eric war in ein Gespräch mit Rogue vertieft, der im Allgemeinen nicht sonderlich viel redete. Er wirkte immer ziemlich zurückhaltend, doch Eric gegenüber schien er sich zu öffnen. Es freute mich, dass er hier einen Freund gefunden hatte.

»Eric ist ein echtes Geschenk! In seiner Gegenwart blüht Rogue richtig auf. Er hat keine richtigen Freunde, weißt du?«

Wir standen gemeinsam im Waschraum und Sheila sah mich bekümmert an.

»Er hat ziemlich viel durchgemacht und verschließt sich seitdem vor anderen Menschen. Ich bin bisher die Einzige gewesen, die er nicht zum Teufel gejagt hat.«

»Ich hatte schon den Eindruck, dass er eher der stille Typ ist«, gab ich vorsichtig zurück.

Sie lachte. »Die Untertreibung des Jahrhunderts. Sonst spricht er mit Niemandem außer mit mir. Das war mal anders ...«, erklärte sie, schüttelte dann aber ihre Locken. »Egal. Wenn er mit Eric zusammen ist, ist er viel gelöster und ich entdecke fast den alten Rogue in ihm. Noch ein Grund, warum du ihn gut festhalten solltest.« Freundschaftlich stieß sie mir den Ellbogen in die Rippen.

Ich lächelte. Sie hatte Recht. Eric war etwas Besonderes und hätte ich mich nicht so dämlich angestellt, wären wir immer noch glücklich. Ich wollte alles ins Reine bringen. Vielleicht hatte ich dann noch eine Chance. Denn das wollte ich. Das wollte ich wirklich. Ich konnte meine Gefühle für ihn nicht länger wegsperren, dafür drängten sie zu stark in den Vordergrund, seitdem er hier war.

Einträchtig verließen wir die Toiletten, da sah ich ihn. Tobi. Ich schnappte nach Luft. Jackson stand vor ihm und die beiden begrüßten sich, als hätten sie sich ewig nicht gesehen. *Merkwürdig!* Jackson trat einen Schritt zurück und ich spürte beinahe, wie mir die Farbe aus dem Gesicht wich und Wut in mir hochkroch. An Tobis Seite stand Bethany. Den Arm auf seiner Schulter abgelegt, spielte sie mit seinem Haar.

Er servierte mich ohne mit der Wimper zu zucken ab, war wochenlang wie vom Erdboden verschwunden, um dann wieder mit ihr hier aufzutauchen? War das sein Scheiß Ernst? Sheila folgte meinem Blick und legte mir beruhigend die Hand auf den Arm.

»Ach, du scheiße. Sollen wir zurück zum Tisch gehen? Bevor sie uns sehen?«, fragte sie vorsichtig.

Ich nickte. Das war ein Schlag ins Gesicht. Ich hatte mir Vorwürfe gemacht. Hatte Entschuldigungen für sein Verhalten gesucht, sogar anfangs noch in Erwägung gezogen, mich mit ihm auszusprechen. Was war ich doch für eine dämliche Kuh!

Das war deutlich. Ich war für ihn nur ein unbedeutender Fick gewesen. Eine mehr auf der Agenda, die er abhaken konnte. Ich lachte bitter auf. Wie hatte ich mich so in ihm täuschen können?

Das hat sich wohl von selbst erledigt.

Zurück am Tisch schenkte ich mir einen Tequila ein und kippte ihn hinunter, dann direkt noch einen. Ich wollte meine Wut runterspülen. Ich spürte Erics fragenden Blick auf mir und Sheila flüsterte ihm etwas ins Ohr. Ich atmete tief durch und straffte meine Schultern. Ich hatte es satt, mich weiter von Tobis Verhalten runterziehen zu lassen. Der beste Mann der Welt saß gleich hier vor mir und ich wollte ihn nicht noch einmal verlieren.

Es dauerte nicht mehr lange bis Mitternacht und aus den Lautsprechern dröhnte ›Nothing Compares 2U‹ von ›Sinead O´Connor‹. Ich griff nach Erics Hand und zog ihn mit mir auf die Tanzfläche. Er umfing mich mit seinen starken Armen. Sein Blick glitt forschend über mein Gesicht.

»Alles in Ordnung?«

»Ich denke schon. Jetzt kann ich damit abschließen. Das hätte ich längst tun sollen.«

Ich schlang die Arme um seinen Hals und legte den Kopf an seine Brust. Mit seinem Herzschlag an meinem Ohr bewegten wir uns langsam zur Musik. Seine warmen Hände strichen dabei sanft über meinen Körper. Jede Faser in mir hatte seine Berührungen vermisst und saugte sie jetzt auf, wie eine Pflanze die ersten Regentropfen nach einer langen Dürre.

Ich wusste nicht, wie viele Lieder wir uns zur Musik bewegten, doch auf einmal waren es nur noch wenige Sekunden bis Mitternacht. Sheila tauchte neben uns auf und drückte jedem von uns ein Glas Champagner in die Hand. Gemeinsam zählten wir die letzten Momente des Jahres herunter. Ein Jahr, das mir so viele Höhen und Tiefen beschert hatte wie kein anderes, neigte sich endlich dem Ende zu. Das Nächste konnte nur besser werden, oder?

»3 ... 2 ... 1 ... Happy New Year!«, brüllte der ganze Club und um uns herum brach die Hölle los. Es wurde gejubelt, gelacht und geschrien. Die Sektkorken knallten und aus den Lautsprechern dröhnte ›Auld lang syne‹.

Nur Eric und ich standen da, unsere Blicke miteinander verwoben. Ich stellte mich auf die Zehen und raubte mir den Kuss, nach dem ich mich seit seiner Ankunft gesehnt hatte.

Erics Arme zogen mich dichter an sich, seine Hand schob sich in meinen Nacken und seine andere glitt wie von selbst zu meinen Hintern, presste mich gegen seine Mitte. All die Gefühle für ihn, die in mir tobten, fluteten meinen Körper und raubten mir beinahe den Verstand. Nichts hatte sich in den vergangenen Monaten so richtig angefühlt wie dieser Kuss. Ich löste mich atemlos von ihm und sah ihn an. Ließ die Hand durch sein Haar gleiten, über seine Wange und liebkoste mit dem Daumen seine vom Küssen geschwollene Unterlippe. Ich wollte meine Lippen gerade wieder auf seine legen, da sah ich, wie Spencer die Augen aufriss und Sheila in die Seite stieß.

Im nächsten Moment wurde ich unsanft am Arm gepackt und von Eric fortgerissen. Mein Kopf schnellte herum und ich fand mich einem wutentbrannten Tobi gegenüber.

»Wir müssen reden. Jetzt!« Seine Stimme war scharf wie ein Rasiermesser.

Eric trat mit einem tödlichen Blick einen Schritt auf Tobi zu. Er hätte ihn in drei Sekunden zu Boden gestreckt, wenn ich nichts tat. Ich streckte meine freie Hand nach ihm aus.

»Alles okay, ich schaffe das. Versprochen. Ich bin gleich wieder bei dir«, beruhigte ich ihn.

Erics Kiefer mahlten, doch er nickte kurz und blieb, wo er war. Tobi zog mich ungehalten mit sich in den Putzraum gleich neben den Toiletten und knallte die Tür hinter uns zu. Rot vor Zorn und mit geballten Fäusten baute er sich vor mir auf und durchbohrte mich mit seinem Blick.

Was zum Teufel war in ihn gefahren? Drehte er jetzt völlig durch? Ich verschränkte die Arme vor der Brust und sah ihn stirnrunzelnd an.

»Sag mal, tickst du noch ganz sauber?«

Doch er schien mich nicht zu hören.

»Was glaubst du, was du da tust?«, fuhr er mich unbeherrscht an.

Ich trat automatisch einen Schritt zurück.

Sein Ernst? Langsam macht er mich wirklich sauer.

»Keine Ahnung, Tobi. Wonach sieht es denn aus?«
Ich funkelte ihn wütend an.

»Du machst hier mit diesem Macker auf der Tanzfläche rum und schmeißt dich ihm an den Hals, als hättest du keinen Anstand! Ich dachte ...«

Es war unfassbar. Hörte er sich selbst reden?

»Was, Tobi? Was dachtest du? Dass ich mich von dir vögeln und wegwerfen lasse wie Müll und seelenruhig warte, bis du dich wieder eingekriegt hast? Ein verdammter Monat, Tobi! Du hast dich über einen Monat lang nicht blicken lassen, warst nicht erreichbar! Im Moment sehe ich hier nur eine Person, die keinen Anstand hat«, stieß ich hervor.

Er trat so nah an mich heran, dass ich einen weiteren Schritt zurückwich und jetzt mit dem Rücken zur Wand stand. Er stützte die Arme neben meinem Kopf ab und beugte sich zu mir herunter.

»Du gehörst zu mir und nicht zu diesem Schwachkopf da draußen!«

Ich schüttelte ungläubig den Kopf.

»Nein! Ich war nicht diejenige, die sich einfach verpisst hat, als es schwierig wurde! Das geht allein auf deine Kappe. Glaubst du, ich habe nicht gesehen, mit wem du heute hier bist?«

Er zuckte leicht zusammen und nahm langsam die Arme runter. Ich nickte.

»Ich habe dich mit ihr gesehen und trotzdem nimmst du dir heraus, solch eine Szene zu machen? Bekomm erstmal deinen eigenen Scheiß auf die Reihe, bevor du dich in mein Leben einmischst.« Ich schob mich an ihm vorbei zur Tür. Bevor ich hinausging, sah ich mich noch einmal um. »Du hattest recht. Das mit uns war ein Fehler!«

Wütend trat ich aus der Kammer und rannte fast in Eric, der mich mit angespannter Miene abfing.

»Bist du okay? Sollen wir vor die Tür gehen?«

Ich nickte und folgte ihm nach draußen auf den Parkplatz. Die frische Luft war eine Wohltat. Ich atmete tief durch. Ein paar Meter abseits des Eingangs setzten wir uns auf den Gehsteig.

»Willst du darüber reden?« Erics Hand glitt in meinen Nacken und sein Daumen fuhr über das Tattoo.

Ich schlang die Arme um die Knie und sah ihn an. Wollte ich das? Nein. Ich hatte schon genug geredet. Einer Sache war ich mir inzwischen sicher. Das mit Tobi und mir war tatsächlich ein Fehler gewesen, ein unverzeihlicher. Ich hätte nie an dieser gottverdammten Haltestelle mit ihm schlafen dürfen. Selbst, wenn ich damals nicht gewusst hatte, wer er war. Dieser kleine Fehler hatte letztlich alles ins Rollen und wie ein Kartenhaus zum Einsturz gebracht.

Was mich wirklich schmerzte, war, dass Tobi und ich unsere Freundschaft verspielt hatten. Ich befürchtete, das ließ sich auch so schnell nicht wieder reparieren, nicht nach dem heutigen Abend. Mike hasste mich, weil ich ihn belogen hatte und ich hatte die Liebe meines Lebens für die beiden aufs Spiel gesetzt.

»Hey, da seid ihr ja«, rief Sheila und kam mit Rogue im Schlepptau auf uns zu. »Mann, heute ist scheinbar die Nacht der Dramen!«

Sie machte eine effektvolle Pause und ich sah sie fragend an.

»Kaum warst du mit Tobi verschwunden, ist Mike mit Mona aufgekreuzt. Spencer wollte mit Mike reden und Mona hat versucht ihn daran zu hindern. Aber Mike hat sie einfach stehenlassen und ist mit Spencer abgehauen.«

Sie sah uns mit großen Augen an.

»Mona ist ausgeflippt und zu Bethany rüber. Irgendwann kam Tobi zurück, hat Bethany angeschrien und ist mit Jackson abgehauen. Jetzt verbreiten die Horrorschwestern an der Bar schlechte Stimmung.«

»Ist ja ganz schön was los in eurer Kleinstadt«, kommentierte Eric trocken. »Hat noch jemand Durst?«

Wir stimmten kollektiv zu und beschlossen, die Party zu mir zu verlegen. Eric hatte eine Flasche Tequila und Whiskey gebunkert und ich hatte noch Bier im Kühlschrank.

Sheila deutete auf ihre Umhängetasche.

»Ich habe den Schampus gerettet, zumindest eine Flasche davon.«

»Dann kann die Party ja steigen!«

Kapitel 56

Tobi
1. Januar 1994

»Mann, ich erkenn dich kaum wieder! Was ist eigentlich los mit dir? Du führst dich auf wie ein abgefuckter Idiot.« Jackson stand genervt vor mir, die Arme vor der Brust verschränkt und sah auf mich hinunter.

Ich lag in voller Montur auf dem Sofa, mein Shirt klebte feucht an meiner Brust und stank nach schalem Bier. Der Aschenbecher auf dem Tisch quoll fast über und verbreitete den Geruch von kaltem Rauch.

Ich versuchte mich aufzurichten, wurde aber mit einem schmerzenden Stechen in meinem Kopf bestraft und stöhnte leise.

»Erst verschwindest du für über einen Monat ohne Lebenszeichen und kaum bist du wieder hier, ziehst du so eine Show ab?«, redete er sich weiter in Rage.

Ich fuhr mir mit der Hand über die Stirn. Mein Hals war trocken und meine Zunge fühlte sich pelzig an von dem vielen Bier der letzten Nacht.

»Könntest du vielleicht etwas leiser sprechen, Alter?«

Jackson drückte mir eine Wasserflasche in die Hand, die neben ihm auf dem Tisch gestanden hatte und starrte mich grimmig an.

»Nein, Alter. Kann ich nicht! Nicht, wenn du dich nur noch wie ein Arschloch aufführst und wie eine Wildsau auf die Leute losgehst.«

Ich nahm einen Schluck Wasser, das angenehm kühl meine Kehle befeuchtete und stöhnte.

»Was ist dein Problem? Ich bin auf niemanden losgegangen!«

Er übertrieb mal wieder maßlos.

»Ach und dass du Montgomery gewaltsam von ihrem Freund weggerissen hast, findest du normal? Du kannst froh sein, dass der Typ dir keine verpasst hat. Ich an ihrer Stelle hätte ihn nicht davon abgehalten, nach der Nummer die du mit ihr abgezogen hast. Vor allem, nachdem du wieder mit diesem durchtriebenen Miststück im Schlepptau aufgetaucht bist.«

Er schüttelte verständnislos den Kopf.

Ich richtete mich auf und starrte ihn an.

»Ich bin nicht mit ihr aufgetaucht! Ich war gerade erst zurück aus Santa Barbara. Sie hat mich reingehen sehen und sich sofort wie eine Klette an mich gehängt. Glaub mir, ich habe versucht sie loszuwerden ... Aber was soll ich machen? Ich kann ihr wohl kaum eine runterhauen, damit sie es endlich begreift! Außerdem, woher weißt du überhaupt von der Sache mit Alex?« Frustriert knallte ich die Flasche auf den Tisch.

Jackson lachte auf.

»Das fragst du echt? Wir sind in Oceanside! Der Scheiß spricht sich rum, Mann. Hast du es noch nicht gerafft? Irgendeiner sieht immer, was du gerade tust.

Was glaubst du, warum Mona deinem Bruder die Nummer überhaupt stecken konnte?«

Ich zuckte kopfschüttelnd mit den Achseln.

»Keine Ahnung.«

»Bethany«, spuckte er beinahe aus. »Sie ist euch bei dem Picknick im Camp gefolgt. Seitdem weiß sie es schon.«

Ich fluchte und fuhr mir fahrig durchs Haar. Dann sah ich müde zu ihm auf.

»Ich habe echt Scheiße gebaut, Jackson. Ich wusste von Anfang an, dass wir untergehen. Aber ich wollte sie, wollte sie endlich für mich haben.«

Er seufzte und ließ sich neben mir aufs Sofa fallen.

»Ich weiß. Aber ehrlich, Mann. Du hast dich ziemlich dämlich dabei angestellt.«

Ich schloss die Augen und vergrub mein Gesicht in den Händen. »Glaubst du, ich habe eine Chance, das wieder gerade zu biegen?« Ich fürchtete mich vor seiner Antwort.

Jackson holte tief Luft.

»Die Sache mit Mike wirst du klären können, früher oder später. Aber was Montgomery angeht ... Ich fürchte, da wirst du Abstriche machen müssen. Wenn sie trotz allem noch mit dir befreundet sein will, bist du schon mehr als gut bedient. Du hast ziemlich in den Sack gehauen, mein Freund.«

Aufmunternd tätschelte er meine Schulter.

Verflucht.

»Aber ich muss es doch wenigstens versuchen?«

Er zuckte mit den Achseln.

»Manchmal muss man mit einer Sache abschließen, um sich auf etwas Neues konzentrieren zu können. Ich weiß, wie wichtig sie dir ist. Deshalb ist es vielleicht besser mit ihr befreundet zu sein, als dass sie ganz aus deinem Leben verschwindet.«

Die Vorstellung, sie nie wieder zu sehen, schmerzte. Sie nicht mehr zu berühren, in meinen Armen zu halten, machte mich fast krank. Warum war alles so kompliziert? Verflucht. Warum ließ man mich dieses Mädchen nicht einfach lieben?

Kapitel 57

Eric

5. Januar 1994

Pen verbrachte den Tag mit Sheila im Proberaum, um einen von Sheilas Songs aufzunehmen. Ich nutzte die Gelegenheit, um mir Oceanside auf eigene Faust etwas genauer anzusehen. Ich hatte mir von Rogue eine gute Adresse geben lassen und mir eine Harley gemietet. Da er eine Autowerkstatt betrieb, sein Steckenpferd aber Motorräder und vor allem Harleys waren, hatte er hervorragende Kontakte. Der Junge war mir sympathisch. Schnell hatte ich ein Prachtstück gefunden und machte damit die Gegend unsicher.

Mir gefiel es hier und ich verstand mittlerweile, warum Pen hierher zurückwollte. Die milden Temperaturen, der Strand und das Meer sowie das Gefühl, dass die Uhren hier gemächlicher liefen, versprühten einen einzigartigen Charme. Gegen die alltägliche Hektik, dem regen Treiben und dem bescheidenen Wetter in London war dieser Ort eine wahre Wohltat.

Ich parkte die Maschine vor einer unscheinbaren Kaschemme an der Strandpromenade. Das ›zu verkaufen‹ Schild im Fenster erregte meine Aufmerksamkeit.

Beim Eintreten entpuppte sich der Laden als eine schummrige Cocktailbar mit einer riesigen, runden Theke, die das Zentrum des Raumes bildete. Die Einrichtung wirkte alt, aber gemütlich. Nur eine Handvoll Leute waren hier. In einer Nische saß ein älterer Herr, der in eine Zeitung vertieft war. Zwei Frauen mittleren Alters spielten Pool an einem der abgewetzten Tische.

Meine Aufmerksamkeit richtete sich allerdings auf einen jungen Kerl mit dunklem Haar, der an der Theke saß und mir bekannt vorkam. Er war in Gesellschaft eines rotblonden Hünen, der von seiner muskulösen Statur her gut Rugby spielen könnte. Spencer, stellte ich fest. Er war an Silvester auch in dem Club gewesen. Die beiden unterhielten sich und der Dunkelhaarige hing beinahe an seinen Lippen. Scheinbar hatten sie sich wieder vertragen.

Ich steuerte zielstrebig auf den Tresen zu, bestellte beim Barmann einen Pint und setzte mich auf den freien Hocker direkt neben ihn. Wie auf Kommando drehte er sich zu mir um. Scheinbar gefiel es ihm nicht, wie nahe ich ihm auf die Pelle rückte.

Er sah mich an und ich bemerkte, wie es in seinem Gesicht zu arbeiten begann.

Ja genau. Wir haben uns schon einmal gesehen.

Er öffnete den Mund, schloss ihn dann wieder und sah mich aus leicht zusammengekniffenen Augen an. Eine steile Falte bildete sich auf seiner Stirn.

»Eric! Alles klar?« Spencer klopfte mir auf die Schulter, was ihm einen irritierten Blick von Mike einbrachte. Ich grinste zurück und zwinkerte.

»Schade, dass du plötzlich verschwunden warst. Wir haben noch eine kleine Privatparty nach dem Club veranstaltet.«

Er warf einen unauffälligen Blick auf seinen Kumpel.

»Ja schade, aber ich hatte noch etwas zu klären.«

Ich wandte mich wieder seinem Freund zu.

»Du bist Mike, oder?«, eröffnete ich das Gespräch und nahm einen Schluck von meinem Bier.

Er nickte, seine Kiefermuskeln spannten sich sichtbar an. Ich streckte ihm die Hand hin.

»Ich bin Eric. Ein Freund von Alex. Wir haben in London zusammengewohnt.«

Abschätzend betrachtete er mich und ignorierte meine Hand. »Hat sie dich geschickt? Um was zu tun? Mich zu bequatschen?«

Spencer legte die Hand auf seine Schulter.

»Mike!«

Unter der Berührung des Hünen schien er sich etwas zu entspannen. Ich atmete tief ein, das würde nicht einfach werden.

»Schon gut! Damnit, ich wäre an deiner Stelle auch abgefuckt. Und nein. Sie hat mich nicht geschickt. Ich habe mir die Stadt angesehen und da hat es mich hierher verschlagen.« Ich nahm einen Schluck aus meiner Flasche. »Trotzdem würde ich gerne kurz unter vier Augen mit dir reden, wenn das in Ordnung ist.«

Er warf seinem Kumpel einen Blick zu.

»Ich gehe mal eine Runde am Automaten zocken.«

Nachdem Spencer verschwunden war, richtete Mike seinen Blick fragend auf mich. Jetzt war die richtige Taktik gefragt.

»Dein Freund ist ziemlich trainiert. Beeindruckend. Spielt er Rugby oder so?«

Er runzelte die Stirn.

»Was? Nein. So ähnlich, er hat ein Footballstipendium.« Stolz schwang in seiner Stimme mit.

Jetzt hatte ich ihn.

Nachdem ich ihm mein Anliegen dargelegt hatte und ein, zwei Anmerkungen losgeworden war, sah er mich mit versteinerter Miene an. Er war sichtlich angepisst, aber da musste er durch.

»Ich kann verstehen, dass dir der Vertrauensbruch zu schaffen macht, Kumpel. Du hast ihr aber auch einiges vorenthalten. Denk mal drüber nach. Sie ist echt verzweifelt und du bist immer noch ihr bester Freund. Es liegt an dir, ob es so bleibt.«

Mike blieb stumm. Ich stand auf, klopfte ihm auf die Schulter und verabschiedete mich. Er hatte jetzt erstmal etwas, über das er nachdenken musste.

Kapitel 58

Alex
10. Januar 1994

Ich lief mit Sheila vom Unigebäude zum Parkplatz, da sah ich ihn schon. Er lehnte lässig an der Harley und sah aus wie ein junger Gott. Mit dem blonden, verstrubbelten Haar, dem schwarzen Shirt, den engen Jeans und der Lederjacke stellte er ohne Frage jede Levis-Werbung in den Schatten. Das entging auch vielen anderen Mädels nicht, die kichernd an ihm vorbeiliefen und ihn anschmachteten. Sheila stieß mich von der Seite an und ich riss den Blick widerwillig von ihm los.

»Hm?«

»Du hast da etwas Sabber!« Sie zog die Augenbrauen hoch und deutete auf meine Mundwinkel. Dann lachte sie. »Mann, dich hat es echt erwischt, oder? Na ja, kein Wunder. Dein Eric ist aber auch lecker. Du solltest ihn dir endlich schnappen, bevor es noch eine andere tut. Dieses ständige ›rein in die Karotten, raus aus den Karotten‹ muss doch anstrengend sein!«

Ich sah sie kichernd an.

»Was?«, brummte sie.

»Karotten? Echt jetzt?«

Sie kräuselte die Nase. »Du weißt, was ich meine. Lenk jetzt bloß nicht von dir ab. Das tust du immer, wenn es um etwas Ernstes geht.«

Ich seufzte ergeben. Sie hatte ja recht. Eric und ich waren wie füreinander geschaffen, das war mir schon in London klargewesen. Gleich nach unserer ersten Nacht hatte ich mein Herz an ihn verloren und war trotzdem so dumm gewesen zu gehen.

Spätestens seit dem unschönen Vorfall an Silvester hatte ich mit Tobi abgeschlossen. Es war ein Fehler gewesen, mich überhaupt auf eine Beziehung mit ihm einzulassen. Das hatte unserem Verhältnis nur geschadet und war von Beginn an zum Scheitern verurteilt gewesen. Ich wünschte, ich könnte das alles ungeschehen machen und meinen ›großen Bruder‹ zurückhaben, aber das funktionierte leider nicht. Möglicherweise gab es irgendwann, wenn sich alles beruhigt hatte und etwas Gras über die Geschichte gewachsen war, eine Chance, dass wir wieder Freunde sein konnten. Ich hoffte es zumindest, denn er war mir nach wie vor wichtig.

Eric war die ganze Zeit für mich da. Wie er es immer war. Mein Fels in der Brandung, mein Licht in der Dunkelheit.

»Jetzt geh schon zu ihm, bevor der arme Kerl gleich von dem ganzen Weibsvolk hier überrannt wird«, forderte Sheila mich auf und erst jetzt bemerkte ich, dass ich stehengeblieben war und ihn angestarrt hatte.

Ich drückte ihr einen Kuss auf die Wange.

»Bis später!«

»Tu, was ich auch tun würde!«

Erics Gesicht hellte sich auf in dem Moment, in dem er mich sah. Ich umarmte ihn stürmisch. Sein tiefes Lachen klang wie Musik in meinen Ohren.»Bereit für einen kleinen Ausflug?« Er zog an einem meiner Zöpfe und in seinen Augen lag ein vorfreudiger Glanz.

Ich legte den Kopf schief. »Was führst du wieder im Schilde, McDermott?«

Anstatt mir zu antworten, schwang er sich auf die Maschine, zog mich hinter sich und fuhr los. Vor dem ›Maxdon‹ stoppte er und parkte das Motorrad. Er stieg ab und hielt mir auffordernd die Hand hin.

»Komm schon!«

Ich ergriff sie und fragte mich, was er hier wollte. Mitten am Tag. Der Club öffnete für gewöhnlich erst am Abend. Er steuerte uns um das Gebäude herum zum Hintereingang, zwinkerte mir zu und klopfte. Ich fragte gar nicht, denn ich kannte Erics Begeisterung für Überraschungsmomente. Auch wenn ich vor Neugierde schier platzte. Nach ein paar Minuten, die mir wie Stunden vorkamen, öffnete ›Big D.‹, wie alle den korpulenten Besitzer des Ladens nur nannten, die Tür. Er erstrahlte bei Erics Anblick, als wäre sein verlorener Sohn nach Hause zurückgekehrt. *Merkwürdig.*

»Eric, mein Junge! Schön dich zu sehen«, polterte er.

Ich sah Eric fragend an, doch der grinste nur breit und wackelte mit den Augenbrauen. Wir folgten ›Big D.‹ in sein Büro, wo er sich schwerfällig hinter seinem Schreibtisch niederließ. Eric zog einen Scheck aus der Innentasche seiner Jacke und schob ihn über den Tisch.

»Ich habe noch ein paar Dollar draufgelegt für die Umstände.«

›Big D.‹ ließ seine weißen Zähne aufblitzen und warf einen Blick darauf. Seine Augen weiteten sich und er hätte im Kreis gelächelt, wären seine Ohren ihm dabei nicht im Weg gewesen.

»Es ist mir ein Vergnügen mit dir Geschäfte zu machen, mein Junge.« Er lachte hustend. »Geh und sieh dich noch einmal um, wenn du willst. Du findest ja dann alleine raus.«

»Danke Dan, das werde ich.« Eric lächelte zufrieden und schob mich nach vorne in den Club. Der war nur spärlich beleuchtet. Was zum Teufel war das gerade? *Wenn er nicht augenblicklich den Mund aufmacht, werde ich noch verrückt.*

»Also, was ist hier eigentlich los?«

»Ich habe den Club für einen Abend gemietet. Um genauer zu sein, den großen Tisch da vorne.« Er deutete auf die Sitzgruppe unterhalb der Bühne. »Und die Bühne selbst.« Ich sah ihn entgeistert an.

»Du hast die Bühne und einen Tisch gemietet? Wofür?«

»Den zweiundzwanzigsten Januar«, sagte er.

Verdammt, das hatte ich beinahe vergessen.

Ich riss den Kopf herum. »Du willst hier in deinen Geburtstag reinfeiern?«

Er lächelte geheimnisvoll und legte den Arm um meine Schulter. »Ja und nicht nur das. Ich will das hier eine Band spielt, daher auch die Bühne.«

Das ergab Sinn. Was für eine coole Idee.

Ich stutzte. »War nicht für den Tag sowieso eine Band angekündigt?«

»Deshalb habe ich auch mit Dan verhandelt. Ich will, dass an dem Abend eine bestimmte Band spielt. Also hat Dan sich um die Absage des Konzertes gekümmert.«

Jetzt hatte er mich endgültig. »Okay, welche Band? Kenn ich sie? Gott, Eric, lass dir doch nicht jedes Wort aus der Nase ziehen. Du machst mich ganz verrückt.«

»Ich dachte, da ihr so viel Zeit im Proberaum zugebracht habt, dass ihr für mich eine kleine Geburtstagssession abhalten könntet. Wenn ich euch nicht bald mal spielen höre, werde ich wahnsinnig.«

Ich muss mich verhört haben. Das ist ein Scherz.

Doch Erics Blick lag ernst auf mir. Erwartungsvoll mit einer ungeduldigen Aufregung in seiner Miene, die mich antrieb endlich zu antworten.

»Oh mein Gott!«, schrie ich aufgedreht und sprang ihm um den Hals. Dieser Mann schaffte es, mich immer wieder zu überraschen. Auch dafür liebte ich ihn. Seine Arme fingen mich auf und pressten mich fest an seinen Körper. Ich drückte meinen Mund voll freudiger Erregung auf seinen und bemerkte erst was ich da tat, als sich seine Lippen öffneten und sich unsere Zungen elektrisierend liebkosten.

Widerstrebend löste ich mich von ihm, mein ganzer Körper war von einem nervösen Kribbeln erfüllt. Seit Silvester war da diese sexuelle Spannung zwischen uns, die so präsent war, dass es mir schwerfiel, nicht sofort über ihn herzufallen. Ich hatte keine Erklärung, warum ich ihr nicht nachgab, aber Eric tat es aus einem mir unerfindlichen Grund auch nicht. Es schien nicht der richtige Zeitpunkt zu sein. Es war, als würde er auf etwas warten. Aber auf was? Ich wusste es nicht.

Im Moment wusste ich nur eines.

»Ich muss Sheila anrufen«, rief ich aufgekratzt. »Oh Gott, bis zu deinem Geburtstag sind es nicht einmal mehr zwei Wochen.«

Kapitel 59

Alex
12. Januar 1994

An diesem Morgen kroch ich viel zu früh aus dem Bett. Meine erste Vorlesung fing später an, aber Eric war bereits auf den Beinen, da er mit Rogue in dessen Werkstatt verabredet war. Also schlurfte ich in die Küche, schenkte mir den von Eric frisch gekochten Kaffee ein und pflanzte mich damit auf den Schaukelstuhl auf meiner Veranda. Ich legte die Füße auf dem Geländer ab und trank einen kräftigen Schluck zum Wachwerden.

Hmm, Erics Kaffee ist der Beste.

In unserer Straße war es still und ich genoss den friedlichen Morgen. Nur ein paar Vögel hüpften emsig über die Wiese und sammelten die Beeren auf.

Gegenüber trat Melinda aus dem Haus der Hastings, voll bepackt mit Kisten, Tüten und Beuteln. Sie ging damit über den Rasen und steuerte auf ihren Wagen zu. Da geriet der Turm gefährlich ins Wanken. Der erste Karton fiel herunter und dann purzelte alles wie ein eingestürztes Kartenhaus auf die Wiese. Melinda sackte auf die Knie und ließ auch den letzten Beutel fallen. Resigniert betrachtete sie die Bescherung um sich herum und blies sich eine Haarsträhne aus dem geröteten Gesicht. Ein Grinsen schlich sich bei dem Anblick auf meine Lippen.

Ich stellte meinen Kaffee beiseite, sprang auf und eilte über die Straße. Es war das reinste Chaos. Alte Bücher, ein Fußball, verschiedene Stoffbären, ein paar ausrangierte Gesellschaftsspiele und anderer Kram bedeckten den Rasen. Ich streckte Melinda amüsiert die Hand hin, um ihr aufzuhelfen.

»Wird das ein Gartenflohmarkt?«

Sie ließ sich, ebenfalls schmunzelnd, von mir auf die Füße ziehen.

»Ich dachte, ich könnte alles auf einmal zum Auto bringen, aber das war wohl doch etwas zu viel des Guten.« Ihr Blick fiel auf das am Boden liegende Durcheinander.

Ich hob ein paar Stofftiere auf und legte sie in eine der Kisten. »Für den Kirchenbazar?«

»Ja. Ich habe endlich mal die Garage aufgeräumt. Im Haus ist es gerade nicht auszuhalten.«

Ich hob fragend die Augenbrauen.

»Mike hat in den letzten Tagen eine grässliche Laune. Es gefällt mir überhaupt nicht, dass jetzt ausgerechnet Mona um ihn herumscharwenzelt. Dieses Mädchen tut niemandem gut«, empörte sie sich. »Sorry Süße. Das war taktlos, aber ich hoffe so sehr, dass Mike und du ...« Sie verstummte und sah mich traurig an.

Ich erwiderte ihren Blick liebevoll und schloss sie spontan in die Arme.

»Ja, das hoffe ich auch.«

»Du weißt, ich habe dich lieb, Schätzchen. Egal, was passiert.« Ich wusste, dass sie es auch so meinte.

»Ich weiß. Jetzt helfe ich dir aber erst mal, dieses Chaos in deinen Wagen zu befördern. Wir wollen ja nicht, dass unser ordnungsfanatischer Mr. Johnson einen Herzanfall bekommt, wenn er das hier sieht!«

Melinda kicherte, denn ihr penibler Nachbar bekam schon Pickel, wenn die Morgenzeitung auf seinem Rasen landete anstatt auf der Fußmatte.

Gemeinsam packten wir alles wieder zurück in die Kisten und Beutel und verstauten den ganzen Kram in ihrem Auto. Wir waren gerade damit fertig, da kam Mike aus dem Haus. Als er uns sah, blieb er abrupt stehen. Er trug seine Joggingklamotten und unter seinen Augen lagen dunkle Schatten.

Mein Herz schlug hart in meiner Brust. Melinda sah erst mich, dann Mike an.

»Rede mit ihm, Schätzchen! Ihr seid jetzt schon so lange befreundet, das wollt ihr doch nicht einfach wegwerfen.«

Sie drückte meinen Arm und ging über die Wiese hinauf zu Mike, der noch immer reglos vor der Haustür stand. Sie legte ihrem Sohn eine Hand auf die Schulter und nickte in meine Richtung, bevor sie ins Haus trat und die Tür hinter sich schloss.

Sie hatte ja recht, wir waren schon Ewigkeiten befreundet und ich vermisste Mike. Mir fehlte mein bester Freund. Aber leider lag es nicht allein an mir, ob unsere Freundschaft noch eine Chance hatte.

Wann war das alles so schwierig geworden? Früher war es so leicht und ich wünschte mir diese Zeit zurück. Mit klopfendem Herzen nahm ich meinen ganzen Mut zusammen und ging langsam auf ihn zu. Dabei drehte ich unaufhörlich an dem Ring an meinem Finger, es hatte etwas Beruhigendes. Ich atmete auf, denn Mike setzte sich ebenfalls in Bewegung und stieg die Stufen der Veranda herunter.

Ich blieb vor ihm stehen, doch ich hatte keine Worte. Ihm schien es ähnlich zu gehen, denn wir sahen uns nur stumm an. Die Zeit verging unendlich langsam. Vielleicht kam es mir auch nur so vor. So war es vorher nie gewesen, wir hatten immer miteinander reden können. Das war das Besondere an unserer Freundschaft und ich hatte das alles zerstört. Möglicherweise war jetzt nicht der richtige Moment für Worte, sondern für Taten. Ich gab meinem Impuls nach, schloss die Arme um Mikes Taille und drückte ihn an mich. Ich hörte sein Herz, das mindestens ebenso schnell schlug wie meines und hielt angespannt die Luft an.

Endlich schlossen sich seine Arme auch um mich und seine Lippen pressten sich an meine Stirn. Ich atmete stockend vor Erleichterung aus und drückte ihn noch fester.

Er brach das Schweigen zuerst und räusperte sich. »Können wir zu dir rübergehen? Ich denke, wir müssen reden!«

»Ich war nicht ehrlich zu dir, Lexi.«, Mike sah mich an. Wir hatten uns in mein Wohnzimmer zurückgezogen und er überraschte mich mit dieser Eröffnung. Ich hätte dieses Gespräch beginnen müssen, indem ich ihn um Verzeihung bat und ihm alles erklärte. Jetzt sah ich ihn stattdessen verwirrt an.

»Ich trage das schon länger mit mir herum. Um ehrlich zu sein, schon viel zu lang.« Ein bitteres Lachen entkam ihm. »Wäre ich ehrlicher zu mir selbst gewesen, hätte es dieses ganze Drama wahrscheinlich überhaupt nicht gegeben.«

Ich verstand nur Bahnhof. Wovon redete er da?

»Mike was...«

Er hob die Hand und sah mich eindringlich an.

»Hör einfach zu, okay? Ich weiß nicht, ob ich hierfür noch einmal den Mut finde.«

Ich runzelte irritiert die Stirn, nickte aber.

Er holte tief Luft.

»In der Zeit, bevor du aus London zurückgekehrt bist, habe ich schon länger Veränderungen an mir bemerkt. Ich habe sie verdrängt, abgetan und versucht zu ignorieren. Ich hatte Angst, sie mir einzugestehen. Mit deiner Rückkehr hatte ich die Hoffnung, mir das alles nur eingebildet zu haben. Ich dachte, alles würde wieder in Ordnung kommen. Wir müssten nur ...«, er schüttelte verzweifelt den Kopf.

Ich griff nach seiner Hand und drückte sie aufmunternd. Worauf wollte er hinaus? Was war mit ihm los? Er umklammerte meine Finger mit beiden Händen, als könnte ich ihm wieder entgleiten. Sie waren eiskalt.

»Ich dachte, wenn ich mit dir schlafe, dann findet sich alles. Doch soweit kam es ja nicht. Auf unserer Studienfahrt wurde es wieder stärker und ich habe versucht, mich dagegen zu wehren. Aber es brachte nichts. Dabei habe ich es wirklich versucht!«

Sein Blick war auf unsere Hände gerichtet und er drehte nervös meinen Ring.

»Deshalb bin ich bei meiner Rückkehr so über dich hergefallen. Ich wollte es mir beweisen.«

Seine unglücklichen Augen suchten meine.

Ich verstand kein Wort. Er war so verzweifelt und ich konnte mir nicht erklären, warum.

»Was wolltest du dir beweisen?«, fragte ich leise.

Er drückte meine Hand fester.

»Das ich nicht schwul bin!«, presste er rau hervor. »Aber das bin ich, Lexi. Ich bin schwul.«

Er schloss die Augen, als befürchtete er, ich würde ihn für diese Offenbarung steinigen. Wärme flutete mein Herz. Ich entzog ihm meine Hände, rückte näher und umarmte ihn, so fest ich konnte. Ein Schluchzen entkam ihm und er schloss seine Arme um mich wie ein Ertrinkender um einen Rettungsring.

»Hey, das ist okay! Daran ist nichts falsch, hörst du?« Ich schob ihn ein Stück von mir und nahm sein tränennasses Gesicht in meine Hände. »Ich hab dich lieb. Mit dir ist alles in Ordnung! Das weißt du, oder?«

»Du findest mich nicht abartig? Ich stehe auf Männer, Lexi!«, krächzte er.

Ich lächelte und wischte ihm die Tränen von den Wangen. »Na und? Ich stehe auch auf Männer. Bin ich etwa abartig? Okay, sag nichts, vielleicht bin ich das ein bisschen«, schmunzelte ich und entlockte ihm ein kleines Lachen.

»Aber das ist etwas Anderes.« Er atmete tief durch.

Ich seufzte. »Ist es das wirklich? Du lernst jemanden kennen, du verliebst dich und wenn du Glück hast, wirst du zurück geliebt. Wenn nicht, landest du mit einem riesigen Kübel Schokoeis, einer Tonne Taschentücher und deiner besten Freundin auf dem

Sofa und heulst dir die Augen aus. Der Lauf der Dinge ist für jeden mehr oder weniger der gleiche. Egal, wen du liebst!«

Ich fuhr ihm durch das dunkle Haar und drückte ihm einen zarten Kuss auf die Lippen. Er schloss dabei die Augen und als er sie wieder öffnete, lag ein Funkeln darin.

»Scheiße, ich bin sowas von schwul.«

Ich schlug ihm kichernd das Sofakissen ins Gesicht und er lachte überrascht auf. Dann wurde er wieder ernst. »Du bist die Erste, der ich es gesagt habe. Na ja, außer Eric. Er wusste es schon, bevor ich bereit war, es mir einzugestehen.«

Ich sah ihn perplex an.

»Eric?«

»Ja, das soll er dir aber erzählen. Er ist ein guter Typ. Ich weiß jetzt, warum du ihn magst. Mal abgesehen von seinem heißen Körper«, neckte er mich. »Ich will, dass es erstmal unter uns bleibt, okay? Ich weiß nicht, ob ich schon bereit bin, es jemand anderem zu sagen.«

Ich umarmte ihn noch einmal.

»Ich schweige wie ein Grab. Ist doch klar. Es ist deine Entscheidung. Danke, dass du es mir anvertraut hast.« Ich atmete tief durch. „Wo wir schon bei der Wahrheit sind ... Ich habe dir noch etwas verschwiegen. Etwas, das Eric betrifft."

Ich fuhr mir mit der Hand übers Gesicht.

»Es tut mir unendlich leid, dass ich dir nicht sofort die Wahrheit gesagt habe. Das war echt eine arschige Nummer!«

Ich sah ihn beschämt an.

„Wir waren in London ein Paar", platzte ich heraus, „Fast zwei Jahre lang. Er ist nicht schwul, er ist bisexuell. Es ist einfach passiert, ich ... ich habe mich in ihn verliebt und dann habe ich ihn verlassen. Ich habe es ihm nicht mal gesagt. Ich bin so doof, Mike. Ich habe es total verkackt. Mit ihm, mit dir und mit Tobi."

Ich erzählte ihm alles über meine Zeit mit Eric und kam dann zu dem Teil, als ich in Oceanside eintraf.

»Am Anfang wusste ich nicht einmal, dass es Tobi war. Ich habe ihn nicht erkannt und er mich auch nicht.« Ich warf ihm einen schuldbewussten Blick zu. »Meinetwegen hat er Bethany nicht abgeholt.«

Mike riss erstaunt die Augen auf.

»Seitdem wart ihr schon ...?«

»Nein!«, ging ich dazwischen. »Es war nur die eine Nacht und im Camp ist uns klargeworden, mit wem wir uns eingelassen haben. Da wollten wir das Ganze stoppen, ehrlich. Das hat aber nicht so gut geklappt, zusammengekommen sind wir erst in der Woche, in der du in New York warst. Ich habe mich deswegen so schlecht gefühlt«, stöhnte ich gequält.

»Das ist Schnee von gestern. Vergessen wir das. Du kriegst das schon wieder alles auf die Reihe.«

Es hatte gut getan, ihm endlich alles zu erzählen und ihn nicht mehr anlügen zu müssen. Es war, als würde mir eine riesige Last von den Schultern genommen. Allerdings gab es noch eine Sache, die mir auf der Seele brannte.

»Das, was du auf dem Ball gesagt hast. Dass du wegen mir keine Freunde hattest ... es tut mir leid, ich wollte nicht ...«

»Lexi, stop! Nein.«

Er legte beide Hände um mein Gesicht und sah mich eindringlich an.

»Es war nicht deine Schuld. Ich war wütend, als ich das gesagt habe und sehr verletzt. Ich wollte dir genauso weh tun wie du mir. Es stimmt nicht mal. Ich hatte die beste Freundin von allen: dich! Du warst immer für mich da und die Einzige, die für mich eingestanden ist.

Mona hatte uns so oder so auf dem Radar. Sie hat mir auch schon davor das Leben zur Hölle gemacht. Du warst der einzige Lichtblick in meinem Leben! Ich hab dich lieb, hörst du!?«

»Also, bist du immer noch mein Clint Barton?«

Er lächelte. »Na klar, ohne mich bist du doch aufgeschmissen, Natasha Romanoff!«

Er drückte mich fester an sich.

»Ich hab doch gesagt, sie sind nur so gut zusammen, weil ihnen der Sex nicht im Weg steht. Also sag es!«, flüsterte er an meinem Ohr und ich konnte spüren, dass er grinste.

Ich stöhnte frustriert und ein Lächeln zupfte an meinen Mundwinkeln. »Du hattest recht.«

Ich dachte noch eine Weile über Mikes Geständnis nach. Er war schwul. Mein Herz brach, bei dem Gedanken, wie lange er dieses Geheimnis schon mit sich herumtrug in dem Glauben, sich niemandem anvertrauen zu können. In der Angst, dass es nicht in Ordnung war. Besonders, da er endlich nach all den Jahren akzeptiert wurde und nicht mehr der Junge war, den jeder mobbte. Homosexuelle wurden so oft angefeindet und es wurde ihnen nicht gerade leicht gemacht, vor allem nicht in einer Kleinstadt wie unserer. Kein Wunder, dass viele nicht wagten, sich zu outen. Das machte mich wirklich wütend, denn schließlich konnten wir uns nicht aussuchen, wen wir liebten. Liebe passierte einfach.

Niemand wusste das so gut wie ich selbst und hätte ich von Anfang an auf mein Herz gehört, wäre so vieles vielleicht ganz anders gelaufen.

Kapitel 60

Alex
12. Januar 1994

»Du hast mit Mike geredet, hm?«, Eric lächelte mich an. Er war von Rogue zurückgekommen und hatte mich singend in der Küche vorgefunden, während ich das Essen vorbereitete. Ich nickte.
»Und das habe ich wohl dir zu verdanken.«
»Mir?«
Ich schloss ihn in die Arme und küsste sanft seinen Mundwinkel.
»Ich danke dir. Das hättest du nicht tun müssen, nicht nachdem ich alles verbockt habe. Du hast es trotzdem getan. Das bedeutet mir viel.«
Er räusperte sich und strich mir über die Wange.
»Ich weiß. Ich bin froh, dass ihr euch ausgesprochen habt.« Er seufzte. »Ich will nur, dass du glücklich bist«, fügte er hinzu.
Ein Kloß bildete sich in meinem Hals. Wie hatte ich ihn verlassen können? Er war zu gut für diese Welt.
»Das bin ich. Seit du hier bist jeden Tag ein bisschen mehr«, gab ich zu.
»Ist das so?«

»Es würde mich noch glücklicher machen, wenn ich wüsste, dass du noch etwas länger bleibst.«

Ich sah in seine Stahlaugen und war wie immer verloren.

»Ich habe noch kein Datum für meinen Rückflug festgelegt. Es gefällt mir hier.« Seine Mundwinkel hoben sich zu einem sexy Lächeln.

Mein Herz schlug einen Salto. »Gut.«

»Gut.«

Kapitel 61

Alex
22. Januar 1994

Ich stand nervös neben Sheila hinter der Bühne und trat unruhig von einem Bein aufs andere.

»Gott, ich kann immer noch nicht fassen, dass wir wirklich auftreten!«

Sie warf mir ein strahlendes Lächeln zu.

»Und welchem Supertypen haben wir das zu verdanken?«

»Heute ist es soweit. Ich will nicht länger warten, ich muss es ihm endlich sagen!«

»Halleluja! Das wurde auch langsam Zeit.«

Sie umarmte mich stürmisch.

Ich atmete tief durch.

»Jetzt kann ich nur hoffen, dass es nicht zu spät ist. Gute Freunde habe ich schon genug.«

Sie schüttelte energisch den Kopf.

»Unmöglich, so wie er dich ansieht. Hast du etwas vorbereitet?«

Ich sah sie nervös an und drehte an meinem Ring.

»Ja, darüber wollte ich noch mit dir sprechen. Ich habe noch einen Song auf die Liste gesetzt, genauer gesagt, unseren letzten.«

Ich gab ihr die Songliste.

»Hey, der ist toll! Es wird kein Problem sein, ihn zu spielen. Das bekommen wir ohne Probe hin«, beruhigte Sheila mich.

Ich warf ihr einen skeptischen Blick zu.

»Ich habe dir auch noch nicht gesagt, dass ich ihn singe.«

»Halt die Klappe!« Sie riss die Augen auf. »Da springst du aber heute richtig ins alte Wasser. Nur zu, ich habe damit kein Problem. Jetzt bin ich selbst gespannt.«

Ich lachte. Sheila war unverbesserlich.

»Ja, ich springe ins ›kalte‹ Wasser und bevor wir den Song spielen, würde ich gerne noch ein paar Worte sagen.«

Sie grinste. »Okay, dann sollten wir wohl langsam loslegen. Da draußen scharren sie schon mit den Kufen«, sie zwinkerte mir zu.

Ich legte mir meine Gitarre um. Diese Frau hatte eine Schraube locker und ich liebte es!

Wir betraten die Bühne. Am großen Tisch direkt rechts von uns saßen Mike, Spencer, Rogue und Eric. Letzterer sah nur mich an und das Strahlemann-Lächeln erschien auf seinem markanten Gesicht, das ich jeden Morgen beim Aufwachen als Erstes sehen wollte.

Ich zwinkerte ihm zu, dann sagte Sheila den Song an, den wir spielen würden. Wir hatten uns für eine Mischung aus Sheilas eigenen und ein paar Coversongs entschieden. Scheinbar kam die Auswahl beim Publikum an, denn die Stimmung war berauschend und unsere Jungs flippten beinahe aus. Das Ende des Auftrittes näherte sich und mit ihm stieg meine

Nervosität ins Unermessliche. Ich hatte das Gefühl, kurz vor einer Ohnmacht zu stehen.

Ich trat ans Mikrofon und lächelte unsicher.

»Hallo Leute, bevor wir unseren letzten Song spielen, möchte ich ein paar Worte sagen. Ich habe ihn zum ersten Mal an meinem siebzehnten Geburtstag gehört. Von dem ich damals dachte, er würde der schlimmste meines Lebens werden. Weil weder meine Freunde noch meine Familie bei mir waren. Doch dann bekam ich ein Geschenk von einem Menschen, der seitdem beides für mich ist. Er nahm mich mit auf mein erstes Konzert in der Brixton Academy in London. Dort spielten an diesem Abend die ›Pogues‹. Es war der beste Abend meines Lebens und danach folgten noch viele mehr davon. Ohne dich ...«, ich sah Eric an, der mit gerunzelter Stirn meine Worte verfolgte, »ohne dich, wäre es nichts Besonderes gewesen! Ich habe etwas länger gebraucht, um es zu begreifen, aber mit dir würde ich überallhin gehen.«

Ich nickte Sheila zu und wir spielten zum letzten Song auf. Ich sang für Eric ›*Love you till the end*‹, den ich schon damals nach dem Konzert nicht mehr aus dem Kopf bekommen hatte. Der erste Song, den ich auf meiner Gitarre gelernt hatte und mit dem ich ihm jetzt sagte, dass ich ihn liebte. Für immer.

Während ich sang, stand Eric vom Tisch auf und bahnte sich langsam einen Weg bis direkt vor die Bühne. Ich sah, wie er schluckte, mich ungläubig betrachtete und wie es hinter seiner Stirn arbeitete.

Endlich war der Song zu Ende und ich streifte unter dem Applaus des Publikums meine Gitarre ab und drückte sie schnell der grinsenden Sheila in die Hand.

Dann trat ich an den Rand der Bühne, um mich von Eric an den Hüften packen und herunterheben zu lassen. Sofort fand ich mich in einer engen Umarmung wieder, die keinen Platz zwischen uns ließ. Sein prüfender Blick glitt über mein Gesicht, seine Miene war eindringlich.

»Ist das wahr?«

Ich umfasste sein Gesicht mit den Händen und sah in seine sich verdunkelnden Augen. Mein Herz hopste in meiner Brust wie ein Flummi.

»Jedes verdammte Wort!«

Seine Lippen fanden meine und in diesem Moment gab es nur noch uns. Nachdem wir es geschafft hatten, uns nach einer gefühlten Ewigkeit voneinander zu lösen, gingen wir zu unserem Tisch, an dem jetzt auch Sheila und Milo Platz genommen hatten. Sie fasste sich mit beiden Händen ans Herz und lächelte zwinkernd.

Eric und ich setzten uns dicht nebeneinander auf die Sitzbank und seine Hand legte sich zärtlich in meinen Nacken. Mit dem Daumen strich er über das Tattoo. Sheila beugte sich zu uns.

»Ich habe noch ein Hündchen mit dir zu rupfen, Missy! Warum erfahre ich erst heute, dass du singen kannst?«

Eric gluckste und sah mich an, dann prusteten wir los. Wir lachten Tränen. Sheila sah uns stirnrunzelnd an.

»Was?«, fragte sie und hob ratlos die Hände.

»Hühnchen!«, riefen wir wie aus einem Munde und bekamen uns gar nicht mehr ein. Es war eine Wohltat, seit langem wieder so befreit lachen zu können und das mit ihm. Sheila schüttelte den Kopf und verkniff sich ein Grinsen, dann wandte sie sich den Jungs zu, die irgendein Trinkspiel veranstalteten.

Der Abend kam mir viel zu lang vor und ich wartete beinahe ungeduldig darauf, endlich mit Eric nach Hause verschwinden zu können. Diese aufgeladene Spannung zwischen uns, seit ich von der Bühne in seine Arme gefallen war, ließ mich kaum stillsitzen.

Um Mitternacht stießen wir auf seinen Geburtstag an und nach einer weiteren Stunde, verabschiedeten wir uns. Endlich! Eric rief ein Taxi und eine Viertelstunde später standen wir vor meinem Haus auf der Veranda. Mit zittrigen Fingern schloss ich die Tür auf. Kaum waren wir eingetreten, schlug er sie hinter uns zu, packte mich und drückte mich rücklings an seine Brust.

Er ließ seine Lippen sanft über meinen Nacken fahren und umschlang meinen Körper mit seinen kraftvollen Armen. Seine Hände liebkosten meine Brüste, meinen Bauch und meine Mitte. Ich keuchte und drehte mich in der Umarmung zu ihm um, sah in seine sich verdunkelnden Augen und fand seine Lippen, die sich sofort für mich öffneten und mich in Besitz nahmen.

Mein Herz schlug seinen Namen und das in einer Geschwindigkeit, als wäre ich einen Marathon gerannt. Und genauso kam es mir vor. Als wäre ich in den letzten Monaten gelaufen und gelaufen – ziellos und ohne zu wissen, wo ich überhaupt hin wollte. Dabei war es so offensichtlich, ich hätte nur stehenbleiben und zurückschauen müssen. Denn Eric war immer präsent gewesen. Tief in mir hatte ich ihn nie losgelassen. Ich hatte ihn festgehalten.

Weil ich ihn liebe. Ich liebe ihn!

Es war das erste Mal, dass ich es vor mir selbst aussprach. Jetzt wurde es Zeit, es Eric zu verkünden. Ja, ich hatte es ihm quasi durch den Song schon gesagt. Aber es war etwas völlig anderes, es tatsächlich auszusprechen. Ihm dabei gegenüberzustehen und in seine Augen zu sehen. Ich wollte, dass es perfekt war. Es war schließlich das erste Mal, dass ich es zu einem Mann sagte.

Seine warmen Hände auf meiner nackten Haut, die mir mein Top auszogen, holten mich aus meinen Gedanken zurück und ich befreite ihn ebenfalls von seinem Shirt. Ich ließ die Hände über seine breite Brust gleiten, mein Mund folgte. Ich sog seinen animalischen Moschus-Geruch ein, der in mir nur allzu bekannte Reize auslöste und ließ sanfte Küsse auf seiner Haut bis hinunter zu seinem Hosenbund zurück. Seine Finger gruben sich in mein Haar und sein stockender Atem spornte mich an weiterzumachen.

Ich öffnete seine Hose und zog sie ihm zusammen mit seinen enganliegenden Boxershorts herunter. Ließ dabei meine Hände über seinen wohlgeformten Hintern gleiten und meine Zunge fuhr seinen harten Schaft entlang, bevor ich um seine Spitze kreiste und ihn in den Mund nahm.

Erics Griff in meinem Haar wurde fester und er stöhnte erstickt auf. »Pen!«

Er nahm mich bei den Schultern und zog mich zu sich hoch, küsste mich und befreite sich dabei von seinen restlichen Klamotten. Ich tat es ihm gleich und entledigte mich der Schuhe, bevor er mir unter den kurzen Rock griff und mich von meinem Höschen befreite. Dann hob er mich hoch und ich schlang die

Beine um seine Hüften. Seine Hand schob sich in meine Mitte. Ich stöhnte auf. Während eines weiteren Kusses trug er mich in den Raum.

»Kondome?«, flüsterte er heiser.

Ich sah in seine Augen und traute mich, es auszusprechen. »Ich hab mich testen lassen und ich nehme die Pille.«

Er atmete scharf ein. »Fuck, Pen!«

Ohne ein weiteres Wort sank er aufs Sofa, sodass ich auf ihm saß. Er hob mich kurz an und stieß fest in mich. Ein Schauer lief über meinen Körper und ich presste mich enger an ihn, bewegte mein Becken, um ihn tiefer einzulassen und küsste ihn.

Kapitel 62

Alex
23. Januar 1994

Ich erwachte mit knurrendem Magen und stellte fest, dass es bereits kurz vor Mittag war. Eric und ich hatten uns in der vergangenen Nacht unzählige Male geliebt. Es war, als hätten wir all die Monate nachgeholt, die uns getrennt hatten. Es war vollkommen. Es hatte sich schon lange nichts mehr so richtig in meinem Leben angefühlt wie mit ihm.

Ich lächelte glücklich und betrachtete ihn, wie er auf dem Bauch schlafend neben mir lag. Die Decke war bis in seine Kniekehle gerutscht und gab den Blick auf seinen perfekten Körper frei. Ich schüttelte den Kopf, zutiefst erstaunt, dass er mich wirklich liebte. Mich! Nach allem, was ich ihm zugemutet hatte. Ich hatte es ihm immer noch nicht gesagt. Überhaupt redeten wir nicht viel in der letzten Nacht. Unsere Prioritäten lagen eindeutig woanders.

Ich schob mich geräuschlos aus dem Bett, schlüpfte in Shorts und ein schulterfreies Shirt und lief hinunter in die Küche, um Frühstück zu machen. Ich würde es ihm ans Bett bringen, immerhin war sein Geburtstag und dann würde ich es ihm endlich sagen.

Ich setzte gerade den Kaffee auf, da klopfte es an der Tür. Stirnrunzelnd, da ich niemanden erwartete, ging ich hinüber und öffnete.

»Tobi!«

Die Hände in den Hosentaschen vergraben und mit schuldbewusstem Blick stand er vor mir. Ich schluckte.

»Was willst du hier?«

Ich spürte wie Unsicherheit in mir aufstieg. Sollte ich mit ihm reden oder einfach die Tür wieder zuknallen? Die tiefen Ringe unter seinen Augen, sein blasses Gesicht und seine ganze Körpersprache, die irgendwie gebrochen wirkte, hielten mich jedoch davon ab.

»Ich würde gerne kurz mit dir reden, darf ich reinkommen?« Seine sonst so leuchtenden Augen richteten sich leblos auf mich. Als wäre das Licht darin erloschen.

Ich sah mich kurz um. Ich wollte nicht, dass er Eric weckte und auch nicht, dass er ins Haus kam.

»Ich glaube das ist keine gute Idee«, sagte ich leise und trat einen Schritt vor. »Sag mir einfach, was du willst.« Ich zog die Tür hinter mir etwas weiter zu.

Er seufzte schwer, den Blick auf den Boden vor meinen Füßen gerichtet. Dann nickte er ergeben.

»Ich weiß ehrlich gesagt nicht so richtig, wo ich anfangen soll.« Er warf mir einen flüchtigen Blick zu. »Es tut mir leid! Ich habe mich wie ein Arschloch aufgeführt.«

Er fuhr sich mit der Hand durchs Haar und sah mich dann an. Tiefes Bedauern lag in seinem Blick. Ich spürte, wie meine Wut auf ihn wich. Er sah so verzweifelt aus.

»Kleines, ich ... Wir hätten es Mike sofort sagen sollen, wie du es wolltest. Du hattest in allem recht. Diese Geheimnistuerei hat alles schlimmer gemacht. Ich wollte nicht, dass er es erfährt, weil ich Angst hatte. Ich hatte Angst, er würde es schaffen, dich mir wieder wegzunehmen. Weil du es nicht ertragen hättest, ihn so zu sehen ...«

Ich horchte auf. Mich ihm wieder wegnehmen?

»Was meinst du damit, Tobi? Er würde mich dir wieder wegnehmen?«

Er lachte bitter und trat einen Schritt auf mich zu. Griff nach meiner Hand und sein Daumen streichelte sanft meine Knöchel. Er fuhr über den Ring an meinem kleinen Finger.

Er sah auf. »Du trägst ihn noch? Das ist mir gar nicht aufgefallen«, murmelte er.

Ich sah auf den Ring und nickte.

»Ich habe ihn noch nie abgenommen, seit damals.«

Ich war etwa vierzehn gewesen, da hatte Tobi mich völlig aufgelöst in unserer Strandhütte aufgelesen, nachdem ich aus der Schule abgehauen war. Ich weiß nicht mehr genau, was passiert war, aber ich hatte mich von Gott und der Welt verlassen gefühlt und war der Meinung gewesen, dass mich alle hassten.

Er hatte Mühe, mich wieder zu beruhigen. Nach einer Weile hatte er eine kleine Schachtel aus der Tasche gezogen und den Ring herausgeholt. Er hatte ihn mir hingehalten und mich mit einem schiefen Lächeln angesehen.

»Was ist das?«, hatte ich schniefend gefragt.

»Das ist der Beweis, das du niemals allein bist! Ich bin immer für dich da, okay? Siehst du«, er hatte auf die

Innenseite des Ringes gedeutet. Darin war das kleine Symbol für ›unendlich‹ eingraviert. »Ich habe dich für immer lieb.«

Dann hatte er ihn mir an den Ringfinger gesteckt und mir einen Kuss auf die Stirn gedrückt. Irgendwann hatte er nicht mehr gepasst und ich trug ihn seither am kleinen Finger, aber abgelegt hatte ich ihn nie.

Bei der Erinnerung stiegen mir Tränen in die Augen. Ich hatte lange nicht mehr an diesen Tag denken müssen, aber der Ring gab mir immer Sicherheit.

Ich sah Tobi wieder an.

»Was meintest du damit?«, wiederholte ich leise.

Er drückte meine Hand und sah mich mit einem Schmerz in den Augen an, der mein Herz traf.

»Ich habe dich schon damals geliebt. Deshalb der Ring«, flüsterte er kaum hörbar. »Ich wollte es dir sagen, immer wieder, aber mir fehlte der Mut dazu. Dann, als ich es endlich wagen wollte, haben sie dich weggeschickt und du ...«, er sah wieder zu Boden und ließ meine Hand los, » Du hast Mike gesagt, dass du ihn liebst.«

Ich atmete hörbar aus. Damit hatte ich nicht gerechnet.

»Tobi!«, stieß ich erschüttert aus.

»Ich liebe dich, Kleines. Das habe ich schon immer und ich ertrage es nicht, dich ständig wieder zu verlieren! Es zerstört mich.«

Mein Herz sank in meiner Brust.

»Ich muss ein für alle Mal wissen, wie es um uns steht!«

Kapitel 63

Eric

23. Januar 1994

Pens gedämpfte Stimme drang in meinen Halbschlaf und weckte mich. Sie redete mit irgendwem. Seufzend räkelte ich mich und hätte sie jetzt zu gern bei mir im Bett, um an die letzte Nacht anzuknüpfen. Mein ganzer Körper hatte sich nach ihr verzehrt und meine aufgestauten Gefühle für sie entluden sich in der letzten Nacht. Wir standen lichterloh in Flammen und nur sie schaffte es, diese Hitze in mir zu wecken.

Ich stand auf und schlang mir das Laken um die Hüfte, dann lief ich auf den Flur und spähte die Brüstung hinunter. Die Haustür stand einen Spalt offen und ich sah, dass Pen mit jemandem vor der Tür sprach. Ich war gerade im Begriff ins Badezimmer zu gehen, da hörte ich sie etwas lauter reden.

»Tobi!«

Ich hielt inne und schluckte. Sie stand mit diesem Typ vor der Tür, der sie abgeschossen und im Club wie sein Eigentum behandelt hatte? Ich trat näher an das Geländer. Meine Hände legten sich so fest darum, dass meine Knöchel weiß hervortraten.

»Ich liebe dich, Kleines und ich ertrage es nicht, dich immer wieder zu verlieren! Es zerstört mich. Ich muss ein für alle Mal wissen, wie es um uns steht«, drang seine Stimme verzweifelt zu mir herauf.

Ich hielt unweigerlich die Luft an, um ihre Antwort zu hören. Die Wohnungstür öffnete sich ein wenig, wahrscheinlich durch den leichten Wind, der jetzt bis zu mir hoch zog und was ich sah, ließ meinen Atem stocken.

Pen hatte sein Gesicht in ihre Hände genommen und die beiden sahen sich tief in die Augen. Sie sagte etwas zu ihm, doch sie sprach so leise, dass ich es nicht verstand. Das war auch nicht nötig, denn er legte seine Hände an ihre Hüften und nickte leicht, bevor er sie in seine Arme zog und an sich drückte.

Sie erwiderte seine Umarmung, legte ihre Hand in seinen Nacken und strich durch sein Haar. Dann umfasste er ihr Kinn und küsste sie. Das reichte mir. Das war zu viel. Wie viel konnte ein Mensch ertragen?

Ich drehte mich um und verschwand in ihr Zimmer, zog meine Klamotten an, warf die wenigen Sachen, die ich mitgebracht hatte, in meine Tasche und lief dann geräuschlos die Treppe hinunter und durch die Küche zur Hintertür. Ich ging durch den Garten und durch das Tor auf die kleine Straße, die hinter dem Haus lag. Hier hatte ich die Harley geparkt. Ich stieg auf und fuhr los.

Ich musste hier weg. Sofort. Sonst würde ich etwas zerschlagen oder diesen Kerl so lange verprügeln, bis er sich nie wieder traute, sich bei ihr blicken zu lassen. Ich durfte nicht zurücksehen. Nicht einmal darüber nachdenken. Es brachte mich um. Es war ein Fehler gewesen herzukommen.

Was hatte ich mir nur gedacht? Dass sie mich doch noch lieben würde, nachdem ich sie schon nach zwei Jahren allein mit ihr in London nicht hatte halten können? Ich war für sie das, was ich immer war.

Der Lückenfüller. Nicht mehr und nicht weniger.

Ich Vollidiot!

Kapitel 64

Alex
23. Januar 1994

Ich nahm sein Gesicht in meine Hände und sah in seine vertrauten Augen.

»Ich hab dich lieb, Tobi. Du bist mir wichtig. Du ahnst nicht wie, aber ...«, flüsterte ich, »ich liebe einen anderen. Das habe ich schon, bevor ich zurückkam. Ich habe es nur vor mir selbst verleugnet.«

Seine Hände legten sich an meine Hüften und gruben sich in mein Shirt, als suchte er Halt, um nicht ins Wanken zu geraten. Es zerriss mich innerlich, ihn so zu sehen, und ich war an seinem Zustand nicht unschuldig. Er zog mich in eine Umarmung. Er bebte.

Ich schlang die Arme um den Jungen, der immer ein wichtiger Teil meiner Welt gewesen war und die ich mir auch jetzt nicht ohne ihn vorstellen konnte. Meine Hand glitt in seinen Nacken und ich strich tröstend durch sein Haar.

Er vergrub sein Gesicht an meinem Hals.

»Dann habe ich dich verloren? Für immer?«

»Ich hoffe nicht! Vielleicht wird aus uns kein Paar, aber ich will immer noch meinen großen Bruder zurück. Den liebe ich nämlich wie verrückt.«

Jetzt konnte ich die Tränen nicht mehr zurückhalten. Tobi nahm mein Kinn in seine große Hand und drückte mir einen sanften Kuss auf die Lippen. Ich ließ es zu, denn es war ein Abschluss von etwas und den brauchten wir beide, um weiterzugehen.

Als er sich von mir löste, strich er mir eine Haarsträhne hinters Ohr und rang sich ein Lächeln ab.

»Ich werde Zeit brauchen, bis es nicht mehr so weh tut«, gab er leise zu und ich nickte.

»Ich bin hier, wenn es so weit ist.«

Mir kam ein Gedanke und ich löste das lange Lederband, dass ich immer am Handgelenk trug. Dann zog ich den Ring ab und fädelte ihn darauf. Tobi sah mich stirnrunzelnd an. Ich stellte mich auf die Zehen und legte ihm das Band wie eine Kette um den Hals und knotete es zu.

»Ich glaube, du brauchst ihn im Moment mehr als ich. Du bist nicht allein, hörst du? Für immer«, sagte ich leise und legte meine Hand auf sein Herz. »Du wirst jemand anderen finden. Irgendwann. Und du wirst alles für sie sein. Ich weiß es. Denn du bist es wert!«

Seine Hand glitt über den Ring und er sah mich an, dann schloss er mich noch einmal in die Arme.

»Danke, Kleines«, raunte er heiser. »Ich liebe dich.«

Damit wandte er sich ab und ging.

»Ich dich auch«, flüsterte ich und sah ihm nach.

Kapitel 65

Alex
23. Januar 1994

Ich schloss leise die Tür hinter mir, atmete tief durch und lief in die Küche, um endlich unser Frühstück vorzubereiten. Mir gingen immer noch Tobis Worte durch den Kopf. Ich hatte all die Jahre nicht annähernd geahnt, was er für mich empfand. Dabei gab es eine Zeit, damals, als er mir den Ring geschenkt hatte, in der ich ziemlich verknallt in ihn war. Das Leben nahm schon merkwürdige, ja manchmal frustrierende Wege!

Das Telefon klingelte mich aus meinen Gedanken und ich hob den Hörer in der Küche ab.

»Alex?« Rouges tiefe Stimme drang an mein Ohr und ich hob überrascht die Brauen.

»Rogue? Hey! Eric schläft noch, gibt es was Wichtiges?«

»Ja. Ähm ... Eric schläft nicht«, gab er zögernd zurück. »Eigentlich war er vor etwa zehn Minuten hier und ist jetzt auf dem Weg zum Flughafen. Sagte, er könne nicht bleiben. Ist alles in Ordnung bei euch? Er sah ziemlich angeschlagen aus.«

Was? Nein! Ich war mir sicher, er veralberte mich.

»Findest du das witzig? Warum sollte er ...?«, setzte ich an.

»Nein, Sheila auch nicht. Sie ist schon auf dem Weg zu dir. Hat er keine Nachricht hinterlassen?«

Panik erfasste mich. Welchen Grund hätte er einfach abzuhauen? Ohne etwas zu sagen?

»Ich muss Schluss machen, Rogue«, rief ich in den Hörer und legte auf. Ich rannte die Treppe nach oben, zwei Stufen auf einmal nehmend und riss die Schlafzimmertür auf.

Eric war nicht da. Seine Sachen, alle weg.

Was zum Teufel?

Ich atmete stockend ein und sah mich im Zimmer um. Auf dem Nachttisch entdeckte ich einen abgerissenen Zettel. Darauf standen nur vier Worte.

›Viel Glück mit Tobi.‹

Ich keuchte.

Nein, nein, nein! Verdammt was ...? Hat er mich mit ihm gesehen? Vor der Tür? Den ... Kuss? Verdammte Scheiße! Er muss alles falsch gedeutet haben.

Ich zog blitzschnell Jeans und ein Shirt an, dann holte ich meine Brieftasche aus dem Wohnzimmer, in der Papiere, Geld und meine Kreditkarte steckten. Stieg im Flur in meine Docs und trat aus der Tür, genau in dem Moment als Sheila vor dem Haus vorfuhr und mit quietschenden Reifen zum Stehen kam.

Ich sprang auf den Beifahrersitz.

»Kannst du mich nach L.A. fahren? Zum Flughafen?« Ehe ich den Satz beendet hatte, trat sie schon das Gaspedal durch.

»Was zur Hölle ist passiert? Habt ihr euch gestritten?«

»Tobi war hier. Er hat mich geküsst«, stieß ich unglücklich hervor und erzählte ihr die ganze Geschichte, während sie wie der leibhaftige Teufel über den Highway bretterte.

»Was, wenn er schon im Flieger sitzt? Wenn er bereits auf dem Weg zurück nach London ist?«

Mit weit aufgerissenen Augen sah sie mich an.

An diese Möglichkeit wollte ich gar nicht denken. Doch wenn er tatsächlich so schnell einen Flug erwischt hatte, blieb mir nur eine Option.

Ich warf ihr einen entschlossenen Blick zu. »Dann werde ich wohl nach London fliegen müssen!«

Sie überlegte kurz.

»Was kostet so ein Flug?«

»Um die fünfhundert Dollar, schätze ich.«

Für einen Moment schwieg sie.

»Okay. Bin dabei!«

Überrascht wandte ich mich ihr zu.

»Wie meinst du das, du bist dabei?«

»Ich komme mit! Ich lass dich doch nicht allein fliegen. Erstens wird das ein langer Flug und allein wirst du noch verrückt. Zweitens war ich noch nie in Europa und jetzt bietet sich eine Gelegenheit und drittens muss ja jemand sichergehen, dass ihr auch wieder zurückkommt. Ich bin nicht gewillt, meine beste Freundin sofort wieder an London zu verlieren! Und Rogue freut sich bestimmt auch, wenn Eric wiederkommt. Also versau es besser nicht!«

Ich schloss seufzend die Augen. Sheila erstaunte mich immer wieder mit ihrer uneingeschränkten Loyalität. Spontan griff ich nach ihrer Hand.

»Ich hab dich lieb«, sagte ich leise und erntete ein zufriedenes Lächeln, das ihre Augen strahlen ließ.

»Ich hab dich auch lieb. Und jetzt holen wir dir deinen Kerl zurück!«

Wie erwartet, hatte ich kein Glück. Eric hatte es fertig gebracht auf den letzten Drücker noch in den Flieger zu kommen, der etwa fünfzehn Minuten vor unserer Ankunft am Flughafen abgehoben hatte. Das hatte ihn wahrscheinlich ein paar Scheinchen extra gekostet.

Ich stöhnte verzweifelt. Der nächste Flug ging in drei Stunden, war aber wenigstens ein Direktflug, sodass wir keine unnötige Zeit vergeudeten. Sheila deckte uns mit Getränken und Cookies ein und versuchte mich zu beruhigen. Ich schätzte ihre Bemühungen, aber ich war innerlich ein Wrack.

Ich darf ihn nicht verlieren. Nicht noch einmal!

Nicht, nachdem wir es bis hierher geschafft hatten. Das war nicht fair. Ich mochte gar nicht daran denken, was er tat, wenn er nach Hause kam. Eric war so impulsiv, wenn er für etwas brannte und ebenso, wenn er wütend oder enttäuscht war. Ich dachte unweigerlich an die Geschichte mit Sam zurück und mir wurde schlecht.

»Was, wenn ich ihn verliere, Sheila?« Meine Stimme war nur noch ein leises Krächzen. Ihre Hand legte sich warm auf meinen Arm.

»Kopf hoch! Das wirst du nicht. Eric liebt dich. Das sieht ein Blinder. Er wird es verstehen, wenn du es ihm erklärst.«

Kapitel 66

Eric

24. Januar 1994

Gleich nach meiner Landung nahm ich mir ein Taxi und fuhr zu Lenny. Knapp erzählte ich ihm, was passiert war und was ich nun vorhatte. In London konnte ich ebenso wenig bleiben, wie in Oceanside. Ich brauchte einen klaren Schnitt, wenn ich je über Pen hinwegkommen wollte. Hier erinnerte mich alles an sie. Immerhin hatte ich schon vor Jahren vorgehabt, von hier abzuhauen und war ausschließlich wegen ihr geblieben. Jetzt hielt mich hier nichts mehr und der Zeitpunkt für etwas völlig Neues schien gekommen zu sein. Das war er, der buchstäbliche Tritt in den Arsch.

Der Schock, Pen mit Tobi zu sehen, so vertraut und intim, nachdem ich in der Nacht zuvor alles mit ihr geteilt und mich wieder völlig auf sie eingelassen hatte, brachte mich fast um. Ich hatte ihren Worten Glauben geschenkt. Angenommen, sie hatte es ernstgemeint, als sie diesen Song für mich sang.

Mehr als alles andere auf dieser Welt hatte ich mir diese drei kleinen Worte von ihr gewünscht. Sie wären das perfekte Geschenk von ihr gewesen. Mehr hätte ich nicht gebraucht! Doch, außer in diesem Lied, hatte sie sie mir noch nie gesagt. Das allein hätte mir schon Warnung genug sein sollen. Sie empfand einfach nicht so wie ich. Es war schmerzhaft, mich damit abzufinden.

Nach dem Abstecher bei Lenny fuhr ich in mein Apartment und packte die nötigsten Sachen zusammen, die ich brauchte. Es war nicht viel.

Ein paar Kleidungsstücke und das kleine Foto von Pen und mir auf dem Nachttisch. Es zeigte uns vor Kerrys Tattoostudio an dem Tag, an dem ich ihr den Penny gestochen hatte. Ich hatte sie huckepack genommen und wir lachten ausgelassen in die Kamera.

Lenny hatte es für uns geschossen. Mein Daumen strich über das Bild und ich steckte es schnell in die Innentasche meiner Lederjacke. Mir war klar, dass ich mich nur selbst quälte, indem ich es mitnahm. Dass ich sie loslassen musste, wenn ich darüber hinwegkommen wollte. Doch das konnte ich nicht. Noch nicht!

Meine Sachen waren gepackt. Ich wusste nicht, wohin es mich verschlagen würde, das würde ich spontan am Flughafen entscheiden. Doch vorher gab es noch eine Sache für mich zu tun. Ich brauchte einen Abschied.

Ich kochte ein letztes Mal Kaffee in meiner Küche, füllte ihn in die Thermoskanne und schulterte die beiden Taschen. Im Foyer fand ich Collin hinter dem Empfang vor, der mich überrascht ansah.

»Mr. McDermott, Sie reisen schon wieder ab?«

Ich seufzte. »Ja, Collin. Diesmal werde ich nicht wiederkommen. Hier sind die Schlüssel. Wenn Sie sie bitte meinen Eltern übergeben würden, sobald sie aus Bali zurückkehren ...«

»Natürlich, Sir. Kann ich sonst noch etwas für Sie tun?« Ich sah die Bestürzung in seinen Augen.

Ich nickte kurz. »Ja, das können Sie tatsächlich. Ich muss noch etwas erledigen, bevor ich abreise. Ich würde gerne mein Gepäck für den Moment hier stehenlassen. Es wird nicht allzu lange dauern!«

»Kein Problem, Sir. Wo soll es denn hingehen? Soll ich Ihnen ein Taxi rufen? Es regnet.«

»Dahin, wo alles begann. Ich gehe zu Fuß, danke Collin!«, murmelte ich.

Kapitel 67

Alex
24. Januar 1994

»Gott, ist das ein Scheißwetter! Dieser Regen ... und kalt ist es auch. Ist das hier immer so?«, schimpfte Sheila.

Wir hielten gerade in der Rutland Gate vor unserem Apartmenthaus und Wehmut überkam mich. Ich drückte dem Black Cab-Fahrer ein paar Scheine in die Hand und stieg aus.

Sheila folgte mir und stieß einen leisen Pfiff aus.

»Wow! Hier hast du gewohnt?«

Ich stand einfach nur da. Im Regen vor dem Gebäude. Sämtliche Erinnerungen, die ich an meine Zeit in London hatte, schwappten über mich herein und raubten mir beinahe den Atem.

Sheila stieß mich an.

»Können wir reingehen?«, murrte sie und trat von einem Fuß auf den anderen.

Ich nickte mechanisch. In der Eingangshalle stand Collin hinter dem Tresen. Sein Anblick war mir so vertraut, als wäre ich erst gestern zuletzt hier gewesen. Er sah auf und ein breites Lächeln erschien auf seinem Gesicht.

»Miss Montgomery! Was für eine schöne Überraschung.« Herzlichkeit schwang in seiner Stimme mit.

Sheila sah sich staunend um und zog bei Collins Begrüßung die Brauen in die Höhe. Ich lief auf den Tresen zu und lächelte.

»Schön wieder hier zu sein! Ich muss dringend zu Eric«, kam ich ohne Umschweife zum Punkt.

»Das tut mir leid, er ist weg. Mr. McDermott reist heute ab. Er hat sogar die Schlüssel für's Apartment abgegeben.«

Mir stockte der Atem und Schwindel überkam mich. Haltsuchend stützte ich mich am Empfangstresen ab und mein Blick fiel auf das Gepäck dahinter.

»Aber das sind doch seine Sachen dort, oder?«

»Oh, ja. Er sagte, er müsse noch etwas erledigen, bevor er abreist.«

Ich versuchte, ruhig zu bleiben.

»Wohin, Collin? Es ist wichtig!«

»Das hat er nicht gesagt, nur ›dort wo alles begann‹ oder so ähnlich.« Er zuckte ratlos die Achseln.

Ich runzelte die Stirn und überlegte fieberhaft. Versuchte, meine Gedanken zu ordnen. Dort, wo alles begann? Dort, wo alles ...

»Ich weiß, wo er ist! Sheila ...«

Sie riss den Kopf hoch.

»Dann los! Geh schon! Ich warte hier, für den Fall, dass er zurückkommt und schlage ihn für dich ohnmächtig, wenn es sein muss«, erklärte sie trocken.

Ich nickte hektisch, machte auf dem Absatz kehrt und rannte zur Tür hinaus. Durch den Regen, der mittlerweile stärker geworden war, sprintete ich die

Rutland Gate entlang, überquerte die Kensington-Road und bog nach etwa zweihundert Metern in den kleinen Weg ein, der direkt in den Hyde Park führte. Ich folgte dem Weg, den wir vor drei Jahren gegangen waren, so selbstverständlich, als würde mich ein innerer Magnet zu eben dieser Stelle ziehen.

Jetzt war es nicht mehr weit. Ich lief langsamer und rang nach Luft, meine Klamotten waren nass und aus meinem Haar tropfte der Regen. Nicht weit von hier war er. Unser Baum. Ich sah mich um und lief weiter.

Dann sah ich ihn und unweigerlich stiegen Tränen der Erleichterung in mir auf. Eric stand etwa zwanzig Meter von mir entfernt mit dem Rücken zu mir im Regen. Er war mindestens ebenso nass wie ich und hatte sein Gesicht in den Himmel gereckt. Mit rasendem Herzen lief ich weiter. Erst jetzt fiel mir die Thermoskanne auf, die er in der Hand hielt und ein kleines Schluchzen entkam mir.

Ich atmete tief durch. Er hatte mich noch immer nicht bemerkt, obwohl ich ihn jetzt fast berühren konnte.

»Wenn du jetzt auch noch Kaffee hättest, dann würde ich dich glatt heiraten«, sagte ich leise und sah, wie sich sein Körper anspannte und er den Kopf langsam neigte.

Seine Schultern hoben und senkten sich und verbargen nicht, dass auch er schneller atmete.

»Sei vorsichtig mit deinen Versprechungen«, gab er zurück.

Ich trat hinter ihn und strich zaghaft mit der Hand über das Tattoo in seinem Nacken.

»Was tust du hier, Pen?« Seine Stimme war kaum mehr als ein Flüstern. Ich strich mit den Fingern sanft über seine Hand, in der er noch immer die Thermoskanne hielt.

»Ich war in der Küche, um Frühstück für uns zu machen und als ich nach oben kam, warst du weg. Wie ich sehe, hast du Kaffee geholt. Bist du dafür nicht etwas weit geflogen?«, versuchte ich zu scherzen.

Er seufzte schwer und drehte sich endlich zu mir um. In seinen Augen lagen Schmerz, Wut und etwas, das mich hoffen ließ.

»Ich habe euch gesehen. Ich habe gesehen, wie ihr euch ...«, seine Stimme brach.

Er fuhr sich mit der Hand über sein regennasses Gesicht und schüttelte den Kopf. Ich legte meine Finger auf sein Herz und sah ihn ernst an.

»Was du gesehen hast, war nicht der Beginn von etwas, Eric! Es war ein Abschluss. Der für uns beide wichtig war. Für ihn, aber auch für mich. Er hat mir etwas sehr Wichtiges noch deutlicher gemacht.«

»Ach ja?«

Er sah mich abwartend an und nur zu gern hätte ich die steile Falte auf seiner Stirn geküsst.

»Ich hätte niemals weggehen dürfen aus London. Nicht ohne dich! Damals auf dem Abschlussball hast du mein Herz erobert und hier«, ich deutete auf unseren Baum, »hast du es mir gestohlen und seitdem gehört es dir. Jeden Tag ein Stückchen mehr. Es brach in dem Moment, als ich in den Flieger gestiegen bin, ohne es dir zu sagen.« Ich zitterte und ein nervöser Kloß bildete sich in meinem Hals.

»Ohne mir was zu sagen?« Er hielt meinen Blick fest, durchleuchtete mich mit seinen schönen Augen, als stünde die Antwort irgendwo dort geschrieben.

Ich trat so dicht an ihn heran, dass sich unsere Körper berührten und sein Duft mich einhüllte.

Er sog die Luft ein.

»Ich liebe dich, Eric! Ich liebe dich so sehr, dass allein der Gedanke, du könntest aus meinem Leben verschwinden, mich beinahe umbringt. Ich will mit dir zusammen sein. Für immer. Ich ...«

»Halt den Mund, Pen.«

Er ließ die Thermoskanne achtlos auf die Wiese fallen, schlang seine Arme um mich und verschloss meine Lippen mit seinen.

Epilog

Alex
12. März 1994

»Hey Alex! Alles Gute zum Geburtstag.« Spencer umarmte mich herzlich. Ich warf einen Blick über seine Schulter.

»Danke. Wo ist Mike? Wolltet ihr nicht zusammen herfahren?«

»Ist er noch nicht hier? Mein Wagen hatte eine Panne. Rogue hat mich aufgelesen und wir sind noch am Sportplatz vorbeigefahren, aber er war schon weg. Ich habe angenommen, er wäre schon hier.«

»Nein, ich habe ihn heute noch nicht gesehen«, gab ich verwundert zurück.

»Vielleicht ist er noch kurz nach Hause, um sich umzuziehen. Ich rufe ihn gleich an.«

»Du kannst aus ›Big D's‹ Büro anrufen.«, Eric legte einen Arm um meine Taille und begrüßte Spencer per Handschlag. Der klopfte ihm freundschaftlich auf die Schulter und machte sich gleich auf den Weg in den hinteren Teil des Clubs.

»Danke, Mann!«, rief er im Weggehen.

Warme Lippen legten sich auf meinen Hals und zogen eine Spur über meine Haut, bis sie meinen Mund erreichten.

Nachdem ich Eric in London alles erklärt hatte, waren wir zwei Tage geblieben, bevor wir zurück nach Oceanside flogen. So hatte Sheila die Gelegenheit gehabt, etwas von London zu sehen.

Wir hatten uns mit Lenny getroffen und er hatte sich riesig für uns gefreut. Eric sorgte außerdem dafür, dass seine Harley nach L.A. überführt wurde und holte sie ein paar Tage später mit Rogue ab.

Jetzt wohnte er bei mir und hatte es tatsächlich fertiggebracht ›Big D.‹ Anteile am Maxdon abzuschwatzen.

Heute war der Club nur für geladene Gäste geöffnet, da ich meinen Geburtstag feierte. Ich schlang die Arme um Eric und sog seinen Geruch ein.

»Hmm«, schnurrte ich und er drückte mich noch ein wenig fester. »Habe ich dir heute schon gesagt, dass ich dich liebe?«

Ich sah das Blitzen in seinen Augen.

»Nur ungefähr fünf Mal. Eindeutig zu wenig«, raunte er an meinen Lippen.

»Na dann, ich liebe dich! Und wenn wir so weitermachen, werde ich hier gleich für eine Riesenshow sorgen und dir deine Klamotten vom Körper reißen.« Ich biss ihm neckend in die Unterlippe.

»Ich glaube fast, das könnte mir gefallen«, stellte er fest, doch seine zuckenden Mundwinkel straften ihn Lügen. Ich schlug scherzhaft nach ihm und er zog mich noch einmal dicht zu sich.

»Ich liebe dich.«

Mein Herz schmolz wie Eis in der Sonne, wenn er diese drei kleinen Worte sagte. Ich konnte es nicht oft genug hören, nachdem ich so lange gebraucht hatte, mir meine Gefühle für ihn endlich einzugestehen.

»Nehmt euch ein Zimmer, das ist ja nicht auszuhalten.« Sheila zog uns grinsend in eine Dreierumarmung und drückte mir einen Kuss auf die Wange. »Happy Birthday, Süße! Hallo mein Großer«, sie zwinkerte Eric zu, der ihr Haar unter ihrem Protest zerzauste. Ich lachte und löste mich von den beiden, um Milo die Tür aufzuhalten.

Er versuchte sich, mit seiner Bassdrum hindurch zu quetschen.

»Feliz cumpleanos, Alex.«

Ich grinste.

»Danke.« Ich wollte die Tür schon wieder schließen, da tauchte Rogue hinter ihm auf und lächelte mich an.

»Lässt du mich auch rein?«

Ich breitete die Arme aus und umarmte ihn herzlich.

»Nicht nur das, mein Hübscher.«

Ich drückte ihm einen dicken Kuss auf die Wange.

In den letzten Wochen hatten wir viel Zeit mit Sheila und Rogue verbracht und ich hatte ihn besser kennengelernt. Seitdem waren wir ein Herz und eine Seele. Eric freute es, denn er und Rogue waren richtig dicke Freunde geworden und man merkte beiden an, dass ihnen diese Männerfreundschaft unglaublich guttat. Da hatten sich wirklich zwei gefunden.

Ich schloss die Tür hinter uns und wollte mich gerade zu Eric und den anderen gesellen, als es klopfte.

»Das ist bestimmt Mike«, rief ich und riss die Tür schwungvoll auf.

Doch es war nicht Mike. Es war Tobi. Die Hände in den Hosentaschen vergraben, stand er da und bedachte mich mit einem vorsichtigen Lächeln. Ich hatte ihn seit zwei Monaten nicht mehr gesehen und die Hoffnung beinahe schon aufgegeben, dass wir wieder Freunde sein konnten. Er hatte gesagt, er bräuchte Zeit und ich hatte befürchtet, ihn so schnell nicht wiederzusehen.

»Hey, Kleines!«

»Tobi! Woher weißt du, dass ...«

Eine Hand legte sich in meinen Nacken und strich sanft über mein Tattoo.

»Ich habe es ihm gesagt und ihn gebeten zu kommen.«, Eric sah Tobi versöhnlich an und hielt ihm die Hand hin. »Schön, dass du da bist.«

Tobi schlug ein und nickte. »Danke, Mann.«

Eric drückte mir einen Kuss auf die Schläfe.

»Ich lass euch mal allein«, sagte er und ich konnte nicht glauben, dass er das für mich getan hatte.

Tobi trat einen Schritt näher und betrachtete mich unsicher.

»Ich habe dich vermisst.«

Ich zog ihn, ohne auch nur noch eine Sekunde nachzudenken, in meine Arme und vergrub mein Gesicht an seinem Hals. Mit einem tiefen Seufzer erwiderte er die Geste und hielt mich fest.

»Happy Birthday, Kleines.«

Meine Freudentränen durchnässten sein T-Shirt. Ich schniefte leise. Dann löste ich mich von ihm und nahm seine Hand.

»Komm rein!«

Er hielt mich fest und sah zu mir hinunter.

»Zuerst möchte ich dir noch etwas geben.«

Er legte mir das Lederband mit dem Ring in die Hand und sah mich hoffnungsvoll an.

»Er gehört schließlich dir, auch wenn du ihn vielleicht nicht mehr tragen willst, nachdem ...«, er schluckte. »Ich wollte, dass du ihn wiederbekommst.«

Ohne zu zögern, entfernte ich das Band und wickelte es mir um mein Handgelenk, dann steckte ich den Ring zurück an meinen kleinen Finger und drehte einmal daran. Ich sah zu ihm auf.

»Jetzt fühle ich mich wieder vollständig! Danke.«

»Und ich könnte jetzt tatsächlich ein Bier gebrauchen.«

Ich zog ihn mit mir in den Club und wir liefen Spencer in die Arme, der besorgt wirkte.

»Was ist los?«

»Ich habe mit Melinda gesprochen. Mike war nicht zu Hause. Danach habe ich bei meinen Eltern angerufen, ob er sich vielleicht dort gemeldet hat. Das hat er und sie sollten mir ausrichten, dass er sich auf den Weg ins Maxdon machen und mich dann hier treffen würde. Das ist aber schon über eine Stunde her.« Er runzelte die Stirn. »Ganz ehrlich, Alex, das gefällt mir nicht! Irgendwie habe ich ein komisches Gefühl bei der Sache.«

Fortsetzung folgt ... Twisted Hearts-Secretly

Stop!

Liebe Leserin, lieber Leser,

erst einmal möchte ich mich herzlich bei Dir für den Kauf meines Buches bedanken. Ich hoffe, es hat Dir eine schöne Zeit bereitet.
Wenn dem so ist, habe ich eine kleine Bitte an Dich. Nimm Dir doch ein paar Minütchen Zeit und hinterlasse eine Sternebewertung und wenn Du magst auch eine Rezi für mich (z.B. auf Amazon).
Rezensionen helfen bei der Sichtbarkeit des Buches auf Verkaufsplattformen und unterstützen andere Leseratten bei der Kaufentscheidung. Schon ein kurzer Kommentar, z.B. das Dir das Buch gefallen hat, reicht aus.
Wir Autoren freuen uns über jedes Feedback und nicht nur dass, für uns ist es die Motivation, um unsere Bücher für den Leser noch besser zu machen.

Ich danke Dir für Deine Zeit.

Deine Nicki

Danke

Ein dickes Dankeschön geht an meine wunderbare Vanessa S., Du warst die Erste, die von meinem Buchbaby erfahren hat und es auch als erste lesen durfte. Seitdem hat mein Roman eine ziemliche Reise hinter sich, um letztlich jetzt das zu sein, was er ist. Ohne Deinen Zuspruch hätte ich wahrscheinlich nie in Erwägung gezogen zu veröffentlichen und dieses wunderbare Buch wäre in seinen Kinderschuhen stecken geblieben.

Ein weiterer Dank geht an die liebe Kitty Clark. Du hast mich durch Deine konstruktiven Kritikpunkte angespornt mein Baby noch einmal komplett auf links zu drehen und auch die Storyline noch einmal komplett zu überarbeiten.

Damit komme ich zu meinen Testleserinnen, Ihr habt mir nach der Überarbeitung ein wunderbares Feedback gegeben und damit die Motivation weiterzumachen und die Gewissheit, dass ich auf dem richtigen Weg bin. Danke Euch sehr dafür!

Last but not least, danke ich der einzigartigen Larissa Wolf, die für mich das Lektorat übernommen hat. Deine Anregungen und Impulse, waren für mich wahnsinnig hilfreich und haben mir eine andere Sicht auf meinen Roman ermöglicht. Wodurch er erst richtig rund geworden ist. Du hast Dich durch meine

schreckliche Kommasetzung gekämpft und mir meine ›Ausrufezeichensucht‹ vor Augen gehalten!
(Ups da ist es wieder)
Dafür möchte ich mich ganz herzlich bedanken, die Zusammenarbeit mit Dir war wirklich eine Bereicherung.
Ein Kuss geht raus an jede von Euch.

♥